# El cráneo de Akenatón

# EL CRÁNEO DE AKENATÓN

LUIS RACIONERO

EDICIONES B
GRUPO ZETA

Barcelona • Bogotá • Buenos Aires • Caracas • Madrid • México D.F. • Montevideo • Quito • Santiago de Chile

1.ª edición: enero 2010


Bailén, 84 - 08009 Barcelona (España)
*www.edicionesb.com*

Printed in Spain
ISBN: 978-84-666-4116-6
Depósito legal: B. 39.940-2009

Impreso por LIMPERGRAF, S.L.
Mogoda, 29-31 Polígon Can Salvatella
08210 - Barberà del Vallès (Barcelona)

*Para Oscar Kiss Maerth, que me animó a escribir esta novela*

# 1

# Cambridge

Trece personas con batas blancas se acercaron a la camilla. Una de ellas portaba un instrumento cortante, parecido a una paleta de albañil y, tras sujetar con fuerza el cráneo del cadáver, levantó con destreza la tapa de los sesos; luego, sin extraerlo, procedió a cortar el cerebro y lo repartió entre los doce, que lo recibieron y masticaron con unción y recogimiento, cual una comunión; cuando el cráneo estuvo casi vacío, el cirujano introdujo una espátula de madera y rebañó la silla turca del esfenoides para arrancar la glándula pineal y devorarla seguidamente. Permanecieron unos momentos inmóviles, como asimilando la escena, que sin embargo no era nueva para ninguno de los presentes. Luego salieron silenciosos, sin mirarse; se habían vuelto a poner las máscaras que habían dejado sobre la mesa para proceder al rito. La celebración había transcurrido sin reticencias, ellos parecieron vivirla como un deber que estuvieran obligados a cumplir, un rito milenario venido de las entrañas de la raza. Sólo uno de ellos era miembro del laboratorio.

A pocos metros de allí, Leonidas Dantakis recogió los papeles de su mesa, cerró el microscopio y guardó en el congelador las muestras de ADN que estaba descodificando. Miró el reloj de pulsera, donde llevaba las horas de Inglaterra y de Atenas, y descolgó el teléfono.

—Te espero en el Eagle dentro de diez minutos.

Al otro lado del hilo, Lucas Gálvez miró por la ventana de su apartamento hacia el reloj de la torre de la biblioteca; la puntualidad era imprescindible en aquellas latitudes a las que su negativa a prestar el servicio militar en España le había exiliado. Era un prófugo por azar, casi por delicadeza. Incapaz de seguir las pautas de sus compañeros de clase, pospuso su incorporación a la milicia para dedicarse a aprender francés en un Lycée para extranjeros de Cannes. Al otro año se marchó de viaje por Italia, luego a Grecia. Cuando se quiso dar cuenta ya no podía obtener más prórrogas y se le reclutaba en el reemplazo del servicio militar normal que le correspondía.

Había una cosa que le aterraba más que conculcar su pacifismo militante: perder el tiempo. Pasearse por las montañas, repasar las partes del mosquetón, marcar el paso y girar al unísono, le provocaba náuseas sólo de pensarlo. Había nacido después de «la guerra», la guerra por antonomasia y no se preveía otro conflicto en su país, cómodamente instalado bajo el paraguas nuclear de Estados Unidos. ¿A qué prepararse para una guerra que no iba a suceder? Ya lo dijo Einstein, si hubiese otra guerra mundial, las siguientes se disputarían a pedradas.

Prefería dedicar todo su tiempo a la ciencia, por eso estaba exiliado en Cambridge y no en Miami. Claro que en el MIT, en Princeton o en el Lawrence Radiation Laboratory de Berkeley le hubiesen enseñado la física cuántica o la cosmología, pero él comenzó por las ciencias blandas: sociología, economía, para luego derivar a la biología. Le atraía el misterio de la vida, cómo la materia que es inerte, según se agrupe, se convierte en viva. ¿Hay una fuerza vital o se trata sólo de sistemas homeostáticos con retroalimentación? El librito de Erwin Schröedinger *¿Qué es la vida?* le había acabado de decidir y se cambió de la London School of Economics al Cavendish Laboratory en Cambridge.

Vivía en un cómodo apartamento, que, como *by-fellow*, le correspondía en Churchill College; aunque lo había encontrado amueblado, él había introducido algunos objetos y detalles personales, como una raída alfombra persa que había comprado a precio fijo en una subasta de Bond Street y que ahora, una vez más, arrastró al abrir la puerta del piso.

Salió a la calle. La noche era fría, un aire diáfano revelaba el cielo —por una vez— estrellado. «No me extraña que usen radiotelescopio en este país», pensó; si Eddington se hubiese quedado en Inglaterra no habría podido comprobar la curvatura gravitacional de la luz que predijo Einstein; antes para ser astrónomo había que estar en Canarias, hoy día ya se podía hacer de todo en cualquier parte. Se tiró la bufanda por encima del hombro imitando el póster de Aristide Bruand: le gustaba dar un punto de bohemia a su aspecto, lo cual en Cambridge resultaba fácil. Pese a ser uno de los focos mundiales más creativos en lo tocante a las ciencias, la sobriedad tradicional y el conformismo ingleses imperaban como en tiempos de la reina Victoria. Los ingleses pueden hacer excentricidades individualmente, en su vida privada y en su casa; sobre todo cuando dejan a los otros la posibilidad de fingir que no los ven, o sea, disimular, que les encanta; pero lo que no está bien visto es llamar la atención, conculcar aparatosamente las reglas: en este caso serán marginados, aborrecidos e incluso procesados como Oscar Wilde. Lucas Gálvez se permitía su dosis de excentricidad en la bufanda para aliviar la presión que la vida inglesa suponía para alguien criado en España.

Entró en el pub —una antigua posada donde se había hospedado el doctor Johnson hacía dos siglos— por la puerta de carruajes del patio. Las paredes, con vigas de madera toscamente talladas, seguían siendo las mismas, como tantas otras cosas en aquel bendito país que, lo tomas o lo dejas, es como Mrs. Thatcher: de una pieza. Buscó a su maestro entre los *fellows* y algún que otro turista perdido (nunca dejaba de maravillarle el número de turistas que se perdían por Cambridge, todos con ese terrorífico aire de iletrados). Cuando llegó junto a Dantakis le espetó:

—Betta me acaba de dejar.

—¿Dónde? —sonrió Leo.

—Aquí tirado.

—¿Por qué?

—¡Por un dentista de Friule!

—¡Ah! La Unión Europea; deben de tener razón los ingleses...

—¡Es la última vez que me pasa! ¡No estoy dispuesto a poner mi estabilidad emocional en manos de una mujer! ¡Nunca más!

—Desde luego, es mejor ponerla en manos de tres.

Leo lo miraba sonriente; le gustaba aquel español exaltado que le recordaba su juventud; además, era un ayudante muy diligente y extraordinariamente dotado. Siguió pinchándolo:

—Una cosa es lo que tú quieras y otra lo que puede suceder.

—¡No sucederá! —gritó Lucas como si quisiera convencerse a sí mismo.

—¿Y qué piensas hacer? —siguió Leo, zumbón.

—Irme a Ginebra; allá habrá una clínica en la que tengan un tratamiento para quitar a las mujeres de la cabeza.

—Pero si no pueden quitarnos ni el tabaco.

—Hay quien lo ha dejado, y pienso hacer lo mismo con las mujeres: me dedicaré al cricket, al bridge y al golf.

—Una solución budista —resumió Leo—, cuantos menos deseos, menos sufrimientos, lo cual vale en un país subdesarrollado, pero aquí...

—Éste es un país subdesarrollado eróticamente; aquí sólo hay Essex, Sussex y Middlesex. Me rindo.

—También podrías dedicarte a la biología, que, al fin y al cabo, es para lo que te han contratado en el laboratorio Cavendish.

—Ya me estoy dedicando lo suficiente. Me iré de viaje.

—Cuando uno está destrozado por dentro, lo mejor es quedarse en casa.

—Ah, ya, «en la desolación no hacer mudanza».

—¿Qué?

—Una sugerencia de Ignacio de Loyola.

—Te diría que se lo copió a Protágoras.

—Para nada, es de él, y bien que le ha ido a su compañía.

—Sí —concedió Dantakis—, no sé qué esperan para salir a Bolsa.

Se callaron en un silencio expectante. Lucas miraba al techo, donde todavía podían distinguirse las firmas de los aviadores de la RAF que salían de Duxford y pasaban por el Eagle antes de partir en misión de combate. Fueron los héroes de la Batalla de Inglaterra en 1940, que no se libró por tierra ni por mar, sino por aire cuando la Luftwaffe de Goering bombardeaba Londres para forzar la rendición de Inglaterra. Unas docenas de pilotos ingleses plantaron cara a la aviación alemana a bordo de cazas Spitfire, habían derribado tantos aviones enemigos que Alemania se vio forzada a abandonar la batalla.

—Muchos de los que firmaron aquí no volvieron, a veces la muerte parece un descanso —pensó en alto Lucas.

—No cuando se combate contra un Messerschmitt, éstos no descansaban, por eso Sir Winston, el fundador de tu *college*, pronunció el elogio lapidario: «Nunca tantos debieron tanto a tan pocos.» Ésa es la grandeza de este país, cuando la libertad ha estado en peligro, los ingleses nos han sacado las castañas del fuego.

—Sobre todo a los italianos.

—El hecho de que Betta lo sea y se haya quedado con un compatriota suyo no te debe predisponer contra ellos: es demasiado fácil. —No pudo evitar la condescendencia de la edad—. Debes ser objetivo, es la primera cualidad de un científico.

Lucas hizo otra mueca, mientras balanceaba nerviosamente una pierna.

—¿A usted no le han dejado nunca?

—Como comprenderás no estamos aquí para que te ilustre con mi vida amorosa. Hay un adagio que aconseja no enamorarse de un diplomático; y aquí en Cambridge es lo mismo: viene una chica para escribir la tesis, pasa cuatro años, se enamora, ha encontrado al hombre de su vida, pero cuando termina la tesis descubre que en Cambridge no se le ha perdido nada. Lo tuyo es habitual.

Lucas, que admiraba a su maestro, notó con disgusto que comenzaba a sentir una repentina irritación contra él. Le molestaba el tono desenvuelto con que despachaba su fracaso amoroso. De alguna manera estaba borrando a Betta de su existencia anterior, y no podía consentir que su pasado reciente se leyera como una frivolidad, ¿acaso era habitual que, después de cuatro años maravillosos en los que él se había volcado, Betta lo dejara?; después de llevarla al picnic por el río siempre que el maldito clima lo permitía, empujando la barca con la pértiga, parando en los remansos de Granchester para besarla como no hiciera con ninguna otra, de llevarla a los bailes de mayo —que se celebran en junio—, de pagar *weekends* suntuosos en Londres, de invitarla a las óperas veraniegas de Glyndebourne, a las regatas de Henley, a una final de Wimbledon entre Sampras y Agassi, de tenerla alojada en su piso, de facilitar su intendencia para que se consagrara a su tesis, ¿era normal que lo dejara? Pues sí, lo era. Tenía que reconocerlo si se dignaba reflexionar con un mínimo de lucidez. Su maestro tenía razón también en esto: su historia no sólo era habitual en términos estadísticos sino incluso banal, para qué engañarse. Pero él sólo llevaba cuatro años en Cambridge y había llegado con ella, atravesado en el flechazo lanzado por una Diana italiana de piernas largas —eso contaba mucho para Lucas—, grandes ojos castaños y pestañas interminables sin el tramposo recurso al rímel, pelo corto formando un aura morena alrededor de su cara redonda, huesos marcados y trazos carnosos. Aquellos ojos castaños habían podido con él, y también la dulzura del habla italiana; Lucas era hombre muerto ante la ternura femenina.

—El hecho de que el sol salga cada día no permite afirmar que saldrá mañana, en cambio si un solo día deja de salir, se puede decir que el sol no sale todos los días —Dantakis seguía su monólogo de pub para pupilo desolado, y probablemente no era la primera vez que lo hacía—; es la asimetría del principio de inducción en la que Popper basa su principio de falsabilidad, ¿me oyes?

Lucas había vuelto a su mundo, perdido en brazos de Betta, envuelto en el esplendor meloso de sus ojos. Despertó.

—Estoy hablando de mí. ¿Qué tiene que ver Popper en esto?

—El amor es como el principio de inducción: si ella te ama hoy, no es seguro que lo hará mañana; nunca puedes estar seguro de que el amor dure; en cambio, si un día te abandona, es seguro que no era un amor eterno. Date por contento con los cuatro años que has disfrutado.

Sí, Popper tenía que ver con aquello, porque él había dejado las ciencias sociales por la biología después de leer *La lógica del descubrimiento científico.*

Lucas había tenido la fortuna de conocer al viejo vienés en la London School, donde reinaba como patriarca de la Sociedad Abierta y metodólogo de la ciencia. Popper había sistematizado el método científico en cuatro fases: hipótesis de partida, formulación de un modelo, conclusiones y contrastación de éstas con la realidad. Sin hipótesis no se sabe qué hechos son datos y cuáles son irrelevantes; luego se combinan leyes conocidas y fórmulas para construir un modelo de la parte de la realidad que se está estudiando y se sacan conclusiones de las cuales se toman detalles medibles que se comparan con la realidad; si coinciden, se acepta el modelo, si no se rechaza y se elabora otro.

No es lo mismo aplicar este método a las ciencias sociales que a las exactas, porque en la economía o en la sociología los experimentos de laboratorio no son posibles.

De la realidad se tienen series temporales de datos. No se puede hacer un experimento para averiguar cómo cambiará el nivel de precios si se baja un dos por ciento el tipo de interés. Y si se hace tal experimento, puede costar muy caro al público, como una explosión de gas o una central nuclear averiada. En cambio en física o en biología se experimentaba en laboratorio para contrastar las teorías.

Es lo que habían hecho Crick y Watson en el laboratorio Cavendish, ellos sentaron la hipótesis de que la forma del ADN era una doble hélice, escalera en espiral de moléculas que permite replicar los cromosomas y, mediante éstos, transmitir a los hijos las características de los progenitores.

Una leyenda cantabrigense que fascinaba a Lucas es que Crick vio la doble hélice en un viaje de ácido lisérgico dietilamina. Esa leyenda se parece demasiado a la auténtica anécdota de Kekulé sobre cómo descubrió la estructura de la molécula de Benceno. Según August Kekulé se hallaba en 1865 en Gante escribiendo su libro, pero el trabajo no progresaba, así que acercó la silla al fuego y se adormiló. Los átomos danzaban ante sus ojos en su duermevela y configuraban largas cadenas de átomos de carbono e hidrógeno que se cimbreaban y retorcían en movimientos serpenteantes. De pronto una de las serpientes se mordió la cola: se había cerrado la cadena del benceno. No era una estructura lineal sino circular. Eso había sucedido realmente, lo de Crick se le parecía. ¿Acaso no funciona así el proceso creativo: una visión intuitiva en el duermevela de opciones sopesadas y desechadas? Si Kekulé vio el Ouroboros, la serpiente del paraíso que se muerde la cola, Crick vio la escalera de Jacob retorcida. Esa puerta abierta a la creatividad es lo que había empujado a Lucas hacia la química orgánica y la biología.

Cuenta la leyenda urbana, y esta vez es cierta, porque hubo testigos, que vieron como Francis Crick había entrado en el Eagle la noche del descubrimiento —en Cambridge se hace de noche a las tres de la tarde— para anunciar modestamente: «He descubierto el secreto de la vida.»

¡El secreto de la vida! ¿Acaso lo va a revelar la ciencia, que no sabe qué es la materia, ni cómo se ejerce la fuerza de gravitación —«atracción» suena a magia—, ni en qué están vibrando las ondas electromagnéticas? Por eso Gálvez, como tantos científicos que se presentan como escépticos en los cócteles de las universidades y en los congresos, también se había interesado por los libros esotéricos y había frecuentado a diversos gurús para ver si alguien le acercaba al secreto de la vida. Conocerlos, e incluso desenmascararlos, le producía una extraña paz, y le daba energía para buscar nuevos. Había gurús que le predicaban sandeces del tipo: «Nos estamos concienciando de que un proceso espiritual opera tras el escenario de la vida, y al hacerlo dejamos atrás una visión del mundo materialista que reduce la vida a supervivencia, paga su tributo dominical a la religión y usa juguetes y distracciones para apartar el verdadero asombro de estar vivo. Lo que deseamos es una vida llena de coincidencias misteriosas y súbitas intuiciones que sugieren un camino especial para nosotros en esta vida, una búsqueda particular de información y experiencia, como si un destino oculto pugnara por manifestarse...»

Bla, bla, bla que no llevaba a parte alguna y, sin embargo, algo le decía que existen más cosas en el cielo y en la tierra que las aceptadas por el paradigma mecanicista. Una cosa es que abandonara la economía y la sociología para pasarse a la bioquímica porque era una ciencia experimental —donde era posible avanzar mediante el criterio de refutación— y a la vez más creativa, y otra era abandonar la tradición hermética de los gnósticos y alquimistas, que tanto le fascinaba. Lucas seguía cultivando su jardín interior de esoterismo, que no debía en modo alguno trascender en Cambridge. No se lo revelaba ni al propio Dantakis, quien le miraba con auténtica simpatía y que, para lanzarle un último cable, le dijo:

—No pensé que tu enamoramiento con la italiana fuese tan fuerte. Rectifico lo que te dije antes, creo que te puede venir bien un cambio de aires. Usemos otro proverbio: ojos que no ven, corazón que no siente. Las calles de Cambridge te recuerdan a Betta, vete a otra ciudad.

—No tengo amigos en ninguna que me apetezca.

—Entonces repasa en dónde tienes o estarán tus amigos estas próximas semanas.

—Mi ex gurú Sandro Mallet me ha invitado a acompañarle en su viaje de novios.

—Extraño tipo que no desea una luna de miel a solas.

—Es más extraño de cuanto se pueda imaginar.

—¿Y dónde discurrirá esa luna de miel multitudinaria? Ya sabes que, en amor, tres son multitud.

—En Egipto.

—Hum...

—Si quieres cambiar de aires para olvidar, lo mejor que puedes hacer es irte a Egipto.

—¿Por qué Egipto?

—Es el origen de todo —resumió Leo como quien dice «*Spain is different*»—; tengo allí un viejo amigo arqueólogo que te puede distraer mucho. Quizá ya va siendo hora de que conozcas esas historias. Sí, ve a Egipto y conoce a mi amigo. Vámonos. Es la hora.

Caminaron por Kings Parade hacia Trinity Street. En

la esquina del Royal Bank of Scotland giraron hacia la izquierda y pasaron el arco gótico del portal, bajo la torre que ocupara Newton. Entraron en el gran patio interior de Trinity College, apenas iluminado, se cruzaron con otras sombras que como ellos se dirigían a la capilla, en el lado derecho del inmenso rectángulo empedrado, rodeado de almenas y torres que sugerían más un palenque de torneo que un claustro universitario. Accedieron al recinto sagrado a través del antetemplo que decoraban las estatuas de antiguos alumnos y *fellows*: Bacon, Newton, Byron, Bertrand Russell. «Apabullante. No hemos tenido nada igual desde el siglo de Pericles», pensó como de costumbre Dantakis. Lucas sólo pensaba en Betta.

Se sentaron en los bancos que habían colocado lateralmente a modo de coro. Era la noche de Todos los Santos, Trinity celebrando All Souls. La ceremonia de acción de gracias le recordó a Lucas la «exposición y reserva» de su niñez. Lucas había sido de niño y casi de adolescente un meapilas. Contagiado por el ambiente religioso de sus colegios y de su familia había llegado a conocer todos los ritos del catolicismo, no del obligatorio, sino del optativo, como las novenas, las cuarenta horas, las rogativas, el primer viernes de mes y las flores de María el mes de mayo, los rosarios de los cinco e incluso los quince misterios (la ocupación favorita de una oscura tía abuela), las procesiones nocturnas y de alborada, las romerías excesivas que permitían todo tipo de licencias. También recordaba el oficio vespertino donde se sacaba la sagrada forma del sagrario, se la exponía a los devotos mientras el monaguillo lanzaba incienso con el botafumeiro pequeñito y luego se guardaba otra vez en el sagrario: la reserva. Él había soñado con ser monaguillo, pero afortunadamente su padre se opuso. «Se amariconan», objetó.

Como los anglicanos usaban todavía el latín, lo cual realza la elegancia del ritual, los kiries, hosannas y vobiscums transportaron a Lucas a sus años de internado en España. En un colegio de religiosos donde estudiaban el bachillerato los adolescentes de la clase media alta y algunos de pueblo como él. En ese colegio había cosas buenas, como el código ético que enseñaban los religiosos, y dos cosas malas: la carencia de alumnos del otro sexo y la displicencia por las ciencias a favor de la literatura —no toda— o incluso de engendros como la Historia Sagrada, que en vez de ser mitología comparada, era una exaltación de lo judeocristiano que marca, porque sucede en edades tiernas.

Recordando las épocas de su infancia, Lucas se fue más lejos a la memoria histórica de lo que sabía sobre el pasado de su tierra. En aquella noche fría, como de invierno, a miles de kilómetros de su ciudad natal, Lucas se sintió como si fuera un monje que, en las soledades de la Edad Media, mantuviese la antorcha de la civilización en los territorios del norte. Desde que vivía en Inglaterra se había percatado de que ellos estaban convencidos de ser el foco de la civilización europea, cuando esto sólo fue cierto a partir del siglo XIX, como mucho desde el XVIII. Al caer el Imperio romano, la civilización la habían salvado unos monjes itinerantes y unos monasterios apartados en puntos clave de Europa, protegidos de la violencia y el hambre. En aquellos yermos de Cambridge, en el año 1300 se rezaban las mismas letanías en la misma lengua que en la catedral románica de su ciudad pirenaica. La idea abstracta de cristiandad, incluso de cultura, se le tornó concreta, aquellas jaculatorias en latín mantenían Europa como un universo cultural comprensible por la fuerza de la Iglesia cristiana, que aunaba las ceremonias en los extremos del continente. Los recuerdos de infancia eclipsaron por un instante sus obsesivos pensamientos sobre Betta. Le habían bautizado en una catedral del año 1000, bajo altas bóvedas de piedra picada que cubrían de arcos y medios cañones las naves espaciosas y severas: el espacio era enorme, austero y frío, sobrecogedor pero también familiar, quizá por la frecuencia con que lo llevaban a recorrerlo las mujeres de su familia, depositarias de esa devoción ajada que implicaba rosarios, novenas y velas. Ese elemento sobrecogedor, amenazante incluso, lo había notado también cuando recibió la primera comunión, pues él habitó aquel rincón del Pirineo hasta que marchó al internado con diez años. Años en los que la impronta de una ciudad que había alcanzado su esplendor en el año 1000 y que desde entonces sólo conocía la decadencia no podía menos que marcarle de modo original, propio de la tribu que llevaba un milenio decayendo pero sobreviviendo en las montañas y los valles que separan Francia de España.

¿Cómo había pasado? Al desintegrarse el Imperio romano, obispos, abades, priores, monjes y curas se habían instalado en las soledades del Pirineo, lugares escondidos y no de paso, sino ocultos y a trasmano, donde desde el siglo IX construyeron iglesias y monasterios para vivir y cultivar los restos de la cultura grecolatina cuyos jirones y escombros ellos recogían y guardaban, para jugar con ellos. Así, en Ripoll componían glosarios y comentaban a Virgilio. Y así Cesari, abad de Montserrat, escribía en 970 al papa Juan XIII y le hablaba de rosas, de palmeras, del esplendor sideral, de luminarias de la virtud, los lazos de la suavidad, el trono del éter.

En ese refugio monástico los obispos eran *pontifex*. Construyeron puentes y caminos, instauraron la «Tregua

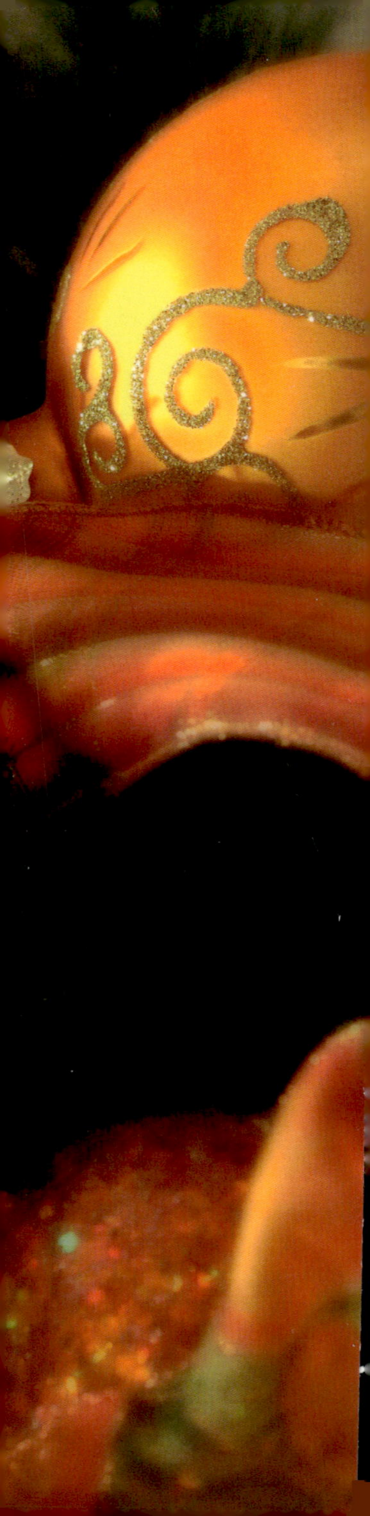

de Dios» en su beneficio y merced a ella se iniciaron los mercados semanales que todavía subsisten, se configuraron las comarcas y las ciudades catedralicias y abaciales. Ese mundo dio origen al renacimiento de Occidente y su figura mítica fue el monje, mago y matemático Gerbert d'Aurillac, que estudió en Ripoll, visitó Córdoba en busca del ábaco y de la numeración decimal y llegó a papa en 998 con el nombre de Silvestre II, preceptor del emperador Otón III.

O sea, que todo lo que le contaban a Lucas sobre el atraso de su país le sonaba a ignorancia anglosajona, a confusión propia de los bárbaros del norte entre neveras y cultura, coches automáticos y sensibilidad. Ello le ayudaba a sobrellevar la prepotencia de algunos nórdicos, tan indigesta como su cocina. Del clima prefería no acordarse.

Pero sí se acordaba de cómo conoció a Betta. Él había terminado —con malos modos— con la sociología y la economía y estaba completando sus estudios de biología a marchas forzadas, con unos resultados excelentes que habían llamado la atención de varios catedráticos. Pese a sus éxitos académicos, la Facultad de Biología se le hacía extraña, porque compartía curso con estudiantes más jóvenes, y no le interesaba compartir sus preocupaciones, ni, desde luego, sus dudas. Faltaba a muchas clases, lo que compensaba con la asistencia a la mayoría de los seminarios que se ofertaban, y a algunas entrevistas individuales con otros profesores, que se encontraban dispuestos a autorizar a un alumno de un potencial tan evidente. Sin haber acabado la licenciatura, ya había firmado varios artículos como miembro más joven de un grupo de investigación, en prestigiosas revistas anglosajonas. Estudiaba mañana, tarde y noche, con su tozudez y vehemencia habituales, como si estuviera montado en el último tren de no sabía qué. De hecho, su insatisfacción vital era la mejor vitamina para seguir consolidándose entre el gremio. Los licenciados que estaban haciendo la tesis le tenían bastante respeto.

En la Universidad de Barcelona existía una acreditada escuela de idiomas a la que asistían estudiantes europeos, no pocos de Italia. A Lucas le gustaba ir a la biblioteca del edificio histórico de la universidad, a consultar algunos de los libros científicos que guardaban en la reserva. Aquélla era una de las licencias que se permitía en sus estudios, porque le gustaba sobremanera consultar aquellos libros de enorme tamaño e impresión esmerada aunque mejorable, en que se atisbaban los primeros pasos de la ciencia moderna, impregnada, eso sí, de los últimos coletazos de las afirmaciones mágicas, o cuando menos, no suficientemente contrastadas.

Cuando acabó la licenciatura, consiguió una primera beca para la Universidad de Birmingham, y allí preparó una tesis a velocidad de crucero, que completó con una inolvidable estancia en Bruselas. El Lucas más rancio reconocía para sí que Bruselas era una ciudad que le agradaba mucho, porque era tan solemne y mortecina, tan puntillosamente burocrática y educada, que la vida en el laboratorio y en la universidad libre era una liberación. Por otro lado, descubrió, tarde, a Jacques Brel, que le ayudó a manejarse en francés lo necesario. Cuando necesitaba animarse, la ciudad tenía una vida paralela centrada en los tugurios de jazz. Un lugar llamado The Blue Corner se convirtió en su relajación favorita. Le acompañaba una danesa que trabajaba en otro laboratorio de la universidad, pero que no duró un día más que su estancia belga.

Regresó a España con una tesis bajo el brazo que le

procuró el premio extraordinario de doctorado de la Facultad de Biología y la convicción de que sus maestros catalanes ya no podían servirle para nada. Como tantos otros doctorandos, la estancia en el exterior le había procurado nuevas inquietudes y algunos desasosiegos. Como sabía lo que no quería hacer, pero ignoraba qué quería hacer, empezó a colaborar con un grupo de investigación y, para sentirse vivo, recuperó las tardes entre los mamotretos de la biblioteca de la universidad.

Allá en los patios de la casa de la plaza Universidad se topó literalmente con Betta, la atropelló, derribó los libros que ella acarreaba y mientras se los recogía se dio cuenta de que ella tenía lo que más le gustaba a él de una mujer: *long legs*. Ligar a una extranjera era poco menos que un deporte nacional que había nacido con la llegada del turismo durante los años del franquismo: como se salía muy poco o nada por Europa, se ligaba a domicilio, jugando en campo propio en la universidad, la playa de Castelldefels o en el mismísimo barrio gótico, que no en el chino. Lucas, por su educación, todavía tenía resabios franquistas en eso de la conquista de las féminas, porque el *affaire* con la danesa le había ayudado a mejorar el cuerpo, pero no a ampliar todavía el espíritu, así que meter a una extranjera en su vida le resultó especialmente beneficioso para madurar.

De todos modos, la suya empezó siendo una relación de tópicos. Lucas se dedicó a pasear a Betta con su Vespa para enseñarle el parque Güell, la colonia Güell, que es más para iniciados; las playas, Sitges; la llevaba al Up & Down, a las terrazas del Tibidabo, a Luz de Gas. Pero claro, Lucas no estaba solo en la ciudad y los propios extranjeros de la escuela de idiomas se habían fijado en la belleza bettiniana y, por proximidad, se la acabó ligando un islandés de corazón caliente y tan resistente al alcohol como en la cama. Ahí Lucas habría probado el acervo cauterio de los celos y cayó en depresión.

En esa situación, el mejor revulsivo fue una espléndida beca-contrato para ir a Inglaterra, procedente de la propia academia inglesa. Le permitían, de una selección, escoger el laboratorio al que deseaba incorporarse. Lucas, al evaluar el dinero que le suponía, y creyéndose ya miembro de lo más granado de la comunidad universitaria, le propuso a Betta que lo acompañara. Ella, que ya había conseguido en Barcelona lo que deseaba —farfullar el español y acostarse con la mitad de los escandinavos de la Escuela de Idiomas—, accedió a marcharse con él con la condición de que la llevara a Cambridge. Allí podría estudiar inglés y cursar cualquier carrera que le interesara.

Se fueron juntos y Betta se convirtió en el apoyo de Lucas para ayudarle a digerir la ausencia de su país, la flema y, especialmente, la comida inglesa. Alquilaron un bonito apartamento, jugaron por las mañanas y por las noches a ser felices y comieron *risotto* en más de doce recetas distintas; pero las flores de invernadero no resisten los inviernos ingleses, y al cabo de pocos semestres Betta empezó a flaquear en su erotismo y a suspender en sus estudios. Al cabo le confesó a Lucas que tenía relaciones con un dentista de Friuli y que ahí se quedaba él con sus microscopios. Lucas, que en su narcisismo no quiso prever esta posibilidad, no aceptó el abandono de buen grado. ¿Qué podía tener un dentista que no tuviera él? Pues, para desgracia suya, además de unas manos de constatada pericia —en todos los aspectos—, un barco varado cerca de Venecia, un Jaguar, un chalet en Cortina d'Ampezzo, una casa señorial en Friuli e incluso un *pied à terre* en Forte dei Narni. *Ciao bello.*

Dantakis, que lo veía sufrir en silencio, intentaba ayudarle con cariño no exento de ironía. Y por eso para no despedirlo a una hora inglesa, invitó a su pupilo a tomar una copa en sus habitaciones de Trinity. New Court estaba tranquilo a aquella hora de la noche, Lucas notó el silencio más que otras veces.

—¿Por qué la tristeza agudiza las percepciones?

—Porque estás más en el presente: al darte igual todo, te quedas con lo que tienes delante. El loco de la casa, que es el pensamiento, está fijado en una sola cosa y no te distrae: en tu caso o piensas en Betta o en lo que hay aquí y ahora.

Dantakis arqueaba las cejas al hablar, lo cual afilaba aún más su cara aquilina. Sacó la llave del bolsillo de su gabardina elegantemente larga. La llave no abría, buscó otra, sonrió; se acordó del día en que perdió a su secretaria y amante de muchos años por una confusión de llaves: tuvo que volver a casa a recoger la buena y se la encontró con Fisher, su colega y competidor, tanto en cuestiones profesionales como amorosas. Dejó la llave y no volvió más. ¿Por qué perdía las llaves con frecuencia? Seguro que Fisher no perdía nunca nada. Dantakis tenía la sensación de estar inmerecidamente postergado: sabía que valía más que Fisher, pero él no se ocupaba de pleitesías académicas, y éstas, en la universidad, aunque fuese Cambridge, seguían contando más que varios artículos publicados en la revista *Nature*. Fisher y él estaban a la cabeza del departamento de Biología, ambos enfrascados en el proyecto Genoma para catalogar —o descatalogar— el código genético humano y con ello posibilitar curaciones a partir de la intervención directa en los genes. Fisher captaba más fondos que él, intervenía en más simposios mediáticos que él, pero Dantakis contaba con los mejores ayudantes, entre los cuales Lucas era, sin lugar a dudas, el más brillante. Leo había dejado a su secretaria Julia por infiel; en realidad, por serle infiel con quien más podía molestarle. ¡Qué talento el de Julia!: habiendo millones de hombres en el mundo, había conseguido liarse con a quien más detestaba Leo; pero él se había resarcido liándose con la mujer que más podía importar a su rival: Clara, la hija de Fisher, que, en curiosa simetría, actuaba como secretaria de su padre. No había que descartar que Clara, una rubia majestuosa con la que soñaba la mitad de la comunidad académica de Cambridge, se hubiese ido con Dantakis precisamente para molestar a su padre, el despótico y patriarcal Fisher, al cual ella amaba y odiaba; le hacía de eficiente secretaria pero se enamoraba de su competidor en el departamento, o al menos llevaba varios meses acostándose con él. Leo Dantakis amaba a aquella mujer con aire de Lolita, piel blanquísima y ojos transparentes, una especie de Nicole Kidman antes de divorciarse de Tom Cruise, cosa que él siempre había sabido que pasaría, pensaba Dantakis.

Ahora Betta dejaba a Gálvez: la rueda del destino. «Lo importante es no extraviar las llaves», pensó Leo.

Abrió la puerta, entraron en uno de los vetustos pero lujosos apartamentos de Trinity, donde Dantakis era *fellow*, una proeza considerable para un extranjero, aunque llevase muchos años en Inglaterra. Había que ver lo que le costó a George Steiner que le creasen una cátedra en Oxford; en Cambridge sólo pudo ser *fellow* del Churchill, un colegio nuevo. Los antiguos, como Trinity, Kings o Peterhouse, albergaban a poquísimos extranjeros. Dantakis se acercó a una bandeja de plata con varias botellas, sobre un velador, pareció dudar un momento y finalmente le ofreció un armagnac Folle Blanche de 1960.

—Tu caso requiere algo más cordial que un jerez —le dijo, sirviendo la copa y caldeándola con la mano.

Lucas miraba cabizbajo el libro que estaba abierto sobre la mesa del salón: eran las poesías de Cavafis.

—Siempre tiene a Cavafis por aquí. ¿Lee a Cavafis porque escribe en griego?

—Forma parte de su encanto. Pero sólo parcialmente. En realidad me atrae por lo que tenemos en común: él escribía sobre el retorno de Ulises a su patria, siendo como era él un apátrida, un griego viviendo en Egipto, en Alejandría. Yo soy un griego que vive en Inglaterra.

Le entregó la copa a Lucas y se sirvió otra para él. Con la misma parsimonia. Se apoltronó en su butaca, levantó la copa y repitió la sugerencia de la taberna.

—Ve a Egipto y busca a mi viejo colega Kraft, con él no te aburrirás, es el tipo más original que he conocido en mi vida, demasiado inteligente, incluso para Cambridge, donde cursó estudios hasta ser expulsado.

Lucas, balanceando su copa, lo escuchaba a medias, pues ya se sabe que el amor es el pensamiento obsesivo sobre otra persona, tanto si está presente como si ha preferido a otro.

—Tómate unas vacaciones, es una buena idea, te relajas y olvidas. Te guardaré trabajo para cuando vuelvas y lo recuperarás en tus infernales horarios nocturnos.

—Sí, claro, supongo —murmuró Lucas desde su ausencia—. Es curioso que insista en Egipto, porque precisamente me ha invitado a Egipto, todo pagado en el Club Med, mi viejo amigo Sandro Mallet. Ya se lo he dicho, allí pasa una luna de miel, quizá la quinta... —hizo una pausa para ser más preciso—, pero con la misma mujer.

—Pues ya somos dos los que te lo recomendamos.

«Los griegos sois como niños», le dijo un sacerdote egipcio a Solón, y cuando vayas allí verás que tenía razón: los griegos aprendieron casi todo en Egipto, y los europeos tras ellos. Por cierto, ¿quién es ese Sandro? No creo que nunca me hayas hablado de él.

Lucas volvió de su ensimismamiento para quedarse perplejo. ¿Cómo explicar a Sandro?

—Pues verá —por primera vez en toda la noche sonrió—, ¿se imagina una mezcla de Cagliostro, Cassius Clay y Aldous Huxley, no sé muy bien en qué orden?

—Eso es imposible.

—Pues se acerca al personaje en cuestión.

—Lo peor es que, si tú dices que es así, debe de ser así. Quizá debiéramos pedirle que se preste a ser analizado en el proyecto Genoma. ¿De dónde sacas tipos como ése?

—De mi época hippy, cuando estábamos todos en Ibiza y Formentera, incluso los Stones y Pink Floyd estaban allí. Robert Graves también se había instalado en las Baleares. Había un muestrario de gentes insólitas, que, para serlo más, vivían en aquellas islas. Comprenderá que los conformistas...

—¿Como yo? —interrumpió Dantakis.

—Los conformistas no se fueron allí; por eso ahora son *fellows*.

Dantakis pasó por alto con buen humor el dardo de Gálvez; sabía que Lucas estaba dolido y para eso se lo había llevado a tomar el *night cap*, para que se desahogara.

—Bien. No me has contado quién es realmente ese Sandro.

—Es lo que intentaba, no es fácil: como Huxley, posee una erudición inmensa, como si hubiese memorizado la

Enciclopedia Británica, incluso escrito algunas voces; puede disertar sobre cualquier rama de las ciencias o las humanidades hasta que le pidan tregua. Como Cassius Clay, tiene un cuerpo cuadrado y pega como un ariete, además le gusta: busca las peleas. Tiene un extraordinario juego de muñecas. Y como Cagliostro, está metido hasta el cuello en cuestiones esotéricas, sobre todo de sociedades secretas y de conspiraciones.

—¿Pertenece a alguna?

—No me lo ha confesado: él sólo deja caer insinuaciones. Es un tipo vitalmente discreto.

—Pues si te aburres con él, cosa improbable, busca a mi amigo Kraft.

Y Dantakis consultó su agenda para anotar una dirección que entregó a Lucas.

Lucas se bebió el cognac y se marchó, taciturno, pero con la dirección en el bolsillo inferior de su chaqueta. Al poco de irse, sonó el teléfono. Dantakis descolgó.

—¿Has terminado ya tu tutoría o todavía hay náufragos de la Armada Invencible?

—No, el joven hidalgo español herido de mal de amores, pero ya se ha marchado. Puedes venir cuando gustes.

Clara Fisher amaba salir a horas raras —raras para Inglaterra, claro— con hombres mayores que ella para hacer cosas extravagantes. Lo suyo era llevar una doble vida, porque con la primera no tenía bastante: ser la eficiente secretaria de su padre en el laboratorio de Downing Site no era su ideal de existencia, lo aceptaba porque admiraba a su padre y le estaba agradecida. Pero como también lo odiaba por su despotismo puritano e hipócrita, había optado por desquitarse por las noches, y precisamente con el respetable profesor Dantakis, el otro catedrático del floreciente departamento de Biología, a la sazón volcado en la ingeniería genética.

Clara había aprendido de su madre la capacidad de disimulación, así como a manejar al padre. Pero eran nuevos tiempos y ella pudo moverse mucho más que su madre. Se fue a estudiar a Estados Unidos. En UCLA se hizo ecologista y luego feminista, flirteó con los Black Panthers y con el Symbiotic Liberation, o con lo que quedaba de ellos. Pronto comprobó que todo eso no llevaba a ninguna parte porque la época de las revoluciones había pasado, así que entró en grupos New Age para encontrarse a sí misma. Siempre supo muy bien lo que quería y más aún lo que no quería. Formaba parte de aquel colectivo de hippies que, a principios de los años sesenta, creyeron que iban a cambiar el mundo, que podían eliminar el excedente de represión que mantiene, por inercia puritana y calvinista, el capitalismo, esos hippies que jugaron, holgaron y se manifestaron; montaron comunas y familias abiertas, tomaron drogas buenas y regulares, se vistieron de flores y prendas de ganchillo, se cresparon el pelo en un aseado precedente de las rastas. Pero el movimiento no cuajó: eran minoría y el sistema contraatacó diseminando drogas malas y persiguiendo a los líderes. Timothy Leary, Jim Morrison, Janice Joplin, Eldridge Cleaver: todos a la cárcel, al exilio, o a la tumba. Clara, pese a que había disfrutado de lo lindo, o precisamente por ello, se dio cuenta de por dónde iban los tiros, y se hizo New Age: ya que no podía cambiar el mundo, se cambiaría a sí misma.

Aquella noche no quería los tejanos y el blazer que llevaba en la oficina; se vistió para matar: una minifalda de licra ceñida, medias negras hasta el muslo —Dantakis odiaba los pantis y a ella le encantaba complacerle en esas nimiedades— y un jersey *crew neck* de seda negra que marcaba su poderoso busto. Con ponerse la gabardina por encima estaba arreglado. Recorrió a buen paso las calles desiertas, entró en la puertecilla del *college* que permanecía abierta toda la noche y pasó frente al soñoliento portero, que hizo como que no la veía. La regla no escrita es que no se puede negar nada a un *fellow*.

Abrió la puerta de los apartamentos de Dantakis con la llave que éste había insistido extrañamente en facilitarle, y se plantó frente a él mirándolo de abajo arriba, como Lady Di; los ojos casi ocultos por las cejas. El morbo de que el rival de su padre la mirara entregado la excitaba sobremanera. Había decidido que, después de aquella noche, su *fellow* seductor iba a ingresar en la cárcel del amor de los seducidos.

—Ese español al que das tutoría tiene buena pinta.

—¿Dónde lo has visto? —Dantakis dejó la copa de cognac en una mesita y le hizo un gesto falsamente amenazante.

—En el departamento, por la calle. Cuando un tío está bueno no puede pasar desapercibido en una ciudad llena de estudiantes.

—¿Quieres decir que las chicas le siguen?

—Quiero decir que a mí me llama la atención.

Ya estaba ella dando celos al viejo para que tuviese aún más ganas de poseerla. Se ladeó para que la minifalda revelase el reborde de puntillas negro donde la media se ceñía a su muslo. Dantakis resopló y la atrajo hacia sí con las dos manos.

—Despacio, profesor, primero me has de regalar con tu sabiduría. ¿Quién es ése del libro que hay sobre la mesa?

—Esta noche este libro os fascina a todos... Es un poeta de mi país, bueno, casi. —Dantakis se quedó dudando cómo explicar Cavafis—. Bueno, el que mejor ha definido a Cavafis es un *fellow* de Kings.

—¿Le conozco?

—Deberías, es el novelista E. M. Forster. Creo que en la escuela os hacen leer *Una habitación con vistas*, me atrevería a asegurarlo... Durante la Primera Guerra Mundial Forster trabajaba para la Cruz Roja en Alejandría y vio: «Un caballero griego con sombrero canotier que se mantenía de pie absolutamente inmóvil *at a slight angle to the universe*» (formando un ligero ángulo con el universo).

—Así me gusta, que me eduques —rio Clara, y luego añadió, mientras se quitaba apresuradamente el suéter—: y que me domes.

Lo dijo con morbo, inspirando profundamente para encoger el estómago, estrechar la cintura y realzar más un pecho cubierto por un sujetador negro muy calado. Dantakis se precipitó sobre ella y la cubrió con su cuerpo poderoso y sus anchas espaldas. Le encantaba abrazarla con una cierta contundencia, sentir que no cabía resistencia. Metió una mano por la cintura de la falda y, como tantas otras veces, pensó en el padre de ella y lo que le vejaría contemplar la escena. Ella pensó lo mismo y se excitó aún más, porque la relación con su padre era en todo momento dudosa, como el propio Fisher.

Fisher era un caballero en todos los sentidos de la palabra: por familia, formación, aspecto físico y maneras. Su familia eran *country squires* en Sussex conectados en lejano parentesco con el duque de Baclugh y otras estirpes antiguas. Su madre escribía poemas lánguidos al estilo de Emily Dickinson y languidecía el resto del tiempo en tés aristocráticos de caridad mientras su padre perseguía al zorro o tiraba al *grouse*. Como su pedigrí no alcanzaba para entrar en Eton, le mandaron a Winchester, donde sobresalió como deportista y en griego clásico. Pasó a Cambridge para entrar en el Kings College.

Su éxito entre los compañeros de estudio era inmediato, porque si no congeniaba como *sportsman* le admiraban como humanista, por sus impresionantes traducciones al griego. Además tenía fama de reservado, lo cual en Inglaterra siempre se considera una virtud, y algunos le creían incluso misterioso, como portador de un secreto. Naturalmente, fue cooptado por la sociedad —secreta, ésta sí— de los Apóstoles de Cambridge, y había sido el propio Lytton Strachey quien le propuso entrar y tomar parte en las veladas nocturnas de los sábados. Sólo la élite intelectual de Cambridge tenía acceso a esa sociedad, que había contado entre sus miembros a Bertrand Russell, Keynes, E. M. Forster o G. E. Moore entre otras lumbreras. El propósito de los Apóstoles era debatir ideas generales. El profesor de ética Sidwick decía que el espíritu de los Apóstoles era la búsqueda de la verdad con absoluta devoción y sin reservas por un grupo de íntimos amigos que se trataban con total franqueza. El único deber que impone la tradición de la sociedad es candor absoluto. «Nada de mi vida en Cambridge era tan real como las noches de los sábados en que se celebraban los debates apostólicos, y el lazo de unión con esa sociedad es el sentimiento grupal más fuerte que he conocido en la vida», afirmaba Sidwick. Tal era la fuerza de los Apóstoles de Cambridge. Para el profesor de Oxford Hugh Trevor-Roper esa egregia sociedad secreta de narcisos autocomplacientes y autoperpetuantes había propiciado por sus costumbres de secretismo que bastantes de sus miembros adoptaran la doble vida más doble de todas: el espionaje. Encima a ellos se debía añadir una subclase más secreta: el grupo de los homosexuales, como Keynes, Strachey, Forster, Burgess, la llamada Homintern, en alusión a la Komintern comunista. La sociedad de los Apóstoles contaba en total cuarenta y cuatro miembros que venían desde el siglo XIX y cada año se elegían dos o tres nuevos. El esnobismo de Fisher le llevó a cultivar la amistad con las familias hegemónicas de Cambridge: los Darwin, los Keynes, los Trevellian y los demás que Noel Annan enumera en su ensayo y los que el propio Keynes relacionó en *The Great Villiers Connection*, donde muestra que la amante de Bertrand Russell, Lady Ottoline Morrell, era prima de Beaumont, Dryden, Swift, Walpole, Harley y Chesterfield.

Fischer no era uno de ellos, ni mucho menos, pero por eso precisamente se esforzaba en caerles bien, en parecer más inglés que Harold Nicholson. En adaptarse a las convenciones no escritas que rigen Inglaterra sin definirse pero con mano de hierro. Era un pelota de la *high society* intelectual.

Cuando completó con honores sus estudios de latín, griego e historia pasó a las ciencias, entró en el laboratorio Cavendish, y entonces fue cuando prefirió la biología a la física, igual que le sucedería años más tarde, en la siguiente generación, a Lucas. El motivo de esta preponderancia de la biología a partir de los años veinte se debía a la inesperada e indescriptible complicación que adquirió el estudio del átomo. La mecánica cuántica traducía la estructura del átomo a un conjunto de matrices y los electrones a ecuaciones ondulatorias. Aquello no se veía, la física había caído en la abstracción. Muchos prefirieron las experiencias tangibles de la materia viva que no descendían más abajo de la biología molecular, es decir, de algo que todavía alcanzaba a verse mediante el microscopio o el espectroscopio.

En su juventud Fisher fue un excéntrico por esnobismo, ya que éste era uno de los pocos manierismos aceptados por la élite inglesa. Los ingleses, con su individualismo y su flema respetan con indulgente condescendencia las manías ajenas. Sin ir más lejos, Fisher tenía un profesor de matemáticas que se volvió loco sin que nadie se diera cuenta. Él cultivaba la imagen de viajero maldito a la Byron, su apostura y prestancia causaban estragos entre las veinteañeras, que difundían rumores sobre sus excentricidades eróticas. No sólo tenía la estrafalaria manía de obligarlas a usar ligueros, sino que les ordenaba imperiosamente que le rascaran la espalda. Algunas salían de sus escarceos amorosos con marcas en el cuello y la novela de Polidori bajo el brazo. Más de una se lo contó a su hija Clara.

Al parecer, Fisher no sólo cultivaba tendencias sadomasoquistas como tantos alumnos de las *public schools*, sino algo más que tenía que ver con el vampirismo. Su estancia en las islas de Borneo, cuando realizó trabajos de campo entre las tribus malayas con su colega Kraft, le había marcado profundamente.

«Un edipo con un vampiro», pensó Clara, mientras el excitado Dantakis, ajeno a lo que pasaba por su cabeza, pero muy pendiente de los movimientos de su culo, gozaba de los embates amorosos de aquella mujer que se empeñaba en ser una especie de Lolita inglesa, aunque había cumplido ya los treinta. Quizás era su propio deseo.

# 2

# El Cairo

Los rusos que se instalaron en Egipto para asesorar al coronel Nasser tras su golpe contra el rey Faruk y la influencia inglesa habían dejado la impronta de la burocracia soviética en las inacabables e innecesarias formalidades de control del aeropuerto. Junto al taxi, por fin fuera de la terminal, todavía un soldado tomaba notas: «el papeleo odioso de los estados ineficaces», pensó Lucas; que se cuidaba muy mucho de mostrar su desaprobación, cuanto menos organizados para producir, más anotan para controlar, o sea, para justificar sueldos. Es el cargo *cult* de los malayos transformado en rito burocrático; allá esperan que aterricen los aviones invocándolos mediante estatuillas de madera y barro, aquí esperan a los turistas y los controlan no saben muy bien para qué.

El taxi lo llevó hasta el Club Med. Como todos los taxis egipcios, tenía los asientos cubiertos por unas esterillas de rafia que olían a polvo y prácticamente tapado el vidrio delantero por los racimos de figuritas que colgaban del techo y que los taxistas intentaban endosar a los incautos. Lucas se concentró en mirar por la ventanilla, con sus gafas oscuras de agente del FBI. Los barrios periféricos se parecían a los de Madrid, Milán o Marsella; en el centro, en cambio, Egipto lucía con orgullo su profusión de autopistas elevadas como símbolo de progreso. Unos puentes de asfalto y hormigón feísimos llevaban los coches a la altura del segundo piso de los edificios, donde la gente, ¡oh, sorpresa!, estaba mirando la televisión. «Los aviones permiten viajar cada vez más deprisa y con mayor facilidad a sitios cada vez más parecidos entre sí», pensó. Lucas ya había estado allí hacía años, cuando era estudiante. Entonces el país era atrasado, ahora era bárbaro, es decir, primitivo progre. Él no estaba en contra del progreso, pero a su generación le había tocado soportar las etapas intermedias del desarrollo, que es lo más incómodo y decididamente antiestético: era el sino de los que nacieron después de la Segunda Guerra Mundial. El mundo primitivo es estático, injusto, pobre de opciones, que no económicamente, pues en términos materiales sólo es pobre quien desea más de lo que tiene, y los primitivos son demasiado sensatos para cometer esa estupidez. Los primitivos, sumidos en su estado, no lo cuestionan ni esperan cambiarlo. Cuando les entra el gusanillo del cambio se convierten en bárbaros, gentes que quieren y no tienen, quieren y no pueden, que empiezan a dar codazos para meterse por la fuerza allá donde no alcanzan. Y ahí empieza el desastre. La ciudad era un caos de asnos y vehículos viejos, de carros y autobuses con pedazos de escalextrics y andamios, de basuras y chiringuitos. Y gente por todas partes, en movimiento o apoyada en las paredes, en las farolas que casi nunca funcionan, en los coches aparcados. Hombres que transportaban cajas de un lugar a otro de la calle, mujeres que gritaban a reatas de niños saltimbanquis. Todo estaba en movimiento pero nada en armonía; El Cairo era una ciudad incómoda y agobiante.

El Club Med preservaba un oasis en aquel océano de contaminación, miseria y cemento. Dos porteros vestidos con sobria túnica marrón lo acogieron en el umbral del palacio —el edificio principal— y lo acompañaron a la recepción. El hotel no era un edificio, sino un complejo sobre un jardín donde antaño los ingleses construyeron bungalows. Lo gestionaban europeos, intentando preservar lo mejor de las dos culturas y, sobre todo, hacer la vida fácil a los huéspedes. Lucas estaba en recepción rellenando el inacabable papeleo cuando irrumpió una pareja con aspecto de intelectuales hippies franceses: él, corpulento, pelo afro, chaqueta blanca de hilo arremangada, zapatos blancos; ella delgada, nervuda, sedosa cabellera negra, ojos rutilantes, una túnica de color verde oliva que le cubría las rodillas y unas babuchas de cuero, muy repujadas.

—Fray Lucas, qué bueno que viniste —le abrazó, le revolvió el pelo—; pero sabía que vendrías; espera, antes que nada, te presento a mi mujer, Giselle.

—La verdad es que todavía no me he repuesto de la noticia, ¿tú casado? —se le escapó a Lucas delante de ella, y corrigió enseguida, ante la carcajada de la pareja—; bueno, con esta señora no me extraña. —Rieron, y Lucas se percató de que la mujer, que sólo le había tendido la mano, tenía una sonrisa con un cierto toque de humor que le iluminaba la cara, aprovechó para cogerles a los dos los brazos, algo incómodo—. Pero déjame ante todo agradecerte esta invitación, que me viene al pelo.

—Pelo no te queda mucho, y eso ni yo te lo puedo arreglar.

—Lo que necesito arreglar es mi vida sentimental: quiero que me recomiendes una clínica en Suiza donde me quiten de la cabeza a las mujeres. Las mujeres —repitió, y apostilló con gracejo, mirando a Giselle—, con perdón.

—Toma bromuro.

—No, yo quiero que me las quiten de la cabeza; que del cuerpo ya me ocupo yo.

—¿No eras taoísta?, ¿de qué te sirve?

Su viejo gurú tenía razón, pero era injusto, como de costumbre. ¿De qué sirve invocar una teoría cuando se ha desbocado la emotividad, que es irracional? Ahí ya sólo sirven las pastillas o una intervención quirúrgica. Si él hubiese sido capaz de aplicar las enseñanzas del taoísmo, no estaría ahora allí. Miró a su gurú de las épocas ibicencas: no había cambiado, tenía su aspecto perpetuo de cuarenta años, la piel llena de pequeños granos, el cuerpo y las espaldas muy anchos, rebosaba fuerza por todas las articulaciones. Lucas recordó sus excursiones por las montañas con Sandro. Había leído *Las enseñanzas de don Juan*, el libro de Castañeda en que un antropólogo se convierte en aprendiz de brujo, y él también había buscado un brujo que lo iniciara: dio con Sandro por medio de una amiga a quien éste había curado. En ocasiones Sandro se ganaba la vida ejerciendo de curandero, recurría a hierbas, sabía de homeopatía y podía practicar el magnetismo y la hipnosis: no debía de ser malo, pues su consulta era concurrida por las *jet sets* de Ibiza, Marbella e incluso del litoral francés y de Cerdeña.

Sandro lo llevaba por las montañas, lo ponía delante de un menhir o una taula y lo adiestraba sobre el modo de captar las energías telúricas. «Hay una complicidad de lo vivo —le decía—, yo curo con la farmacia de Dios, que es la naturaleza; las virtudes agentes de las plantas están vivas, en cambio el mismo compuesto obtenido químicamente en el laboratorio está muerto y no puede curar del mismo modo. Incluso la tierra tiene una virtud, una energía, pero sólo en ciertos sitios: estas piedras levantadas por los hombres prehistóricos son la acupuntura de la tierra. Donde hubo monumentos megalíticos, los cristianos construyeron ermitas; por eso están lejos de los pueblos, porque lo importante es el lugar.»

Y lo hacía quedarse quieto, en silencio, con las piernas un poco flexionadas y los brazos lacios a lo largo del cuerpo, para que notara cómo le subía un hormigueo desde las plantas de los pies. Lucas se esforzaba, aunque no podía acallar una voz escéptica que le sugería la posibilidad de que el hormigueo fuera imaginación suya; pero su curiosidad insaciable lo empujaba a seguir las indicaciones de Sandro por esotéricas que fuesen.

«Después de todo —pensaba—, no hacemos daño a nadie, ni voy a dejar mi carrera universitaria por el hecho de perseguir las fuerzas telúricas, las líneas del dragón o los lugares de poder.» Aquella contradicción, al menos aparente, entre la perspectiva científica y el mundo mágico le resultaba siempre excitante. Pero era consciente de que tenía que ocultarlo a sus colegas, sin excepciones. Así empezó a llevar una doble vida. En la universidad los temas esotéricos son tabú, abordarlos supone el desprestigio inmediato. Volvió a la cuestión.

—El taoísmo, sí, tienes razón, pero una cosa es leerlo y otra practicarlo. ¿Cuál es el significado de mi vida?

—Ya que te pones así, te contestaré aquí mismo: el significado de la tuya o de cualquiera es la acción. Sólo tienes el tiempo, el instante, es la única riqueza. El tiempo es lo único que no se puede comprar, y si no, inténtalo. Sólo un cretino descomunal pudo acuñar lo de «el tiempo es oro», y así están todos perdiendo el tiempo por dinero.

Cuando se dan cuenta tienen sesenta y cinco años y entonces se deprimen porque ya no les pagan por vender su tiempo. Te recuerdo que éxtasis, ex tasis, quiere decir fuera del tiempo, o sea, aquí y ahora. El tiempo se puede convertir en dinero, pero con dinero no se puede comprar tiempo. Pregúntaselo a un millonario de noventa años.

El conserje los interrumpió. Devolvió a Lucas varios papeles y les informó de que Charles, el director financiero del hotel, el amigo de Sandro, los estaba esperando. Atravesaron el jardín hacia un bungalow que era la esquematización de una vivienda; pretendía ser, y lo lograba, una singular casa de muñecas: una alcoba con un ventilador de latón enorme en el techo, un baño de mosaicos diminutos y una torre de toallas blancas y moradas, una cocina con una nevera antigua y un cuarto de estar que mostraba reminiscencias aristocráticas en el sobrio tresillo dieciochesco en madera oscura y terciopelo crema, y en la moqueta del mismo color, había aparadores y mesitas diminutas, taburetes imitación tumba de Tutankamón y grabados islámicos en las paredes pintadas de ocre. No había alfombras persas.

Les sirvieron un refrigerio, y un empleado se llevó con discreción las bolsas de Lucas a su alcoba y colocó sus enseres. Charles los acogió con tal hospitalidad que en vez de sentirse en un hotel estaban como en casa de un amigo. Un amigo delgado y nervudo, inquieto, que se retorcía en el sillón. Luego Charles descorchó una botella de champán mientras él y Sandro bromeaban. Habían pasado diez años sin verse, desde que uno de los dos salió zumbando acusado de desfalco y el otro vendió el lingote de oro de su madre para salvarlo.

Sandro era un hombre brillante, a veces con poderes sobrenaturales de intuición o videncia, y eso, como todos los dones, era su espada de doble filo. Como se le ocurrían un mínimo de tres ideas geniales cada día se embarcaba en proyectos quiméricos, que cuando había dinero de por medio podían rozar lo delictivo. No tenía escrúpulos y siempre salía relativamente bien parado, pero nunca para jubilarse y poder dejar de urdir nuevos proyectos. En sus aventuras emprendedoras siempre necesitaba un secretario, un ayudante devoto dispuesto a llevar a cabo sus fulgurantes ideas. Un Sancho Panza con habilidades contables (y si además tenía nociones de ingeniería financiera, mejor). Siempre alguien tenía que llevar el día a día, lo aburrido.

En un cierto momento ese discípulo deslumbrado había sido Charles, que dio la cara cuando Sandro montó la editorial de cómics en París. Eran los felices sesenta y todo parecía posible. Sandro presumía de una cierta amistad con Hugo Pratt, para el que escribió guiones que aquél no utilizaba, pues Pratt era un solitario, feliz en su restaurante chino de la Rue Saint-Jacques. Sandro vendió muchos cómics y amplió el negocio. Puso sucursal en Ginebra y editó el juego de Mar-la Klem para Claude Marntingay. Charles trabajaba de sol a sol y mantenía la editorial con su esfuerzo, hasta que un día faltó dinero en las cuentas, y no porque se vendiera menos.

En su devoción hacia Sandro, Charles sacó del banco un lingote de oro que le había dejado su madre como herencia y lo vendió para pagar a los acreedores. A todo esto, Sandro ya estaba en Ibiza, viviendo en una cueva y curando con hierbas y homeopatías a la *jet-set*. Fue ahí donde Sandro se lio con Giselle, que era azafata de Air France y se dedicaba a recoger hierbas ibicencas en sus ratos libres. Giselle era muy bella, con un *allure* trabajado de princesa medieval. Podía haber sido Ermengarda de

Narbona o incluso Elisenda de Montcada, pero había escogido ser azafata, tras descartar algunas opciones familiares como la administración de empresas o la política local. Morena, delgada, un pelo muy largo, negrísimo, ojos rasgados, boca sensual. El rasgo más acusado de su personalidad eran la paciencia y la tenacidad, o sea, alma de enfermera, y por ello al ver a Sandro escondido en Ibiza se enterneció con él y se metió en la cueva para cuidarlo. Fue un flechazo psicodélico, pues él le daba sustancias psicotrópicas y ella aprendía con Sandro, como todos los que se acercaban a él.

Giselle se había convertido en un apéndice de Sandro, más que eso, su sombra, y como las sombras no hablaba, no se despegaba de él a pesar de que él siempre le tapaba el sol. Pero escuchaba todo lo que decía Sandro. Quizás el que menos aprendiera había sido Charles, que era un muchacho excelente y candoroso hasta tal punto que ahora, diez años más tarde en El Cairo, aún quería saber —¿es posible comprender que aún no lo supiera?— quién provocó el desfalco, y Sandro rehuyó la respuesta y le pidió que salieran al exterior cinco minutos para ventilar unos asuntos. Lucas dio conversación a la mujer de Sandro mientras se acababa el Moët Chandon y el salmón. Giselle también había trabajado como traductora para diferentes organismos internacionales y dominaba el árabe, el inglés y el italiano. Chapurreaba el español con desenfado, intercalando expresiones en francés y en inglés. Se negó a explicarle detalles a Lucas de su boda con Sandro, aunque aseguró que la había meditado mucho.

Cuando volvieron a entrar, Charles les propuso visitar las pirámides, siempre que Lucas no se sintiera demasiado cansado del viaje. Era medianoche pasada, pero la idea de ir a contracorriente del rebaño turístico le pareció excelente a Lucas. La última vez que visitó la Acrópolis había tenido un ataque de nervios y se negó a penetrar en lo que él consideraba una masa de borregos boquiabiertos bloqueando los propileos. No quería que le sucediera lo mismo en las pirámides. Como intelectual o científico de izquierdas —era la descripción de sí mismo que gustaba ofrecer a los demás, en un tiempo en que ya apenas tenía importancia—, era partidario de la rebelión de las masas, pero le irritaba el exceso de gente en lugares de los que esperaba una experiencia emocionante.

Atravesaron el jardín que plantara Mohamed Alí, primo del rey Faruk, quien había construido este Xanadú en la entonces europea capital de Egipto. Junto al bungalow, la espléndida avenida estaba flanqueada por un solo árbol, de sesenta metros de longitud. «Es un banyan, el árbol de Buda», explicaba Sandro; bajo su sombra, Gautama alcanzó la iluminación después de permanecer inmóvil durante semanas como el propio árbol. ¿Fue el banyan quien comunicó su esencia a Gautama y lo llevó al nirvana? «Los frutos de ese árbol tienen un alto contenido de serotonina, la hormona fabricada por el tercer ojo», informó Sandro. Como siempre, la cabeza de Lucas se disparaba y de pronto se encontró pensando en cosas que no tenían relación con lo que estaba pasando allí. ¡Ojalá la tuvieran! Siempre fluían en esta agradable marea de la asociación de ideas que inundaba su fantasía para hacerle la vida soportable. Había gente que se molestaba por ello, sobre todo cuando le estaban hablando; pero por más que practicaba el zen, no conseguía estar «aquí ahora», sólo lo lograba cuando hacía el amor o veía una mota de polvo flotando en un rayo de sol; lo demás era siempre una mezcla incontrolada de impresiones sensoriales y pensamientos errantes, fugaces e inconexos. Así cruzaron la ciudad dormida. Aunque El Cairo no duerme. Muchos ojos les miraron.

Llegaron al altiplano de Gizeh y pasaron más allá de la Gran Pirámide; el coche se detuvo entre Kefrén y Mikerinos. Bajaron en silencio para contemplar los perfiles colosales de los tres tenebrosos tetraedros. Sin saber por qué, Lucas miraba más el cielo a sus espaldas que las pirámides. Su intuición le decía que éste era un lugar de espera. Se lo susurró a Sandro, quedamente. «¡Ahora te esperan a ti!», le contestó éste. Siempre ocurría lo mismo, Sandro le lanzaba enigmas en medias palabras que sólo conseguían desconcertar a Lucas, cuando no atemorizarlo.

Fueron hacia Keops y treparon a tientas hacia la entrada, no era difícil. A aquella hora, los guardianes del patrimonio —una fuerza policial sui géneris que desempeñaba funciones más bien decorativas— brillaban por su ausencia. Poder colarse de esa manera, con esa impunidad, daba una sensación de poder maravillosa, entroncaba con las mejores novelas juveniles.

Al escalar, Lucas se percató de que los bloques eran, sin excepción, de metro y medio de alto por unos dos de ancho. Simetrías y repeticiones perfectas. Se repitió una pregunta que ya se formulara en su primer viaje: «¡Quién hizo esto y para qué!» Ninguna de las explicaciones le sonaba convincente: ni eso era una tumba, ni podía creer en los rodillos de madera y las rampas de arena. Pero su grandeza obligaba a pensar qué tenían ante sí, a respetarlas. Sandro opinó que una pirámide es un cubo construido por funcionarios. No tenían tiempo, entonces, para discutirlo, pero Lucas decidió preguntarles después.

Llegaron a la entrada de los ladrones; Sandro le indicó:

«En el túnel a un metro de la puerta clausurada.» Se internó en la oscuridad hasta tocar la reja cerrada; llegaba una tenue, muy débil claridad de fuera, ningún ruido.

Lucas intentó detener los movimientos de su mente, sabía que en un sitio de poder —y la Gran Pirámide lo es donde los haya— se sienten impresiones que no se pueden traducir en pensamientos, sólo en estados de ánimo o en rápidas imágenes mentales, de difícil aprehensión, pero vertiginosas, y por tanto agotadoras. Paulatinamente le invadieron dos sensaciones: intemporalidad e ingravidez. Sintió que el tiempo se paraba, que estaba en una explanada inmensa, donde no había delante o atrás, futuro o pasado; se sentía un eslabón en la cadena de personas que habían pasado por este lugar y que pasarían en los próximos siglos, siguiendo la tradición inmemorial, como si se presentaran ante una asamblea de augustos antepasados que los contemplan y evalúan. Pero como no hay tiempo ni lugar, esta asamblea no está en la tierra ni pertenece a una época concreta. Notó un intenso dolor en la nuca e imaginó que su cabeza se asemejaba a la de Anubis. Entonces no sabía que este aliado era el conductor hacia las regiones espirituales e infernales. El cuerpo flotaba, sin consistencia; sólo quedaba la conciencia de estar de pie en el vacío, como uno se imagina el espacio sideral. Desapareció el sortilegio y Lucas regresó al exterior. Giselle descendía con la ayuda de Sandro. Regresaron al coche.

Charles estaba excitado: «Sandro, cuando estabais ahí he visto tres relámpagos encima de la pirámide»; el otro sin inmutarse replicó: «Suele pasar cuando me acerco: es una operación de limpieza.» Como era inútil preguntarle, porque sólo soltaba lo que él quería, Lucas no añadió nada. Además, era evidente que había mucho por limpiar,

El Cairo entero, sin ir más lejos, que es una cochambre indescriptible. «Quizá por dentro somos como esta ciudad —pensó Lucas—, pero afortunadamente no somos capaces de vernos: ¿por qué se empeñarían los filósofos griegos en aconsejar conocerse a uno mismo?; menudas sorpresas se llevaría la gente.»

Se levantó tarde, descansado; corrió hacia el copioso bufé del desayuno y sus delirantes pirámides de frutas —se mira más que se come— y, para rematar la orgía de autosatisfacción turística, se dirigió a la piscina. Tumbado en una hamaca de loneta a rayas, Sandro estaba tomando whiskies triples con zumo de naranja y conversaba con Charles. Lucas se zambulló y se sentó a la sombra junto a ellos. Al cabo se acercó un personaje corpulento, de caderas estrechas y hombros anchos, cabeza redonda, pelo ensortijado. La suya era una faz risueña y aniñada. Lucas lo evaluó con precipitada petulancia: un *latin lover* versión árabe. Luego resultó que sí, claro, pero con otras características más interesantes. Charles lo presentó como Aladín, simplificación de su nombre, Ja-lal-el-dín. Hablaba inglés con regocijado acento yanqui y enseguida comenzaron las alusiones y bromas a sus proclividades donjuanescas. Estaba sentado frente a Lucas y detrás de él se alzaba, más allá de la piscina y el banyan, el palacio de Mohamed Alí. Comentó que residía en el hotel y Lucas le preguntó si vivía por allá detrás, en el palacio. «No, ésa es la casa de los criados», contestó a bote pronto.

La conversación se centró en los negocios de antigüedades. El gobierno egipcio ostenta el monopolio de todos los hallazgos; está prohibido bajo pena de cárcel el comercio y exportación de piezas auténticas de la época de los faraones. Pero el comercio existe y Aladín tiene una conexión; no obstante, es necesario un peritaje infalible para evitar engaños, muy corrientes en este tipo de transacciones. Unas veces sin querer y otras queriendo, los anticuarios venden imitaciones perfectas manufacturadas en el siglo XIX o ahora mismo. Charles le propone a Sandro que verifique unas piezas; Sandro va por su whisky número diecisiete. El camarero lleva una tarjeta en la solapa con su nombre egipcio: se llama Basta. Como no tenía otro plan, Lucas decidió acompañarlos.

Salieron del Club Med. Cruzar los dos portalones por donde accedían al palacio del difunto Mohamed Alí los carruajes de la *Belle Époque* y los Bugatti de los años treinta era un acto mágico: del umbrío verdor interior se pasaba a la luz cegadora, gris y lechosa del aire contaminado; la calle sin asfaltar presentaba polvo y charcos fétidos, oscuramente densos; los edificios que confrontaban la muralla del hotel eran toscos, altos, mal acabados. Estaba llena de coches aparcados en doble fila —una perpendicular a la otra— y de coches que intentaban avanzar como podían, con la ayuda recurrente de los cláxones. Dos hombres a la puerta del hotel, vestidos de cualquier manera —que no se sabía si eran taxistas, amigos de éstos, mirones o vendedores de algo—, los acompañaron, más por pasar el rato que por tener algo que proponer. Al aparecer Aladín, que los había dejado pasar cortésmente, se dispersaron, mientras intercambiaban palabras afectuosas, quizá bromas, con él. Aladín los acomodó en un Mercedes diésel.

Cuando había llegado la tarde anterior, Lucas no había apenas reconocido la ciudad que visitara años antes. Aquella mañana, al verla a la intensa luz del día, aún le resultó más ajena. Transitar por El Cairo es como atravesar a contrapelo una salida de partido de fútbol que se hubiese jugado en un suburbio a medio urbanizar. El Cairo es una ciudad ajada, decrépita: los edificios nuevos están inacabados y los antiguos destartalados. Sólo los cuatro hoteles norteamericanos y las embajadas presentan una fachada de normalidad, de bienestar afectado: lo demás es polvo, sudor y gritos. Espléndidos edificios *art déco*, antaño pulcramente mantenidos, se desmoronan por el abandono o la ocupación descuidada; la ex ciudad jardín presenta ejemplos de arquitectura años treinta que no desmerecen los de París y Londres, pero han sido abandonados de sus manes y sufren el hormigueo de *squatters* negligentes, desidiosos, sucios y perezosos. ¿Es realmente la pereza la causante de este omnímodo abandono; o es que no tienen la noción misma del aseo, no ven la suciedad, el desorden y el deterioro? Acaso Lucas lo percibe más porque tiene todos los tics de la vida de los laboratorios, con su pervertida asepsia. Sea lo que sea, el panorama es un misterio, un *shock* cultural.

No muy lejos, en una calle poco transitada, Aladín aparcó el coche ante un hospital que parecía abandonado y frente a un callejón medio cubierto por un escalextric. Bajaron todos, pero Sandro se sentó atrás y Aladín se acercó a un coche que estaba aparcado a pocos metros, extrajo un paquete del portamaletas y se lo entregó a Sandro por la ventanilla del Mercedes. Lucas contuvo la respiración ante la normalidad de la operación, en pleno día y sin un alma alrededor, pese a que estaba en El Cairo. Sandro lo desenvolvió con cuidado. En cierta medida estaba a salvo porque los demás, inclinados desde el exterior del vehículo sobre las ventanas, le protegían de la mirada de algún curioso. Era una cabeza grande, de madera o quizá de cuero aplastado. Sandro comenzó a examinarla con sumo cuidado, la decantó. Estaba vacía. Sandro hurgó dentro y sacó algo que nadie deseaba considerar como pelos. Lo eran. «Es una máscara funeraria del período ptolemaico tardío. La embalsamaron mal: olvidaron taponar con cera la nariz y las orejas y se les pudrió. ¡Ven, Lucas, siéntate a mi lado y pon la mano!» Hacía años que Sandro obsequiaba a Lucas con sensaciones de todo tipo; y hacía años también que Lucas decidió «echar palante» o dejar de tratarlo. Así que metió la mano en la cabeza. La dejó suspensa en el vacío. El hueco emanaba un frío sucio, ¿es el espacio de la muerte? No era ni siquiera desagradable, porque no era. Sólo resultaba inquietante, por lo desconocido: sólo se muere una vez, ¿o no? Sandro le había contado que los misterios iniciáticos eran ensayos generales de la muerte o, más precisamente, ejercicios gimnásticos de separación de alma y cuerpo. Pero Lucas no era un iniciado, y notó la huella de la muerte como un desafiante vacío. Los cabalistas llaman a Dios «Ain-Sof», la luz vacía y sin límites. «Toca, toca. —La voz de Sandro le sacó de sus divagaciones mentales—. ¿Notas la carne y los pelos?» Sí los notaba, y aunque habían pasado dos mil años y los restos estaban secos como un pellejo, el asco le dominó. Su asco era pura imaginación, pero, por desgracia, no se distinguía del verdadero. Sandro sí distingue y declara que se trata de una pieza auténtica, pero desagradable. «Quien la posea puede tener problemas: incendio, accidente, septicemia. Yo no la compraría.»

Durante el regreso no hablaron. Aladín había vuelto a dejar el paquete en el coche aparcado, y Lucas tenía una sensación, excitante, de película de serie B. Sólo los leves ronquidos de Sandro, que tuvo la desfachatez de dormirse unos minutos, demostraban que todo había sido real. Se detuvieron en el centro, no lejos del museo; una acera de comercios de *souvenirs* y antigüedades. Las imitaciones inglesas del XIX se venden ahora como bibelots. Lucas bajó las escaleras de un comercio para curiosear. Atisbó un Cafarnaum oriental donde se mezclaban cabezas de Nefertiti, llaves de la vida, abrebotellas, jeroglíficos, escarabajos, cocodrilos, pulseras, gemas, Anubis, Busiris, bandejas, estofas, alfombras, papiros. Todo más falso que Judas, o Seth, el malo en Egipto. El propietario no se estaba quieto un instante y le azuzó con toda clase de proposiciones en varios idiomas y gestos con diversos objetos en la mano. Le gustaría no desairarlo, pero ¿quién se atreve a comprar el primer día? Huyó escaleras arriba. En la calle, Sandro le hizo un gesto. Siguieron a Aladín.

Cruzaron un solar sucio y mojado y luego enfilaron un callejón flanqueado por estrechas garitas de anticuarios; las entradas estaban llenas de escombros. El Cairo está permanentemente como si hubiese sufrido un bombardeo. En cualquier esquina hay sacos con restos de obras, y coexisten edificios pretenciosos junto a paredes de ladrillo tosco medio derruidas. Se detuvieron ante un tenderete muy estrecho, metálico, de cristal opaco y aluminio anodizado, un rarísimo cobertizo prefabricado que alguien había comprado a precio de ganga, y que había montado sin respetar las instrucciones. Pero, como Lucas comprobó al tocar una de las paredes, era mucho más robusto de lo que parecía, una cámara acorazada disfrazada de uralita. No estaba el propietario. Aladín abrió con una llave que le había dado éste y manipuló un interruptor hasta conseguir que se encendieran varios neones. El cuchitril era muy angosto y estaba abarrotado de cajas y objetos envueltos en lonas y kilims; el suelo tenía desniveles y había un altillo de techo bajo. Aladín, que se movía con una seguridad pasmosa, desenvolvió un fardo. La lechosa luz del neón alumbró una estatua sedente en granito gris.

—Está perfecta, como si la hubiesen terminado ayer —dijo—; los jeroglíficos de los flancos son hermosos y perfilados. Hay diez cartuchos a los lados y en la espalda con inscripciones grabadas.

—Apaga las luces —pidió Sandro; se sentó en el suelo con la estatua entre los muslos y, con un mechero, la iluminó desde abajo.

La cara, que hasta ese momento presentaba facciones delicadas pero inexpresivas, se iluminó con una sonrisa y adquirió una belleza tierna, benigna, delicadísima. Lucas sintió una punzante intuición que lo caló hasta la médula y al mismo tiempo lo embargó con un escalofrío. «Es más que emoción estética —pensó—; es penetrar en un mundo que por fin se revela. ¡Qué delicado y sosegado estado de ánimo de aquellos viejos egipcios! Cuán lejos de la agresividad actual.»

—Fue tallada para la luz de las antorchas y por eso hay que verla así —explicó Sandro.

La ilusión fue fugaz como la llama, pero la visión permanecía: les había conmovido a los tres. Aladín lanzaba exclamaciones en su inglés americano. «Da la luz», le pidió Sandro; envolvieron la estatua con papeles de periódico, la dejaron sobre una pequeña mesa blanca y cerraron la puerta. Una vez en el coche, Lucas le preguntó a Aladín:

—¿Por qué no estaba el propietario en la tienda?

—La venta de piezas auténticas es ilegal; el gobierno tiene el monopolio de todo lo que se descubra. En esto, como en todo, hay un mercado negro, pero más perseguido que los otros. El propietario de la pieza sólo la mantiene un par de horas en el mismo lugar para evitar chivatazos. Me citó aquí, pero ésta no es su tienda; es un sitio que alquiló por unas horas para que pudiésemos examinar la estatua. Ahora irá a recogerla para ocultarla en otro lugar. Pide cien mil dólares, pero en Suiza o Londres un coleccionista daría quinientos mil dólares por ella, quizá más.

Lucas dedicó la mañana siguiente a visitar el Museo Arqueológico de El Cairo, aunque ya lo había visto en su anterior viaje. Comprobó con alivio que los integristas habían obligado a las autoridades a clausurar las salas de las momias —¿las han guardado en el desván?—, porque afirmaban que hay que respetar el descanso de los muertos. Habían simplificado el museo, lo cual era de agradecer; a Lucas nunca le hizo ilusión contemplar tantas cabezas desdentadas, con mechones de pelo esparcidos, rostros descarnados, oquedades en las mejillas, vendas carcomidas y ojos ausentes. Es cierto que hay algo indecoroso en exhibir muertos. ¿A alguien le gustaría contemplar a su difunto tatarabuelo en un museo? «En España sólo sacamos las momias de las iglesias en las guerras civiles —pensó Lucas—. Los fundamentalistas deben de tener razón: siempre es mejor, lo diga o no el profeta, respetar a los muertos y preservar algún espacio de intimidad.»

Deambuló por las salas hasta que los soldados —o policías, que no se distinguen— que pululaban por todas partes empezaron a dar palmadas y sonaron los timbres que indicaban el inminente cierre del museo. Pero cuando se disponía a salir, Lucas se topó con la sala de Akenatón, sorprendido de no haberla visto antes. Estaba en el ábside central del edificio, detrás de las estatuas colosales de sus padres, Amenofis III y Tyi, que tienen siete metros de alto sentados: si se levantaran, tocarían el techo. Tyi es una mujer muy joven, con cara risueña, aniñada, de una belleza sensual y delicada, mórbida, como diría Betta. ¿Por qué pensaba en ella? Lucas se acercó y alejó de la colosal estatua para mirarla bien; cuanto más lejos, más pronunciada era la sonrisa. Su esposo no sonreía, su cara estaba retratada con la máscara faraónica como exigía el cargo. No se conoce la auténtica cara humana de Amenofis III, tenemos la de su mujer. Detrás de ellos estaban las estatuas y fragmentos de Akenatón.

Al verlo, Lucas quedó estupefacto, fascinado: ¿qué era ese esperpento, ese andrógino de muslos hinchados, vientre femenino y cráneo abombado?, ¿podía ser hijo de la bellísima Tyi y el normal Amenofis III? ¿Qué diablos había pasado? Buscó explicaciones: la nota del museo bajo las estatuas decía que en esa época se había iniciado un arte realista rayano en lo grotesco. ¡Grotesca la explicación!: ¿por qué un arte invariable durante milenios se torna de pronto realista y, más aún, hiperrealista para representar al faraón como un monstruo? Un guía sudamericano está contando a su rebaño que este señor tenía ¡elefantiasis! No hay como las explicaciones disparatadas para no contestar las preguntas que no se sabe responder. Todos escuchaban extasiados. Lucas sabía que la universidad es un lugar donde se dan respuestas a preguntas que no se plantean los estudiantes; en la vida, en cambio, cuando uno se formula las preguntas que le interesan, obtiene respuestas grotescas. ¿Por qué aquel cráneo deformado? ¿De dónde salía aquel hermafrodita contrahecho? Repasó mentalmente sus clásicos, molesto de pensar que nunca hasta ahora había sido tan consciente de las deformaciones de uno de los faraones más determinantes de la antigüedad.

El arqueólogo Weigall, que halló en 1909 el cuerpo de Akenatón en su tumba del Valle de los Reyes, publicó una foto de ese cráneo —deforme, oblongo, como en las esculturas, alargado hacia atrás de modo inhumano, ¿sobrehumano?— y escribió: «El cráneo malformado fue declarado por el profesor Elliot Smith del Museo de El Cairo como perteneciente a un hombre que sufría ataques epilépticos y que estaba probablemente sujeto a alucinaciones.» Muy bien, ¿y qué más? Lucas no quería saber las consecuencias, sino las causas. ¿Qué mutación genética, qué raza secreta, qué fenómeno había producido aquel ser? Además, interesarse por Akenatón no es baladí, porque Akenatón no es un personaje cualquiera: es el hombre que inspiró a Moisés el monoteísmo. Lucas había leído el revolucionario estudio de Freud en que proclamaba a Moisés egipcio y deudo de Akenatón, cuya herejía, el monoteísmo, Moisés habría preservado entre el pueblo judío que sacó de Egipto.

La teoría de Freud levantó ampollas, como él mismo se esperaba, pues privar al pueblo judío de uno de sus personajes capitales, nada menos que su fundador, no podía gustar a los miembros de esa religión. Además Freud no pudo aducir pruebas fehacientes para confirmar su hipótesis, sólo la fuerza de sus razonamientos y de su propia reputación. El hecho de que Akenatón fuera el primer monoteísta —el fundador del monoteísmo, sí— y de que Moisés estuviese en Egipto en ese momento y que saliera con los judíos de allí es una coincidencia espectacular, pero que no demuestra relación de causa efecto, sólo contemporaneidad. Freud se quejaba de que tampoco él encontró en los numerosos libros de historia que consultó evidencias fiables sobre la vida de Moisés. Pero él iba contra un mito muy arraigado en la cultura judía y hubiese necesitado muchas más pruebas que su mera intuición.

Freud le confesó a su amiga Lou Andreas-Salomé que las bases históricas de la historia de Moisés no eran lo bastante sólidas para confirmar su tremendo golpe de intuición. «Los expertos lo iban a tener muy fácil para desacreditarme como *outsider*», se lamentaba. Pero él ya lo había escrito: que Moisés podía ser egipcio y discípulo del faraón monoteísta y que se llevó a egipcios o judíos o ambos a una tierra donde fueran libres de practicar su nueva religión. ¿Por qué se le ocurriría a Freud, en los últimos años de su vida, meterse en ese tema que sólo podía desprestigiarlo? ¿Acaso estaba celoso de Moisés? (como fundador de religiones, se entiende).

Estaban cerrando el museo; Lucas tuvo que pasar precipitadamente por la sala —el rincón sería más exacto— de Akenatón y su época, el período de Tell-el-Amarna. Pero en este fugaz repaso, su vista tropezó con una figura y signos que había visto en el lateral de la estatua que pretendía comprar Aladín: allí estaba, grabado en una de las estelas donde aparecía el faraón bajo los rayos del sol, el mismo escarabajo junto a un cráneo que le había llamado la atención en el cartucho de la estatua.

Echó un último vistazo antes de salir, acosado por los esbirros que azuzaban a los turistas: hay cuatro estatuas de Akenatón, dos muy dañadas, casi sin cuerpo, pero las otras dos muestran a un personaje extrañísimo: su rostro es muy alargado; su barbilla, prominente; el perfil, en vez de ser vertical, es totalmente inclinado, pues la frente se va hacia atrás. Pero los rasgos son finos y grandes: cejas arqueadas, largos ojos rasgados, grandes labios carnosos, nariz larga pero proporcionada. Es un ser bello pero raro, y la rareza se constata sobre todo en su cuerpo y sus extremidades. Tiene los muslos, gordos, como hinchados y el vientre abombado cual mujer embarazada.

Se acordó de las teorías de Peladán y Merejkowsky sobre el androginismo de Akenatón. Es verdad que en la estatua del Louvre se le ven el cuello, los hombros y los brazos estrechos y débiles, pantorrillas y tobillos de adolescente, mientras que las caderas, demasiado grandes, el pecho excesivamente desarrollado y los senos prominentes eran de mujer: «Ni él ni ella, sino ella y él a la vez.» En principio, hombre y mujer eran uno, dice la leyenda —y si no, ¿por qué los hombres tienen tetas?, se preguntaba Lucas—; la leyenda debe de ser cierta. ¿Somos los hombres mujeres fallidas? Según los darwinianos, la función crea y desarrolla el órgano, de modo que si tenemos tetillas es porque tuvimos tetas y se han atrofiado, con lo cual somos mujeres degeneradas, o bien que están formándose, en cuyo caso somos aspirantes a mujer. Como no se aprecia —de momento— un uso que desarrolle el órgano, parece más plausible la primera hipótesis: en el principio éramos andróginos y nos lo hacíamos solitos, o podíamos, como los caracoles, recibir y penetrar simultáneamente, con lo cual estábamos en lo mejor de dos mundos.

Lucas siguió con estas cavilaciones. Sea como fuere, el andrógino primordial fue escindido en dos; Platón se hace eco de ello en *El banquete* para explicar la atracción amorosa: buscamos sin cesar nuestra otra mitad. Bueno, ésa era una de las teorías que se presentan en el Simposio platónico, y era la de Aristófanes: que la naturaleza humana originalmente era una y éramos un todo, y el deseo y búsqueda del todo se llama amor. Según él, en el origen los sexos eran tres: masculino, femenino y andrógino. Los andróginos eran redondos —de ahí la naranja—, con cuatro manos, cuatro pies y dos caras. Como eran muy potentes y querían escalar el cielo y atacar a los dioses, Zeus los partió en dos, así el bicho tendría la mitad de fuerza y él el doble de ofrendas. Desde entonces cada una de esas mitades anda buscando su media naranja. Difícil.

Al parecer, la espada de Zeus no había cortado del todo el cuerpo de Akenatón. Le vino a la memoria la profecía de los gnósticos: «El reino de Dios llegará cuando los dos sean uno, cuando el masculino sea femenino y no haya ni masculino ni femenino.» Pensar estas cosas en medio de aquella avalancha de turistas saliendo aborregadamente del museo tenía su mérito.

En el estado obsesivo que poseía a Lucas, reconcentrado de manera malsana en su fracaso amoroso, cualquier tema podía convertirse en una espiral de pensamientos convergentes y maníacos. Mejor Akenatón que Betta. Para no tenerla en mente decidió averiguar, cuanto antes, por qué Akenatón tenía aquella cabeza que él, o los artistas de la corte, había transmitido a sus hijas.

3

## Egipto. Año 1000 a. C.

Lucas salió del museo y fue al encuentro de Sandro, de quien podía recabar información que no estaba en los libros y que muy pocas personas en el mundo podían conocer. Si no lo sabía Sandro, tendría que seguir ateniéndose a los libros que ya había leído y que no le convencían. Se subió a otro de esos taxis cairotas de asientos de rafia y conductor monologuista y se dirigió al hotel.

Sandro estaba en la piscina; lo escuchó con aquella dosis de suficiencia que a Lucas le sacaba de quicio, pero que significaba que Sandro ya sabía de qué le quería hablar y, lo mejor, que tenía algo que decir.

—El cráneo de Akenatón, ¿eh? Lucas, ¿por qué será que el mundo se divide entre los que se intrigan ante la figura de Akenatón y los que no se enteran?

—Pues por lo mismo que hay burgueses y hippies, y ahora ecologistas, analistas financieros y *hackers* —se impacientó el otro—. ¿Me puedes explicar qué pasó?

Sandro le hizo sentar ante él, en la tumbona, le miró fijamente un buen rato.

—Cierra los ojos.

Es lo último que oyó. Algo, una nube de ignorancia penetró en su cerebro y se adueñó de su mente. Quedó vacío de pensamientos, hueco, como aquella repulsiva cabeza donde metieran la mano. Sintió frío porque nada ocupaba su conciencia. Algo había vampirizado sus pensamientos, sorbido sus emociones, hasta apoderarse y ocupar por completo su mente. Entonces, como un espejismo semitransparente que se va haciendo más nítido al acercarse, otra nube, o una especie de tul se apoderó de su mente, y al dispersarse le dejó ante Akenatón. Como un espejismo en la carretera que se va perfilando a medida que el coche se acerca, Lucas veía en su imaginación una nube luminosa que poco a poco se fue concretando, conglomerando, compactándose en una figura: aquel ser repulsivo y fascinante que había descubierto en el museo, aquel andrógino de cabeza oblonga que vestía de faraón. Estaba viendo a Akenatón.

Akenatón se pasó las manos por su cráneo dolorido. Volvía a comenzar el suplicio del rey herido. Su cerebro desmesurado le hacía sentir como si lo pincharan millones de agujas que se clavaban dentro de él, sin que sus manos pudiesen penetrar los huesos del cráneo para aliviar el suplicio.

Llamó a Sinué, el médico que le cuidaba. Éste le recomendó:

—La tradición antigua aconseja atar maderas a la cabeza para deformar el cráneo, alargarlo de modo que el cerebro no presione contra las paredes, que es lo más doloroso.

—Un faraón no debe aparecer vendado y entablillado como un lisiado.

—Lo sé, rey de las dos tierras, pero no veo otro remedio.

—No lo haré.

El anciano médico apreciaba al chico, pues desde temprana edad había tratado las migrañas de Akenatón por orden de la poderosa Tyi, madre de reyes. Aquel niño frágil se había convertido en un adolescente andrógino y ahora un hombre deformado, con un cuerpo de barriga pronunciada, algo femenino y un cráneo elongado que, pese a ello, contenía con dificultad su cerebro enorme, en continuo y patológico crecimiento.

—Si existe un remedio alternativo, sólo puede saberlo Imotep, el padre de la medicina.

—Y de todas las demás ciencias, Sinué. No sabía que aún estuviera con vida.

—Imotep es uno de los que no mueren, porque deben conservar la sabiduría. Son los que no descansan nunca, los que están despiertos cuando los demás dormimos, por eso su símbolo es el murciélago.

—Iremos a verlo.

Discretamente, sin avisar a la reina madre Tyi ni a su mujer Nefertiti, el joven faraón se embarcó hacia el norte, para visitar al inmortal Imotep en su escondrijo de Sakara.

—Los que no mueren deben borrar sus rastros. No es bueno que el común de los mortales los vea y comprenda su longevidad. Imotep vive como un *fellah* más en una casita de campesino, apartado de todos pero muy cerca del centro de poder que es la pirámide de Sakara —explicó Sinué.

—La crónica de los faraones dice que fue él quien dirigió su construcción; si todavía viviera aquí, alguien podría reconocerle y hacerse preguntas que aunque no fuera capaz de responderse podrían levantar sospechas, engendrar cavilaciones y, finalmente, motivar improcedentes investigaciones —repuso Akenatón.

—Sólo entra en las galerías subterráneas para oficiar rituales del máximo grado, como el que yo deseo pedirle para vos.

Navegar a vela Nilo arriba era un arte que conocían los pescadores de Assuan, cercanos a la primera catarata. Uno de ellos dirigía la barca en que Akenatón y Sinué navegaban de incógnito, camino de Sakara.

Imotep sabía de su llegada y fue a recibirlos en la ribera del río. Su aspecto era el de un hombre de cuarenta años, sano, robusto, incluso jovial. Sinué le saludó como a un sumo sacerdote y el faraón le imitó, aunque él también fuera por mandato divino y por ley el sumo sacerdote.

—Si no supiera a qué venías, no sería un inmortal, y porque lo sé me alegro: Akenatón quiere ser uno de los que no mueren.

—Yo sólo quiero quitarme el dolor de cabeza —reconoció el faraón.

—Sabia decisión, pero muy poco altruista. Tu presencia aquí ha de dar a cometidos más ambiciosos. Tú debes, faraón, dignarte entrar en nuestra Hermandad de Luxor para recibir y conservar los conocimientos de la humanidad.

—Ya he comido de vuestra carne en la ceremonia de los cerebros, que Sinué sabe trepanar con total destreza.

—Mi joven faraón, vos sólo conocéis la mitad de la ceremonia. Os falta el ritual de la sangre; que es el segundo grado de la transmisión, el que alarga la vida hasta hacer a los humanos inmortales.

Imotep procedió a explicar lo inexplicable. Lo hizo con la convicción que adorna las palabras de los hombres que conocen los entresijos más profundos y los pliegues más precisos que posee la verdad. Pero también con la humildad que proporciona la auténtica sabiduría y la modestia que exige el respeto al dios viviente.

—Antes de que los sacerdotes inventáramos los jeroglíficos, el conocimiento sólo podía almacenarse en la memoria. Ahora se conserva también en los papiros. Pero la sabiduría que está en un cerebro humano se puede pasar a otro. Y no sólo hablando o evitando con la escritura que la frágil memoria humana deje caer en el olvido la sabiduría que viene del pasado, sino también comiendo, ingiriendo el cerebro de alguien que acaba de morir o de ser asesinado. Así se obtiene el conocimiento que a lo largo de su vida adquirió el difunto. No me preguntes, oh señor, cuál es el proceso mediante el cual se produce ese traspaso maravilloso, mágico, el gran traspaso, podríamos decir. Nadie ha podido hasta el momento explicar este proceso y tal vez nadie pueda hacerlo jamás. Sin embargo —prosiguió Imotep—, es una tradición inmemorial que se remonta a los orígenes del ser humano. Sabemos que comiendo cerebro adquiriremos lo que sabía esa persona. Así lo dice la tradición que ha llegado hasta la Hermandad de Luxor. Pero por qué se transmite el conocimiento intangible por ingestión de materia no nos es dado saberlo. Ninguno de nosotros ha sido capaz de deshacer los pliegues de este secreto insondable. Sin embargo, esa práctica inmemorial es imprescindible para preservar y aumentar el conocimiento de los humanos. Lo que sí está registrado en la tradición es vuestra enfermedad: al ingerir otros cerebros, el propio puede aumentar de tamaño y al hacerlo los sesos presionan las paredes del cráneo. Esto no es muy frecuente, pero tampoco insólito. Se conocen registrados en los anales de la Hermandad casos de chamanes que debieron deformar sus cráneos por medio de maderas atadas con cuerdas a la cabeza. Vuestro caso puede venir de la consanguinidad de los faraones: el faraón se casa sólo con su hermana para preservar la sangre real, pero como el primero de vuestra dinastía, Amenofis I, decidió además entrar en la Hermandad y celebrar el rito, me temo que, al casarse con sus propias hermanas, Amenofis II y vuestro padre, Amenofis III, hayan acabado pasando un germen de crecimiento exagerado del cerebro. Para que eso no suceda es preciso beber la sangre del mismo cuerpo o de otros. Es la antigua ley que sólo conocemos los inmortales, y es lo único que puede curar tus dolores.

—No tiene sentido que yo me convierta en inmortal. Mi cráneo ya no tiene remedio, ni bebiendo sangre lograré que adquiera una forma normal. Ni tampoco aliviar el terrible dolor que tanto me aflige. Pero sí quiero ese segundo grado para mi esposa Nefertiti, para que ella no muera y vuelva a parir hijos normales.

—Entonces démonos cita aquí un mes después del solsticio de invierno.

Akenatón volvió a su ciudad, una ciudad nueva junto al Nilo que llamaba Aketatón, y cuya construcción había supervisado hasta los mínimos detalles: una ciudad distinta para un dios diferente de Amón. En el jardín de palacio la bella Nefer yacía indolente junto al estanque adornado de nenúfares violáceos y lotos blancos. Sus dos hijas jugaban a coger los pececillos que nadaban entre las flores.

Akenatón observó a sus dos hijas. Tenían el cráneo como él: su indeseada deformidad se había comenzado a transmitir a la familia, lo cual contribuía a aumentar sus inquietudes. No a la bella Nefer, cuya hermosura estaba fuera de cualquier desproporción. Nefer era como el último eslabón en la cadena dorada de los seres humanos, la cima más alta de belleza, armonía y refinamiento que había dado el Reino de las Dos Tierras.

Las niñas iban casi desnudas, tan sólo una túnica tenue blanca y azul de suavísimo hilo, cuya transparencia revelaba sus barrigas abombadas. El faraón no tenía hijos. Nefer sabía que estaba en deuda con él y con el pueblo. Todo llegaría.

Como si adivinara sus pensamientos, Akenatón se sentó a su lado y le habló de sus dolores de cabeza, de la deformidad de sus hijas, del fracaso de su cuerpo. Él se consideraba un fin de raza y le pidió a ella, Nefer, que se convirtiera en depositaria de aquello que él no podía continuar, porque transmitía una deformidad, y el conocimiento debían conservarlo y transmitirlo personas normales, que no llamasen la atención o despertasen curiosidades inquisitivas.

—Me lo debes, Nefer. Tú debes ser el siguiente eslabón en la cadena, yo soy una vía muerta, una rareza a extinguir, igual que nuestras hijas.

Se hicieron los preparativos, esta vez con todo el esplendor de la corte. La galera real *Atón Brilla* fue acomodada para la travesía de pocos días hacia Sakara. Oficialmente los faraones iban al templo de Sakara, lo demás sucedería, como siempre, en el más estricto secreto.

Imotep no los recibió, pues prefería no mostrarse en público, así que sólo estuvo presente en la ceremonia iniciática nocturna. Él y doce personas más, incluyendo a Nefertiti y el faraón, rodearon un cuerpo humano recién sacrificado. Imotep repartió porciones del cerebro a cada uno diciendo: «Tomad y comed, éste es el fruto del Árbol del Conocimiento», y luego en un cáliz de barro les ofreció la sangre de la víctima: «Tomad y bebed, ésta es la savia del Árbol de la Vida, que da la inmortalidad.»

Nefer había acompañado al faraón para complacerle, sin saber exactamente a qué iban, ni lo que implicaban en la práctica las palabras: «Tú debes ser el siguiente eslabón en la cadena.» Cuando se halló en presencia del cráneo trepanado y se le instó a comer cerebro y beber sangre lo hizo porque era reina, sobreponiéndose a la repugnancia y a la náusea, sin aspavientos; le estaba vedado demostrar el asco que sentía. El rey se lo había pedido, el rey sabía por qué lo hacía. Ella se limitó a no desentonar, como tenía por norma de reina, incluso en una situación tan truculenta como ésta.

Pero si bien no demostró sus emociones, la conmoción que sintió en su interior fue sobrecogedora. Buena, buenísima, una sensación interna de ligereza, como si se disolviera por dentro y su cuerpo se fundiese. Comenzó a notar que en su pensamiento aparecían ideas que nunca había tenido, imágenes que no correspondían a su vida, sino a la de otras personas en otros tiempos. Alguien o algo se había metido en su mente y le quitaba sus pensamientos para poner otros en su lugar.

—Aceptar esto sin caer en la locura es la tarea de los iniciados —oyó la voz de Imotep, que la guiaba—, déjate penetrar y analízalos como si fueran conocimientos que lees en un papiro. Vendrán más y más. Ahora eres una biblioteca viviente.

Navegaron rumbo sur con velas desplegadas y banderolas de colores. Nefer, sentada en cubierta, sentía cómo la brisa elevaba sus cabellos, ingrávidos como su cuerpo desde la noche anterior. El tiempo se había parado en sus venas. Su pulso quieto le hacía ver todo como un acorde que resonaba sin fin. No había tiempo, ni espacio, porque ella había salido fuera del tiempo y del espacio, era inmortal. Pidió su flauta y entonándose con ella cantó:

*Soy la puta y la santa,*
*el hijo y la madre,*
*el pecador y el pecado,*
*el altar y su sacrificio,*
*soy hombre y mujer,*
*joven e inmortal.*

Cuando arribaron a su ciudad, el faraón se encontró con otros dolores de cabeza distintos a los que Imotep había curado. Su escriba, secretario y hombre de confianza, Moisés, vino a alertarlo.

—Los hititas han irrumpido en nuestras fronteras del norte, el ejército no ha podido detenerlos. Los sacerdotes de Amón están aquí para exigir que entréis en campaña inmediatamente.

—Tú sabes que no lo haré.

—Eso debéis comunicárselo a ellos.

—Dales audiencia para mañana.

Akenatón salió al jardín, paseó entre sus plantas y sus estanques. No quiso comer en todo el día. Al atardecer entró en una profunda meditación y se debatió toda la noche entre su obligación real de combatir y su deseo personal de no hacerlo. Cuando la aurora rompió tenuemente la línea del horizonte, el farón cantó a su dios:

*Vuelvo hacia ti mi cabeza, Atón, Señor del Horizonte.*
*Saludo tu majestad en el umbral de tu día.*
*Todas tus criaturas despiertan: el ganado en el pantano,*
*los pájaros en la enramada, los hombres en sus viviendas*
*[oscuras.*
*Todos se levantarán con tu elevación, respondiendo a tus*
*[rayos.*

*Soy tu hijo, y alzo mis brazos para alabarte,*
*Glorioso Atón, en el amanecer de tu día.*

Moisés vino a despachar temprano, pues se percataba de la gravedad del inminente enfrentamiento. Su faraón y amigo había concebido una exaltada adoración por el sol, el mismo que todos veían, pero que a Akenatón le producía un efecto hipnótico, irresistible e inexplicable.

—Si hay un dios, Moisés, sólo puede ser el sol, Atón.

—Pero los sacerdotes llevan mil años enseñando que hay varios dioses, incluso muchos, bajo la tutela de Amón, no Atón.

—Mientras yo sea faraón, sólo permitiré que se venere a Atón.

Moisés no quiso proseguir la conversación con su rey, tan obstinado, al que amaba sinceramente porque sabía de su bondad innata. Comenzó a preparar la partida. Sabía que era inevitable.

—Mi señora, los sacerdotes de Amón han perdido la paciencia con el monoteísmo de Akenatón, y preparan un levantamiento popular con la excusa de que Akenatón se deja invadir por los hititas, lo cual es una excusa cierta. Pedidle que abandone la ciudad cuanto antes: yo iré a pasar la noticia entre los creyentes de Atón. Por fortuna están casi todos en esta ciudad. Estad preparados para iros conmigo.

—Así que ya sabes que él no marchará.

—Le conozco desde que jugábamos de niños. Es un cabezota en todos los sentidos de la palabra.

Nefer no se molestó en argumentar con su marido. Akenatón era un iluminado, creía que si él veía a Atón como dios único, los demás debían seguirle. Muy al contrario, los sacerdotes de Amón tenían diversos dioses que repartirse, para administrar las dádivas del pueblo que iban a cada uno de los diferentes dioses: Isis, Horus, Apis, Seth, Osiris y los demás. Cambiar ese mercado por un monopolio no les interesaba lo más mínimo. Y mantener a un faraón pacifista aún les gustaba menos, pues ponía en juego no ya su dinero, sino sus vidas.

Akenatón llamó a su ayo Ai para que le ayudara en su enfrentamiento con los sacerdotes. Se presentaron los cuatro más importantes de las Dos Tierras; dos del norte, el sumo sacerdote de Ptah en Menfis y el de Ra en Heliópolis, y dos del sur, Suti y Her, sacerdotes de Amón en Tebas. Tras los saludos protocolarios el sumo sacerdote Suti de Tebas entró en materia.

—Estamos amenazados por dentro y por fuera y todos los peligros tienen que ver con la actitud del faraón.

—Lo último que he deseado en mi vida es ser un peligro para nadie —replicó Akenatón.

—Entonces deseáis lo que no hacéis —le reprochó Her—, habéis arruinado nuestros templos y ahora no defendéis la frontera.

—No me pidáis que vaya a la guerra porque va contra mis ideas.

—Acordaos de vuestro padre. Él sí era capaz de combatir.

—Pero yo no y no pienso tomar las armas.

—¿Cómo es que no están aquí vuestra madre y vuestra mujer? ¿Es que las habéis mandado huir? Siempre nos habíais recibido con ellas —observó el sacerdote de Ptah, llamado Ptamose.

—¡No os permito impertinencias! —intervino Ai.

—¡Déjalo, Ai! —suspiró el faraón—. Ésta es una discusión inútil: yo no ordenaré la guerra y ellos nunca aceptarán a mi dios Atón.

—¡Quién os pensáis que sois para abolir un culto milenario, en el que se sustentan la sociedad y el reino que os toca defender!

—Soy la encarnación de Atón y su fuerza está conmigo: tengo a Shu, el calor del cuerpo del Dios.

Los cuatro hierofantes se miraron consternados. Suti les hizo una señal e inició un último intento.

—El país se hunde porque el pueblo no paga los tributos a los dioses.

—¿El país o vosotros? —le interrumpió el faraón.

—Es inútil seguir hablando. Quedaos aquí en vuestra hermosa ciudad con vuestra madre, esposa e hijas, nosotros decidiremos quién es más poderoso: Amón o Atón.

Aquella noche estalló la rebelión. La mitad de la ciudad de Akenatón marchó a quemar las casas de la otra mitad. Como estaban entremezclados los de Atón y los de Amón, el fuego acabó arruinando a monoteístas y politeístas; estos últimos, enfurecidos, arremetieron contra las personas de los que no se dieron prisa en salir como les había ordenado Moisés. Nefertiti marchó por el río con su escolta y no tuvo percances para salir de la zona en rebelión. Pensaba en su marido, que permanecía en la ciudad que él mandara levantar, y sintió admiración, pero también consuelo por alejarse de aquel hombre fanático que vivía sólo para su religión. Ahora ella tenía que decidir a quién elegiría para que la cuidara y complaciera: ¿el general Horemeb?, ¿el médico Sinué?, ¿un magnate extranjero? Nefer navegó por el Nilo como a través de los siglos en su cuerpo inmortal.

Moisés guio a los que decidieron seguirle hacia el norte, allí donde los hititas estaban atacando. Si evitaba los campos de batalla estarían en la zona más segura. Y las batallas siempre se suelen dar en los mismos sitios porque el terreno los impone. Para evitarlos optó por una ruta insólita: cruzar el mar Rojo. No necesitaba de milagros para ello, bastaba con fabricar unas cuantas barcazas de juncos como la que le salvara a él de niño, pero capaces de llevar docenas de personas, y moverlas a cuerda, como un ferry entre las dos orillas. Llevaría una semana cruzar a sus tres mil seguidores, pero al otro lado, hacia el Sinaí, la vía estaría limpia de soldados de uno u otro bando. Además, ¿quién querría atacar a los que no combaten por nada, a los sin tierra?

Su mayor problema sería seguir una ruta de oasis y manantiales y llevar consigo grano y pescado seco, o bien espadas y arcos para arrebatar la comida a los nómadas de aquellas tierras que ellos recorrerían en busca de un lugar para levantar la segunda Aketatón.

## 4

## La dama copta

Cuando Lucas despertó de las memorias inducidas por Sandro, éste ya no estaba allí. Reinaba en el hotel un profundo silencio, tanto que aumentaba por contraste el alboroto que aquella visión había dejado en el ánimo de Lucas. Estaba sobrecogido, desconcertado, intrigado, asustado, perplejo, lleno de dudas, de asombros, de preguntas, de hipótesis. Y, desde luego, se sentía muy cansado. Si analizaba lo que acababa de pasarle, sencillamente habían entrado en su mente para que visionara una historia, le habían conectado, como si fuera una radio, a una emisora. Sólo que esas experiencias suponían una alteración brutal de sus circuitos neuronales que le creaba un intenso dolor en las sienes. Su mente científica sólo podía resistir semejante experiencia sin volverse medio loco, paranoico, o salir corriendo hacia el hospital en busca de un psiquiatra, porque conocía a Sandro, sus trucos y verdades, y porque él, años antes cuando estudiaba en U. C. Berkeley, había experimentado con el ácido lisérgico dietilamida, LSD. Se acordó del miedo que había sufrido antes y en algunos tramos del viaje de ácido, jamás lo había olvidado porque le marcó de por vida. Ahora lo repasó para recobrar su seguridad y buscar analogías.

Un amigo hippy le había conseguido un *clear light* de gran cosecha; era una mancha en un papel secante. Se dirigieron al parque nacional de Tiger Bay, unos veinte kilómetros al norte de San Francisco. El trayecto de ida fue normal, porque el LSD tarda casi una hora en hacer efecto. Mientras conducían hacia el parque, el ácido lisérgico dietilamida debía de estar bailando por las sinapsis neuronales con su radical indol, que refuerza la cantidad de neurotransmisores: serotonina, melatonina, aceticolina. Estaba quitando las telarañas de las puertas de la percepción para que viera la realidad desde otros ojos, con mayor nitidez.

Empezó a notarlo cuando el guarda forestal les cobró el ticket de entrada en el parque. Tenía la paranoia de que el agente notaría que estaba bajo los efectos del ácido, cosa que Lucas deseaba ocultar de todas todas. De modo que se desdobló: mentalmente se situó fuera de sí, pero conectado, y se dio la orden de actuar con naturalidad, sacar los dólares del bolsillo de atrás —los pantalones de terciopelo ceñidos dificultaban la maniobra— y dárselos con una sonrisa que debía ser un rictus. Pasó un rato; como el tiempo estaba perdiendo su ritmo normal, no supo nunca cuánto tardó en darle el dinero al guarda y recibir de éste las entradas.

El amigo que conducía, más ducho en el asunto, arrancó y fue hacia la playa a través del bosque. Paró en un claro entre rocas y matorrales bajos. Lucas se apeó del coche y se sentó inmediatamente en el suelo: estaba «bajando», pero bajando a su interior. Tuvo la impresión de que su cuerpo estaba vacío, hueco, como un tubo metálico por el que pasaba aire. Las rocas y él eran una ciudad abandonada, destruida, y el viento desolador corroía metales oxidados. Y todo eso no lo veía, lo sentía. Muy raro, no hacía falta verlo, estaba allí. El ácido había subido, no cabía duda. Sentía la cabeza pesada como si le apretasen las sienes. No: más bien era como si el cerebro tuviera un altavoz, el de una radio a punto de estallar.

Fueron hacia la costa. Era una playa de cantos rodados en una cala cerrada que más parecía un lago. El tiempo se había detenido: el lago era eterno, espacio quieto que no fluye. Lucas estaba en la orilla del mar de los sucesos, donde el tiempo no existe. Comprendió el teatro de sombras chinescas que pasa por la mente y que se toma por ideas, la relatividad del conocimiento, ya que la influencia prodigiosa de un estímulo químico podía cambiar de aquel modo el juicio sobre lo que es conocer. Todo por un cambio en las sinapsis neuronales. El LSD había cambiado la programación de su cerebro y la realidad se presentaba de otra manera.

Tomarse el ácido le había costado mucho: se había sentido como Eva delante de la fruta prohibida. Y realmente el Árbol del Conocimiento le daba su fruto. El tiempo no es un caudal huidizo, sino un océano quieto, una estancada eternidad, soledad y silencio.

Desde entonces supo que el tiempo no existe, que es una ilusión, o si se quiere, una configuración especial del cerebro, un efecto del metabolismo del cuerpo humano. En modo alguno es un a priori kantiano. Eso le había quedado muy claro. Quienes lo han experimentado lo saben. Sólo por eso ya valía la pena el viaje. Los que no han ido dirán que es una ilusión, que lo imaginó, pero él sabía que su estado era tan real como el que se tiene después de comer tortilla de patatas o cualquier otra sustancia química. No hay un estado real; hay un estado muy frecuente y algunos otros poco usuales. Empeñarse en que lo habitual es verdadero, y lo único real, puede ser práctico, pero no es riguroso. Que el noventa y nueve por ciento de la vida se pase en el estado «normal» no quiere decir que sea el único posible, ni que sea el mejor.

Durante el viaje sintió ganas de terminar cuanto antes: la idea de que no conseguiría volver al estado normal le provocaba angustias y terrores. Pero de ahí no se baja en marcha, la cosa dura ocho horas, y Lucas no sabía entonces que con un valium se retorna rápidamente. Quedarse colgado no era precisamente compatible con una carrera académica. Caminaron hacia el bosque con una vitalidad tan desbordante como inducida. Miró los árboles y estaban vivos, eso ya se sabe, pero él los vio, captó su ritmo vital, los vio pulsar literalmente, era un aura de luz blanca que emanaba de ellos y estaba palpitando. También tendrían aura las personas. Cuando volvían, al pasar por la avenida Broadway en San Francisco, se dedicó a mirar a los transeúntes para comprobarlo. No le gustó lo que vio.

Echó mano de tres libros básicos que trajera consigo para repasar sus conocimientos sobre Akenatón. James H. Breasted calificó al faraón como «el más notable de todos los faraones y el primer individuo en la historia del hombre». Y añadía aún: «Entre los hebreos, siete u ocho siglos más tarde buscaríamos este tipo de hombre; pero el mundo moderno tiene aún que evaluar adecuadamente e incluso familiarizarse con este hombre que, en una época tan remota y en condiciones tan adversas, devino el primer idealista y el primer individuo del mundo.» Wallis Budge, en el libro sobre Tutankamón que escribió para Lord Carnavon, se despacha sin contemplaciones: «En vista de los hechos históricos conocidos y de los diagnósticos del doctor Elliot Smith sobre la distorsión del cráneo de Akenatón estamos justificados a preguntarnos con el doctor Hall si el rey "no estaba medio loco" pues nadie sino un orate sería tan ciego como para intentar abolir el culto de Amón, que era el eje de la vida social del país. Como mínimo Akenatón sufría locura religiosa, su arrogancia espiritual y su autosuficiencia le hacían olvidarlo todo excepto sus propios sentimientos y emociones.» Cyril Aldred era más ponderado y daba una favorable visión del fenómeno. «Cualesquiera que sean las especulaciones que pueda despertar el original y atípico reinado de Akenatón sólo podemos juzgar por la evidencia, por tenue que sea, de los monumentos que han quedado. Las expresiones que gravaron sus artistas —cuando busca la mano de Nefertiti como apoyo en el entierro de su hija—, o su cara mostrando disgusto ante el cuello retorcido de un pájaro sacrificial —o el cariño entre él y otros miembros de su familia, o el gozo de sus seguidores en su presencia—, todo eso representa el "buen rey que ama a la humanidad". Ésos y otros detalles tocan un acorde que suena humano y simpático.»

Tranquilizada su mentalidad científica con estas lecturas históricas, precisas y rigurosas, Lucas pasó a su otra cara, al reverso tenebroso de su mente científica; se fue a lo esotérico e irracional y echó mano de Rudolf Steiner. ¿No decía este teósofo alemán que fundó la Antroposofía y construyó un Goethaneum, destruido por los nazis, que todo lo que ocurre en la historia queda gravado en una especie de memoria etérica llamada los anales akásticos? Según eso, Sandro se había limitado a poner a Lucas en contacto con los anales akásticos de la época de Akenatón. Absurdo, ¿quién después de Rudolf Steiner se ha vuelto a acordar de estos anales etéricos? Si así fuera y varios los vieran tendríamos la historia reescrita con certeza por repetición de visiones reproducibles. Pero ni así, pueden ser alucinaciones colectivas. Sumido en este mar de dudas, donde lo más potente era el recuerdo de su viaje en ácido, decidió actuar para no pensar. Pero ¿qué podía hacer? Por allí no se veía un alma. Echó mano de la dirección que Leónidas Dantakis le había proporcionado: profesor doctor Freidrich Kraft, Rue Colombiers, 27, tercero. Zamalek. Su maestro lo había descrito como un excéntrico con saberes universales. ¿Sería como Sandro? Tomó un taxi y mostró el papel con la dirección del arqueólogo. Después de todo, no tenía nada que hacer y era mejor llenarse la cabeza con una pesquisa que dejarla vacante a merced no ya sólo del recuerdo de Betta sino de la chocante experiencia vivida.

El barrio en que supuestamente vivía Kraft había sido de lujo antes de la revolución de Nasser. Era el lujo europeo distinguido, con la sucesión de edificios *art déco*, sobrio comparado con el lujo chillón y abigarrado del actual barrio rico que está en el arrabal que hace poco era desierto. Curiosamente, no había demasiada gente por las calles, pese a que El Cairo es un lugar en que la calle es el espacio habitual en que discurre la existencia cotidiana de la mayoría de sus habitantes. El taxi le dejó en Zamalek, isla de El Cairo, el acotado barrio residencial de los coptos. Lucas se encaminó hacia un inmueble amarillento ocre, años treinta, que aún aguantaba el tipo, con la mayoría de las persianas bajadas. El portal presentaba un estado de deterioro progresivo: lo que antaño había sido vestíbulo lujoso y cuidado, ahora era un espacio destartalado, lastimoso; las hornacinas ya no contenían estatuas, el estuco de las molduras se descomponía sin ser restaurado. No había conserje. El ascensor funcionaba aún, con un enorme espejo y placas de madera noble que necesitaban una capa de barniz para recuperar la magnificencia; en el rellano enorme del piso —el tercero— había una nevera de modelo arcaico, incongruentemente abandonada, como si alguien que no la quisiera no tuviese los medios de llevársela. Sólo había dos puertas, ambas con enormes felpudos.

La puerta tenía placas de madera donde antes hubiera cristales. Llamó al timbre. No hubo respuesta. Tras minutos de espera inútil, cruzó el largo rellano y llamó a la puerta del otro lado. Esta vez se oyeron movimientos al otro lado y se abrió la puerta: un mayordomo con chaqueta blanca, pelo negro brillante y facciones delicadas lo invitó a pasar sin hacer preguntas. Parecía estar esperándolo.

La casa olía a mirra, como las iglesias ortodoxas. Sobre el parqué impecablemente encerado, alfombras persas y turcas de fondo granate; en los rincones, jarrones chinos; los sofás y mesitas, así como las lámparas, eran *art déco*. En las ventanas se conjugaban cortinajes de terciopelo azul cobalto —aristocráticamente envejecidos— con visillos de fino hilo que tamizaban la luz. La decoración le pareció una mezcla no artificial de Oriente y Occidente. Cuando en Europa o Estados Unidos se emplean alfombras persas o porcelana china, su presencia tiene algo de exótico. No aquí. Nosotros no permitimos que lo oriental se amalgame con lo nuestro, o no tenemos la sensibilidad para lograrlo. Aquí sí.

—Busco al profesor Kraft; vengo de Cambridge con una carta para él.

Antes de que el hombre le dijera nada, añadió:

—Ya he llamado a su puerta, sin éxito. He pensado que acaso podrían ayudarme.

—Supongo que la señora podrá decirle algo; en todo caso le agradará hablar con un inglés universitario.

—¿Qué señora?

—Sígame, por favor.

La señora está en el salón del fondo, junto a un voluminoso ventilador eléctrico que funciona silenciosamente. Lleva un traje negro de escote triangular de mangas hasta el codo y una gargantilla discreta de perlas grises y blancas, está sentada con las piernas cruzadas y... ¡benditos sean los tópicos porque son verdad!, fuma en boquilla. Lucas, que había leído *El cuarteto de Alejandría* y había disfrutado con el personaje de la madre copta en Mountolive, tenía una imagen preconcebida de estas señoras. Khayatt superó sus anhelos novelescos. La realidad supera siempre la ficción, aunque nadie lo crea.

Khayatt le escrutó con sus ojos color de miel, los ojos de Slughi, la gacela del desierto, modelo para el ojo de los jeroglíficos, mientras le ofrecía un refresco de tamarindo y le instaba a acomodarse en una maravillosa butaca de chenilla inglesa propia de un *cottage* inglés y sin embargo perfectamente integrada en la estancia.

Lucas constató que su perfil era exactamente el de los relieves antiguos. Nariz, boca, barbilla. «Por fin me encuentro ante un auténtico egipcio, de la raza autóctona antigua.» Un hermoso icono detrás del sillón, en el rincón más íntimo de la estancia, recordaba que los coptos cristianos, descendientes de los antiguos egipcios, veneran a san Jorge.

Khayatt le pasó unos chocolates y recobró su pose perfecta en el sillón, la boquilla en la mano, las piernas eternamente cruzadas. Le atendió con naturalidad, como si fuera una visita de compromiso relativo. Le obsequió con el interés de sus ojos de miel medio entornados, la sonrisa de Gioconda. A propósito del chocolate, Lucas comentó algunos platos egipcios que le habían chocado, sobre todo los que se envolvían en hojas de parra, que él había creído propios de la cocina griega; ella hace un gesto al empezar a responder, mueve la mano plana hacia su rodilla en suave movimiento descendente, como si apartara sus palabras. «Nosotros no comemos eso. Somos coptos.» Para redimirse, Lucas le expresa su teoría sobre la quinta columna copta en el Islam egipcio, sacada de la lectura de Durrell.

—Detrás de cada egipcio en el gobierno —responde ella y Lucas se fija en el anillo que luce en el anular izquierdo, un ópalo engarzado en brillantes negros— hay un copto. Mi padre tenía tierras en el Delta y yo pasaba los veranos en una sombreada granja. Mi marido, que en paz descanse, negociaba, pero todo eso acabó con Faruk. Después de Nasser hemos de hacer lo mismo, pero fingiendo que no estamos. Es como esta casa.

El piso de Khayatt, en efecto, estaba fuera del tiempo y del espacio con sus alfombras, sus iconos de oro viejo y las porcelanas chinas e inglesas, las maderas nobles y los sillones europeos. Gozaba de un perfecto silencio interior, envuelto en la calma inmemorial de la propiedad.

Lucas inquirió sobre el paradero de Kraft.

—Un hombre fascinante —anticipó ella— de una erudición inacabable y una heterodoxia que se empeña en cultivar con la tozudez de un inglés, aunque es continental. Hace tiempo que no lo veo; se internó en el desierto siguiendo la ruta de los atlantes.

«Esto se pone bien», pensó el descorazonado Lucas.

—¿Atlantes?

—La condesa Marcelle Weissen-Szjumlanska, buena amiga mía, por cierto, fue una intrépida geóloga que exploró las rutas prehistóricas que atraviesan el desierto del Sahara desde Ifni a Tebas. Había tres rutas desde el Atlántico hasta el Nilo: la primera por la costa mediterránea, la segunda por el Atlas, y la tercera, más antigua, la más frecuentada durante el paleolítico superior, la del trópico, a través del Sahara, que entonces era un amplio corredor verde. Pasaba por los cuatro oasis: Merzoug, Koupa, Kasgueh y Dakel, por las tierras de los amonios y los garamantes, seguía el lado norte del Hoggar hasta el cabo Soloeis, hoy cabo Jubi, frente a las islas Canarias.

Hizo una pausa y se irguió en el sofá.

—La condesa Weissen, tras décadas de exploraciones por estas rutas, escribió su libro *Orígenes Atlánticos de los antiguos egipcios*. Su tesis coincide con Slosman: los egipcios fueron epígonos de la Atlántida sumergida, ese país de Punt, la isla inmensa, añorada en los escritos egipcios, que cantan y glorifican los orígenes occidentales: Osiris, dios de Occidente; Amenta, la Montaña de Vida, que se alza al oeste; Isis, regidora del poniente. Weissen identifica, además, los atlantes con la raza de *Cro-Magnon*, cuyos restos más numerosos se encuentran en las islas del Atlántico. En estos lugares oceánicos, y sólo en ellos, se hallan, reconocibles sin solución de continuidad desde los orígenes de la vida occidental, las supervivencias masivas de la primera raza de *Homo sapiens*, la mal llamada *Cro-Magnon*, la raza atlante. Durante el Paleolítico superior y hasta principios del Neolítico, los *Cro-Magnon* se habían expandido hacia el norte por la ruta del Atlas hasta llegar a Europa y hacia el Nilo, por la ruta sahariana de Hoggar. Donde más restos de *Cro-Magnon* se encuentran es en los archipiélagos atlánticos.

Lucas recordaba que, cuando de niño residió en Tenerife, su padre lo llevaba de la mano a visitar el Museo de

Santa Cruz. Aparte del cañón que le arrancó la pierna a Nelson y otras maravillas históricas del mismo calibre, recordaba la visión de los enormes huesos de los guanches amontonados en las partes inferiores de vitrinas que llegaban hasta el techo. Ante aquellos trozos de esqueletos que medirían dos metros, quedaba absorto y sobrecogido, aterrado, pero cada vez que le era posible, volvía a verlos.

—La condesa Weissen —remachó su anfitriona— ve en los guanches el filum de la raza de los descendientes de la Atlántida, que llegan al Nilo por el centro del Sahara y crean allí, como de improviso, una civilización avanzada con los conocimientos salvados del gran naufragio, la derrota de Osiris. No hay que olvidar que los guanches de Canarias momificaban a sus muertos. Para preservar la raza atlante, los egipcios observaban sorprendentes costumbres: el faraón se casaba con su hermana; el rey, los sumos sacerdotes y los descendientes puros de la raza original se teñían el cuerpo de ocre rojo, como los cadáveres de *Cro-Magnon* encontrados en Dordogne. En las últimas dinastías ya sólo el faraón y el sumo sacerdote se pintaban de ocre.

—¿Dónde se vio a Kraft por última vez? —insistió Lucas, que no quería perder el hilo de sus pesquisas.

—¿Por qué tiene usted tanto interés?

Lucas tiró pelotas fuera.

—Mi catedrático en Cambridge es amigo suyo y me dio una carta para que se la entregase —insistió, mirándola cándidamente.

Ella sonrió comprensiva y le confió:

—Debo reconocer que Kraft es uno de los hombres más fascinantes que he conocido.

—¿Usted y él...?

—Éramos vecinos, como ha podido comprobar usted, de rellano, pero comenzó a aburrirse aquí y se fue al desierto. Cualquier indicio es suficiente para que se ponga en marcha: los manuscritos de Nag-Hamadhi, el zodíaco de Dendera, una tumba inexplorada...

—¿Acaso Kraft ha pertenecido a una hermandad esotérica?

—Mi querido joven, Egipto ha tenido sociedades secretas desde que se cerraron los templos. Forman parte de nuestra idea de la ociosidad. Los coptos sabemos algo de eso...

—Pero no lo dicen.

—Tampoco me dice usted por qué quiere encontrar a Kraft.

—*Touché* —rio Lucas—, es verdad que vengo por indicación de un profesor de Cambridge, pero quería hablar con él del enigma de Akenatón; de por qué tenía esa cabeza enormemente oblonga y ese cuerpo enfermizo.

—Debe usted de tener mucho tiempo libre para preocuparse por esas cosas. Miles de personas lo ven cada día y no se interesan lo más mínimo.

—Digamos que prefiero ocupar mi cabeza en eso.

Khayatt lo miró divertida y comentó:

—No sabe usted lo literal que puede llegar a ser su última frase.

Lucas apartó la perplejidad que le causaba este comentario y volvió a la carga:

—Le he dicho mi motivo.

Como las palabras ya se hacían inútiles, ella lo miró a los ojos para inducirle otro trance visionario y dejó que su semblante se transfigurara en aquel rostro muy hermoso y muy antiguo que Lucas había visto en el Museo. Le susurró:

—Sí, efectivamente, yo soy Nefer y guardo los secretos de lo que ha sido, es y será. Tú no estás aquí por azar: esto es el Círculo Hermético de la Hermandad de Luxor.

Dejó a Lucas en un estado cataléptico, desmayado, sin reflejos, flotando en un duermevela de imágenes que le enviaba desde su mente a la de él. Le estaba confirmando la historia que Sandro le había comunicado: Nefer navegando río abajo huyendo de Aketatón. Nefer convertida en María Egipcíaca, en la mujer que le llevó el áspid a Cleopatra, en la voluptuosa Salomé. Le hizo atravesar siglos hasta parar en el salón de aquella casa donde la había conocido.

Lucas estaba en estado de shock tanto por el medio como por el mensaje. Esta señora pretendía que había inmortales que atravesaban los siglos para mantener una guardia sobre el desarrollo de la humanidad y que venían de tiempos de Akenatón si no anteriores y que ella era Nefertiti o algo parecido.

Su razón se sublevaba, su formación científica estaba indignada, pero pese a su furor, los sentidos dormidos por la hipnosis, le había revelado cosas que se correspondían con las visiones inducidas por Sandro y con algunas de las técnicas de meditación que en su día le había enseñado. Su cabeza había entrado en total bloqueo: no podía admitir algo que iba contra toda lógica, algo inusitado, fantástico y, al mismo tiempo, era perfectamente consciente de la imposibilidad de dar una argumentación lógica a lo que estaba viviendo. Intentó enfrentarse a Kahyatt-Nefer.

—No voy a discutir con usted, pero no creo nada de lo que me está mostrando.

—No se trata de creer o razonar, querido. Se trata de correr para salvar la vida. Cuando te la juegues no pensarás en lo creíble o imposible, ni lo absurdo o racional. Correrás.

Lucas salió de la casa como alma que lleva el diablo. El contenido de las revelaciones era fantástico, pero la forma en que le llegaban aún más: una mente extraña podía imbuirle pensamientos y recuerdos que él no llevaba dentro.

Se paró en el parque, tomó aliento sentado en un banco. Tenía un leve flato y un sudor frío, le temblaban las manos. Repasó la secuencia de acontecimientos y notó que «las casualidades» que le habían llevado a Egipto no lo eran, que más bien había un grupo de personas interconectadas que había urdido una serie de encuentros para cooptarlo en un grupo muy antiguo que no era el Club Med, precisamente. En el origen de la aventura estaba Betta, pero no creía que el desamor de ella fuese parte de la trama. No sabía decir lo mismo de Dantakis, que le había sugerido ir a Egipto; los demás, Sandro, Khayatt, eran obvios. ¿Cómo sería Kraft, si era el raro?

Si lo que le estaba sucediendo no era una ilusión, era una misión. Nadie podía hacerla por él, era su destino, «¿por qué me ha tenido que tocar a mí caer entre los locos?» Se acordó de Benavente: «don Jacinto, ¿cómo llegó a ser homosexual?», «preguntando, joven, preguntando». Lucas comprendió que a él ya no le quedaba más remedio que seguir preguntando y que fuera lo que Atón quisiera.

## 5

# Luxor

Luxor sobre el Nilo, un loto de piedra abierto junto al río, en las arenas del desierto. Este país es un arquetipo de la creación: agua sobre tierra, lodo negro que alimenta una vegetación lujuriante: se aúnan el sol y un viento pertinaz, que caen sobre la llanura interminable surcada por el agua. Egipto es un huerto de un solo surco inmenso irrigado sin descanso por el Nilo. Y de ahí salió todo, es el jardín edénico, el huerto de Osiris e Isis, ¿el huerto plantado por Sirio?

El taxi que trae a Lucas del aeropuerto pasa al lado del río. En una *houseboat* varada, uno de esos viejos cruceros tipo *Muerte en el Nilo*, se lee: «Doctor Racab Papyrus Museum.» Lo deposita en el Winter Palace, que es una reliquia de la época colonial británica, fósil desconchado de la Belle Époque. La civilización europea se acabó en 1914 con la guerra suicida entre un imperio caduco y una agresiva nación tardía sin terreno. ¿De qué sirve pernoctar en cementerios? En El Cairo llevan siglos haciéndolo,

¿de qué nos servirá a nosotros? Europa se hizo el haraquiri en las dos grandes guerras, para dejar a rusos y norteamericanos el dominio del mundo. Europa es ahora la nuez cascada que se reparten los dos brazos de la tenaza. Gran Bretaña y Francia se eclipsaron en la crisis del canal de Suez, humilladas por un egipcio.

De todos modos, el Winter Palace está repleto porque un mecenas egipcio ha tenido la original iniciativa de representar *Aída* frente al templo de Luxor, con las columnas de loto por decorado, en el mismo lugar en que Verdi se inspiró para componerla, por encargo, para la inauguración del canal de Suez. El canal les dio y el canal les quitó, a Francia e Inglaterra, sus imperios en Asia, pero siempre nos quedará la *Aída* de Verdi.

La *jet set* se había desplazado a medias, aunque la presencia de la princesa Carolina de Mónaco y la posible asistencia de la reina de España y de su hermana Irene ha atraído a gente suficiente para llenarlo. Era una multitud selecta que se proclamaba melómana haciendo sonar sus brazaletes de oro, y era una parte de esa inmensa minoría la que bullía por el abarrotado *foyer* del Winter Palace entre exhaustos cortinajes púrpura y paredes tapizadas con telas oscuras.

Sentado cara a poniente mientras el sol declinaba sobre el Valle de los Reyes, Lucas leía, o intentaba leer, un libro que le interesaba bastante menos que los huéspedes del hotel. En realidad su atención se centraba en los huéspedes que languidecían en las hamacas y sobre todo en las mujeres, con sus frugales camisolas de hilo, o sus caftanes de colores con bordados en las mangas y en el pecho. Todas impecablemente peinadas, sin un cabello fuera de su sitio. Temía quedarse adormecido. Se le acercó una belleza nubia de cuerpo bien formado y piel morena con los grandes ojos rasgados entornados por el aburrimiento que preguntó, sin rodeos:

—¿Qué libro es ése?

Lucas sonrió, con un cierto desafío.

—Son las tesis de Slosman sobre el origen de Egipto.

Ella se lo quitó de las manos, lo agitó graciosamente como si lo ojeara pero cuidándose mucho de leer nada.

—Yo no me he leído un libro en mi vida.

—Ayudan a pasar el tiempo.

—Prefiero aburrirme o contemplar lo que ocurre a mi alrededor. Ahora mismo estamos rodeados de gente interesante.

—¿Soy yo el que más le interesa?

Ella le miró divertida y con la condescendencia de una mujer hacia el niño guapito le animó.

—El origen de Egipto, qué gracia, ¿acaso aún no se sabe cómo empezó esto?

—Según a quién se lea. Breasted de Chicago dirá que hacia el cuarto milenio aparece súbitamente aquí una civilización. O sea, no explica nada —constató Lucas—. Slosman sugiere una teoría algo menos aburrida. Según él, los egipcios vienen de los atlantes, esa civilización misteriosa aludida por Platón y que vivía en una isla en el Océano que se hundió por una catástrofe volcánica. Los supervivientes se refugiaron en la costa del Sahara y de ahí, cruzando el desierto, llegaron al Nilo.

—¿Y tú te lo crees?

—Al menos eso explicaría la súbita aparición de esta cultura egipcia que, te señalo, nace completa y de repente, sin la evolución secular que los arqueólogos han descubierto en todas las civilizaciones.

La nubia lo miraba con sus ojos maliciosos y sensuales. Lucas se empezó a preguntar qué querría aquella perla fluvial y por qué con él. A ella le daba igual lo que él le contara, pues saltaba a la vista que sólo quería pasar el rato, no quería pisar la calle hasta que refrescara. Lucas siguió con su monólogo, como repasando lo que había leído. El amodorramiento había desaparecido del todo.

—Existe una pieza arqueológica clave: la llaman el Zodíaco de Dendera. Fue enviada a París cuando la conquista de Napoleón. Ese zodíaco representa el estado de las constelaciones del día 27 de julio de 9792 antes de Cristo. ¿Por qué esa fecha? Según Slosman fue el día en que se hundió la Atlántida.

—Me estás recordando al obispo Usher que calculó que la Tierra fue creada el 7 de marzo de 4004 antes de Cristo y era martes.

—¿No quedamos en que no habías leído ni un libro?

—¿Y tú te crees todo lo que te dicen? Eso me lo han contado.

—¿Dónde?

—En Cambridge.

—Pues no te vi.

—Soy bastante más joven que tú.

—Eso se arregla con el tiempo.

—¿Te molesta envejecer?

—De viejo no tengo nada.

—La afición a la lectura, los jóvenes ya no leen: miran, chatean, navegan y escanean.

Él le arrebató el libro de las manos con fingido enfado, que ella agradeció con un mohín.

—Dame esta antigualla. ¿No te parece fascinante leer aquí que Isis, que luego sería diosa, la gran madre de todo el Mediterráneo, las vírgenes negras, Osiris, su amante, y Seth, el rival, se salvaron en un barco, y de ahí la veneración de los navíos en los templos egipcios? En Edfu, un poco más abajo, hay una embarcación objeto de culto. No es la barca de los muertos lo que se venera, sino la de los supervivientes. Y dime, ¿por qué crees que hay pirámides a los dos lados del Atlántico?

—*Touché.*

Se oyó música que venía del templo: debía de ser el ensayo general de *Aída*.

—¿Qué, mi querida analfabeta, vamos a curiosear lo que están montando?

—Será más distraído que esas elucubraciones tuyas que no se cree nadie, y menos en la universidad.

—Me aburre la ortodoxia, chica. Yo me muevo en el filo de la navaja sin caer en el precipicio de la tontera ni quedarme en el páramo de la ortodoxia.

—Me empiezas a caer bien por tu modestia —contestó la nubia con sorna.

Se acercaron al recinto de Luxor y se colaron entre turistas y egipcios que se apretujaban en una cola hacia las gradas.

—Me temo que no será gran cosa, se echa de menos un gran director.

—¿Solti?

—O Bernstein.

—¿Y qué me dices del escenógrafo? Hoy en día las óperas se las cargan los *metteurs en scène.* Al menor despiste alguien adaptará la trama de Verdi a la revolución nicaragüense.

—Pues haber traído a Zefirelli.

—O a Patrice Chereau.

—Te veo muy puesta, para no haber leído nada.

—Lo que tú aprendes leyendo yo lo observo hablando y escuchando, incluso de la tele.

En éstas salieron los actores. Como era el ensayo general, llevaban los trajes de la representación.

—¡Los actores llevan las piernas cubiertas! —exclamó Lucas, con visible contrariedad—, ¡en vez de egipcios parecen guerreros templarios!

La chica lo miraba con asco.

—Esto es cosa de los fundamentalistas. Seguro que en el ballet van a salir por separado hombres y mujeres.

—Están actuando delante de un muro original en cuyos bajorrelieves están esculpidos y pintados los faraones y los sacerdotes vestidos de modo totalmente distinto.

—La pura incoherencia egipcia, este país está esquizofrénico: son musulmanes que quisieran parecer faraónicos.

Ella se destapaba con una ironía que fascinó a Lucas.

—Pero ¿tú no eres musulmana?

—Soy nubia, de padre copto.

Y como para demostrarlo se embarcó en un monólogo-diatriba.

—Los gobernantes, pero también los periodistas, los que se autoconsideran intelectuales del país, o sus intérpretes, en fin, toda la sociedad de ahora, no sólo no comprenden lo antiguo sino que casi parece que lo detesten. Les pasa como a los hijos de los genios, que sufren al confrontar toda la vida las obras de sus progenitores. Su reacción manifiesta es ignorarlos pero, en el fondo inconsciente, los odian. Si no fuera por el dinero que ganan los egipcios con el turismo, ya lo habrían vendido todo a trozos.

—Esta *Aída* saldrá como aquellos frescos de Miguel Ángel a los que un papa mandó poner calzoncillos. ¿Dónde van con un vestuario de calzas largas?

—¿Tú sabes por qué en las obras sobre antiguos los actores van vestidos de verano y en las de medievales de invierno?

—Ni idea.

—Porque la civilización nació en los climas cálidos del Mediterráneo donde se viste de verano y luego, cuando se estropeó, se desplazó hacia el norte. Los medievales se empeñaron en ocupar países inhabitables: Alemania, Inglaterra, el norte de Francia, no digamos los vikingos, claro, siempre ropa de invierno.

—Menos mal que no lees nada.

En ese momento, como si se empeñaran en corroborar las teorías de ella, salió a ensayar el locutor designado para presentar el evento. Leyó un breve discurso, que el aire se encargó de hacerles llegar, y acabó diciendo, con ensayada ampulosidad:

—Les doy la bienvenida en nombre de Cleopatra, de Nefertiti, de Ramsés II, de Tutankamón, de la democracia y de Mubarak.

Algunos actores aplaudieron. La nubia miró triunfante a Lucas, como diciendo: ahí tienes la empanada mental del egipcio moderno.

Lucas salió del ensayo defraudado, incluso enojado. Iba pensando que al final Verdi, o su libretista, termina sepultando a Aída y Radamés bajo las pesadas losas, una metáfora de lo que pudo ser Egipto: pesado y asfixiante. Pero ¿lo fue realmente?

Recordó algún templo que se mantenía en buen estado, como el de Edfu, en honor al dios Horus; contaba con una maravillosa sala hipóstila milagrosamente bien conservada, y en él, algunas dependencias permitían todavía hacerse una idea clara del culto egipcio. Había recibido diferentes nombres, pero a Lucas le fascinaba que fuera conocido como «el placer de vivir dentro», como si sus moradores hubieran conseguido un habitáculo tan perfecto que hacía innecesario conocer el exterior.

Con un leve esfuerzo de imaginación, Lucas había repintado las paredes con los colores vivos que decoraban los enormes capiteles de plantas y hojas, también policromados, capiteles de una fantasía fitomorfa tan atrevida como lo peor de Gaudí: se había transportado a una época en que no existían coches ni densas poblaciones caóticas en torno a los templos. «Si por un milagro de simpatía —pensaba Lucas—, uno logra captar un mínimo de la onda de aquellas gentes, si oye el delicado tintineo de los sistros y se serena con el incienso de estoraque, ónix y ámbar, entonces estos pesados y polvorientos templos, por un milagro del color y de los cantos rituales, se revelan como lugares etéreos, ingrávidos, espacios fuera de este mundo, que es lo que deben ser los templos, puertas sagradas por donde acceder a un lugar, que es un estado de ánimo, capaz de comunicar con los dioses y sus intermediarios.» Lucas pensaba que estos templos eran un milagro de frescor y fragancia, casi de levedad. En ellos, el tiempo —como diría Gurnemanz a Parsifal— se convertía en espacio. Necesitaba pensar en Wagner para superar el fiasco de la obra entrevista. Wagner había concebido su última obra, *Parsifal*, como mito del cristianismo esotérico del futuro. Por eso introdujo fórmulas como ésa, que provienen de la tradición esotérica europea. Si Parsifal es ese caballero andante de las novelas de Bretaña, la idea de que el tiempo no existe y que al desaparecer sólo queda espacio ya estaba en los textos griegos sobre los Misterios de Eleusis. Las novelas de caballería no eran sólo pasatiempos, sino que eran también un modo de transmitir la tradición hermética europea en los siglos triunfantes del cristianismo papal. Y Wagner los había recogido para su epopeya del Grial.

Salía del ensayo con estas elucubraciones cuando vio pasar a Sandro y Aladín. Sin darse cuenta, agarró a la nubia del brazo y le señaló a los dos hombres. ¿Qué hacía Aladín? ¿Estaba todavía en el servicio de inteligencia egipcio, del cual aseguró que se había retirado?, ¿le habían enviado a vigilar a las personalidades asistentes al espectáculo?, ¿era el responsable de la seguridad de alguien? Después de todo, pocos hombres tendrían el adiestramiento y capacidades de aquel *latin lover* —mejor dicho, *arabian lover*—, atleta olímpico, héroe de la guerra del Sinaí y, según él, arquitecto licenciado por la Universidad de Houston.

Decidió seguirlos, se lo comunicó con rapidez a ella, que asintió, apuntándose. Caminaban hacia el centro viejo de Luxor y se adentraron en las callejas del zoco. Alguien en la calle los detuvo y entraron apresuradamente en una tienda. Como quería mantener las distancias, Lucas remedaba su paso, y cuando entraron, a raíz de las indicaciones que les dio un árabe que llevaba una chilaba raída de color gris y pañuelo palestino, él esperó mirando las especias de un tenderete, ¡qué belleza de colores en aquellos polvos aromáticos cuidadosamente amontonados y guardados en grandes potes de vidrio!, aquí el comino, inevitable, la pimienta, el cardamomo... La joven nubia también parecía muy entretenida examinando unos potecitos de tamaño minúsculo que contenían diversos tipos de azafrán.

Como no salían sus amigos, Lucas le pidió a su exótica acompañante que le aguardara y se asomó a la tienda con cuidado. En realidad era una especie de pórtico que se abría a una escalera muy ancha, señorial, pero con la barandilla rota. Dos mujeres bajaban con grandes cestos. Subió al primer piso y se encontró en un patio interior, sobre cúpulas de aireación polvorientas; en el pasillo que bordeaba el patio se abrían varios talleres, que entrevió al pasar sigilosamente. No quería que Sandro y el otro lo vieran y lo tomaran por el entrometido que era. Talleres de carpintero, cuchitriles que hacían también de vivienda, chamizos. Todo con la criba del calor, impregnado de sudor y olores fuertes. Los árabes del edificio debieron pensar que él iba con ellos, porque nadie le dijo nada. El calor era agobiante, las cúpulas parecían bóvedas de horno encendido, el polvo se agrietaba de calor, se hacía barro reseco, y, encima, aquellas gentes alumbraban sopletes, golpeaban metales iridiscentes, cocían cuencos de arcilla, serraban, clavaban, hundían, moldeaban y no sudaban. Distinguió a los dos en un taller que parecía de fundición. Una hoguera bajo una cuba larga rectangular; una fragua de Vulcano sombría y con malas vibraciones, porque de ella no emanaba energía sino desorden: era el taller de la deconstrucción de la muerte, era una planta de fusión de momias para recuperar sus componentes.

Sandro y Aladín estaban ante una cuba de líquidos en ebullición, a la que los operarios semidesnudos —éstos sí— arrojaban momias para derretirlas. Luego recogían las materias que flotaban en la superficie con unos cucharones enormes, primero las más densas y así por capas. Esos líquidos pesados y viscosos se iban envasando en matraces según un orden que Lucas no comprendía.

Como quería dar con Kraft antes de que se le acabasen los días de vacaciones, decidió chantajear —a su manera— a Sandro y Aladín para que le facilitasen alguna pista. Salió de su escondite y se plantó delante de ellos.

—¡Fray Lucas! —Sandro no parecía sorprendido,

aunque sí algo molesto—, siempre metiéndote donde no te llaman.

—Tú sabrás lo que te haces, pero quemar momias, a estas alturas, no le gustará nada a la policía si se entera. De modo que, como necesito vuestra ayuda para llegar a Kraft, me veo en la triste necesidad de chantajearte. Pero ¿qué coño haces con las momias?, ¿desde cuándo te interesan tanto?

—Ven a dar un paseo.

—Espera, una mujer viene conmigo.

—Tráetela si es de fiar.

Lucas hizo una señal a la nubia, que salió en silencio; había adivinado que la situación era especial.

—Os presento a... Por cierto, ¿cómo te llamas?

—Ya veo que se trata de una vieja amistad... —dijo Aladín, inclinándose a la antigua usanza, exagerando—. Señora...

—Ayesha —susurró ella poniendo el acento en la sílaba central.

—*She that must be obeyed!* —bromeó Sandro aludiendo al personaje de Ridder Haggar.

Fueron hacia la calle comercial. Sandro se metió en una tienda, uno de esos raros comercios decorados a la egipcia con elementos de estilo *art déco*, con el mobiliario antiguo y objetos de muy buena calidad, especialmente las cráteras, las fiolas y las ampollas, llenas de escrúpulos de perfume esencial, decoradas con arabescos en el vidrio, alineadas con opulencia en los estantes, también de cristal, reflejados por espejos. La nariz tiene razones que la inteligencia no conoce, sobre todo en las mujeres; ¿cómo olería Betta con estos perfumes? ¿Cuál escogería para sus noches italianas? ¿Podía ser que su dentista tuviera alergia a los perfumes?

Era absurdo preguntarse cómo olería Betta cuando allí estaba Ayesha —se decía Lucas para sí—, mucho más que una Betta exótica, más profunda, insinuante y atractiva que la típica italiana interesada e intrigante, además de frígida por su absoluto desinterés por el sexo, aunque le encantase usarlo para conseguir dinero y poder. Lucas no había digerido que Betta le dejase por un dentista. Como el chico era inexperto en cosas de faldas, aún no había descubierto lo que realmente espera una mujer de un hombre y que era, precisamente, lo que él no les daba: regularidad, fiabilidad, seguridad, aplomo. Las italianas además son particularmente caseras y, cuando uno se lía con ellas, está comprometido con un *casale* entero con la *mamma* por delante.

Betta le había dado cuerda mientras ella quiso estudiar en Cambridge; luego, al completar sus estudios, pasó a buscarse al padre de sus hijos, el progenitor-tipo, diverso del perpetuo estudiante que era Lucas. Y Lucas no admitía eso y maldecía a aquella mujer con la que había convivido cuatro años.

Ayesha era una belleza mestiza, con la esbeltez de las etíopes, la piel de copta y los ojos de ese extraordinario verde miel. Nada más verla, el perfumista, con varios tapones de vidrio, escanció las esencias por el brazo desnudo de la joven, una tras otra como estaciones de un vía crucis voluptuoso. No era sólo el olor, también resultaba erótico cómo la piel se teñía de colores carnosos diferentes. Ella iba pasando el brazo por las narices de Lucas.

—¿Qué te va más? ¿Loto del Nilo o Rosa de Alejandría?

Siguió dejándose poner ámbar, cedro, nardo, azahar.

—Hueles como el jardín del Generalife, hueles tanto que casi puedo oír la música.

—¿Cuál?

—El Concierto de Aranjuez.

Ayesha rio complacida. Luego se retiró un poco, curvó su cuerpo con los brazos extendidos hacia delante como marcando su vientre.

—Al final lo que os gusta son los perfumes animales, no los de flores —dijo Ayesha.

—¿Como qué?

—Almizcle, que se obtiene de los testículos del ciervo, o el gato de algalia.

—Los gatos huelen mal.

—No si lo apaleas hasta que esté muy excitado. Entonces segrega esa endorfina que huele a maravillas.

Sandro terció para, como siempre, tener la última palabra.

—El rey de los perfumes es el ámbar gris. Los cachalotes del Báltico segregan una bola de ámbar que queda flotando en las aguas del mar. Cuando un pescador afortunado la encuentra ha logrado su riqueza o su perdición: algunos perecen abrazados a la fatídica bola de ámbar, enloquecidos por la intensidad de su fragancia. Los que no enloquecen la venden por una millonada. —Luego se volvió al dueño de la tienda y pidió—. Quiero *mumia*.

—¿*Mumia*?

—*Yes, mumia*.

En vez de cortarse, ante la sorpresa de Lucas, el egipcio inquirió:

—¿De qué tipo?

Lucas estaba atónito ante la naturalidad con que se comerciaba esta materia prohibida.

—No te extrañe —le aclaró Sandro—, el polvo de momia se usaba en la Edad Media para elaborar la teriaca, una panacea que curaba diversas enfermedades. Los aceites esenciales usados para momificar eran medicinales: al cocer la momia se recuperan, y son de diferentes cualidades según la densidad del caldo.

Ayesha soltó con desparpajo.

—¿No tendrá la *mumia* efectos afrodisíacos?

El comerciante pareció despertar, espoleado por esa palabra y se dirigió a Lucas empuñando una ampolla amarilla.

—Con esto, ¡seis horas!, y se lo unta usted aquí —indicó señalando su calva.

Lucas se sintió más ridículo delante de Ayesha que de sus dos amigos. Enrojeció. El perfumista volvió a la carga esta vez con un tubo de pomada.

—Esto es infalible. Se lo frota usted allí. Ya me entiende: el efecto es impresionante.

Ayesha estaba muerta de risa, los otros dos se conchabaron con ella para burlarse de Lucas. La pinta de intelectual de Lucas había enternecido al comerciante, que, al ver a la poderosa Ayesha con él, calibró que necesitaría todas las ayudas posibles. Cuando se les pasó la risa loca, apuraron los cafés con cardamomo que había puesto el comerciante en los vasitos estrechos, como es costumbre, y tras acabar los cigarrillos de ámbar, salieron.

—Vuelvan dentro de cuatro días y tendré lo que me pidió —les dijo el perfumista a modo de despedida.

—Como ves, no hacíamos nada del otro mundo —comentó Sandro con cara angelical.

Las tiendas estaban abarrotadas de nativos y turistas. Un enorme bufé *art nouveau* había sido horadado y servía de puerta a un café, donde se sentaron a reposar y a contemplar la multitud. Sandro pidió café turco y *sisha* para todos. El gusto a manzana dentro del humo pasado por agua se le antojó delicioso a Lucas, que quitaba la boquilla de manos de los otros para sorber infatigablemente. A la segunda ración de brasas, tenía un coloque ligero, alegre, pacífico; las sonrisas comenzaron a entenderse sin mediar palabras, es más, las palabras hubiesen estropeado la comunicación. La *sisha* le estaba dando una llave para cruzar el primer umbral de la sensibilidad egipcia musulmana: ¿cómo serían los siguientes?

—Necesito encontrar a Kraft. Tú y Aladín, que tenéis contactos en los servicios de inteligencia, podéis localizarlo.

—Querido fray Lucas, te haremos el servicio. No tenías por qué amenazar con chivarte.

—Sois demasiado vagos; hay que motivaros.

Dos días después, Sandro condujo a Lucas al borde del río, a un recodo en que había un embarcadero pedestre. Hizo señas a una faluca que zarpó de la otra orilla y se aproximó. Era un nubio delgado y joven que manejaba él solo velamen y timón con gestos económicos y precisos.

—Él te llevará hasta Kraft. Partiréis esta tarde.

Lucas se lo agradeció, pero Sandro, en una de sus expresiones crípticas, dijo:

—Lleva poco equipaje, y si puedes convencerla, llévate a la hermosa chica copta.

—Sube: él te llevará hasta Kraft.

En aquel momento apareció Ayesha y se metió también en la faluca. Lucas la miró entre sorprendido y satisfecho, sin decir nada. Ella, como siempre, estaba cumpliendo su santísima voluntad.

Ella era una niña bien, una bella consentida desde que, al nacer, sus padres se separaron. El rico copto se quedó en El Cairo para atender sus negocios de arroz en el Delta del Nilo, la madre, una belleza nubia de esas que parecen somalíes o etíopes: delgada, esbelta, de finos rasgos y piel clara, se llevó a Ayesha a París, donde la madre trabajaba de modelo. No le costó entrar en una casa de alta costura porque en los sesenta se pusieron de moda las modelos exóticas, con Iman a la cabeza.

Ayesha, que había estudiado en el Lycée francés, decidió ir a Cambridge para cursar sus estudios superiores. Pululó entre diversos cursos hasta decidirse por la escenografía. Su intuición, que ella creía era la única facultad mental fiable, le decía que, puesto que vivimos una época de representación más que de creación, las artes de la puesta en escena —o sea, del envoltorio, del maquillaje— serían aquellas donde se refugiaría la creatividad, agotada ya en las seis artes tradicionales y, más aún, en el teatro y la ópera.

Se fue a la compañía de Peter Brook, pero cayó allí en el peor momento. Éste había concebido la osadía de montar el *Mahabarata* y, claro, le salió un ladrillo de ocho horas que sólo los progres irredentos soportaban hasta el final. ¡Qué no se tuvo que hacer para parecer suficientemente progre! ¡Cuántas horas de Bertold Brecht, el pelmazo didáctico alemán!

Ayesha no hubiese soportado la monumental tabarra del *Mahabarata*, ella lo sabía, pero se hablaba en la compañía de un proyecto cinematográfico y eso la hizo aguantar. Resultó ser una película sobre la vida del mago Gurdjieff tal como él la cuenta en su autobiografía *Encuentros con hombres notables*. Se fueron a Turquía, Armenia, Samarkanda y ella procuró echar mano del color local para preparar los decorados. La realidad era tan pintoresca de por sí en esos países que ella se limitaba a cambiar algún objeto de lugar o añadir elementos significativos.

Ni que decir tiene que varios de la compañía le tiraron los tejos y que el mismo Brook le propuso que actuara como extra en el film, a lo que ella accedió graciosamente. No necesitaba dinero: su padre, por un lado, y su madre, por otro, la tenían provista de casa y vestidos, viajes y joyas, de todo lo que una joven podía desear, incluso libros.

Al final se decidió a hacer caso a un iluminador que, dadas las localizaciones en países tórridos, no tenía demasiado trabajo. Más bien se dedicaba a crear sombras. Los iluminadores no son teóricos, suelen ser callados y forzudos: eso es una constante del oficio aunque nadie sabe explicar por qué. Ella no necesitaba enamorarse para establecer una relación erótica, incluso apasionada. Pero la pasión le duraba lo que un polvo, o sea, poquito. «Los hombres están cada día más maltrechos —pensaba—, ni siquiera nos quedan ya los iluminadores. Pasar la meta de los fatídicos once minutos se está convirtiendo en una proeza. No me extraña, con lo que comen, y con la vida que llevan. El que no está angustiado, está deprimido, y el que no, sufre un ataque de estrés. ¡Panda de cursis! Pero algo tenía que hacer para pasar el rato en las noches del Turkestán y, desde luego, en Samarkanda. ¿Cómo no tener un amor en Samarkanda?, aunque sólo sea físico.

Serro, el barquero, pilotaba suavemente apoyándose en la brisa. La vela inmensa y picuda, cuatro veces una vela latina, los arrastró silenciosamente río abajo. Serro señaló los ibis posados en las ramas de los sicomoros, y afirmó:

—Son como flores blancas.

Lucas recordó que, en la civilización egipcia, los ibis se momificaban con especial pericia y se introducían en cántaros de barro. En algunas tumbas habían encontrado decenas de jarros mortuorios. Pensó que, probablemente, el cremador de momias de El Cairo debía tenerlos en su almacén prohibido, o sabría cómo hacerse con ellos.

Caía la tarde y la calma sobre el Nilo era como un poema chino. El crepúsculo es el umbral entre dos mundos. Lucas entraba en la suavidad intemporal de otro mundo. ¿Cuál de ellos? Ah, era una geografía que conocía poco, sólo en raras ocasiones había atravesado la barrera y siempre lo vio todo transfigurado, como bajo los efectos de un ácido, y como ahora, en este río guardado por la arena inmaculada del desierto. Otro mundo más suave y sutil, ingrávido, donde todo es posible y donde nada es realmente importante.

Serro fue a la proa y preparó el té en un mechero Bunsen. Como era Ramadán, él se calentó una infusión de resinas y maderas que resultó muchísimo más delicada y refinada que el té de Lucas. Ésas eran las realidades de cruzar la barrera: un barquero tercermundista para ojos occidentales, colgado, de escaso poder adquisitivo y, de pronto, cuando se prueba el brebaje que prepara en sus potes miserables, se descubre un cordial exquisito, delicadísimo que ya quisieran nuestros macrobiotas. Sorbiendo silenciosamente la poción tibia, Lucas disfrutaba de la belleza del ocaso y todavía más la belleza de Ayesha, que, reclinada con total naturalidad sobre su codo izquierdo, como sólo saben hacerlo los tuaregs, contemplaba ora acá, ora allá, las luces del ocaso. A Lucas le vino a la cabeza una frase del romancero del Cid: «Ojos bellidos catan a todas partes», porque Lucas, contra su voluntad y contra los principios del yoga que practicaba cotidianamente, era incapaz de detener sus pensamientos. Siempre oía palabras en el interior de su cerebro y eso afectaba la contemplación. El yoga, según Patanjali, consiste en detener los movimientos espontáneos de la mente, y los demás, claro, para que la mente esté vacía y así revele su esencia. Lucas dominaba la teoría, pero cada día le resultaba más difícil la práctica. Y a veces tenía la impresión de que ese aluvión de imágenes incontroladas, esa cadena de pensamientos ligados por levísimas conexiones, era un rasgo de su naturaleza que podía resultarle beneficioso al final.

Pero ahora no quería analizar su estructura mental. Estaba navegando por el Nilo y, por fin, la figura de Betta le resultaba absurdamente lejana, como una broma de mal gusto, o si era condescendiente, como una amante pasable que había cubierto los ratos que no pasaba en el laboratorio. Lucas prefería pensar en el talante de esa civilización marcada por el río. La civilización de río, de este río, debía de ser como este suave deslizarse de la faluca silenciosa. La auténtica civilización debe de ser la suavidad y el estado de ánimo de un ocaso en faluca por el río caluroso y limpio. Esto es civilización y no la agitación que confundimos con ella porque hay coches y neveras. Al estar inmersos en la agitación ni nos damos cuenta. Para que un pez tome conciencia del agua, hay que sacarlo fuera de ella.

Aquí estaba Lucas, cual pez fuera del agua, por fin libre y tranquilo, fuera del mundo, con una mujer bellísima, en esa otra identidad ligada a la infusión del barquero, a su compañía silenciosa y amable, transportado por la serenidad de la tarde y por la presencia de Ayesha, toda ella una emanación. El curso del tiempo era el fluir del río: el tiempo, el viento, la corriente que fluye. Una civilización es un paseo, el atardecer, por el río, componiendo poemas como Li Po o versos al vino como Omar Kayyam. Ver surgir las estrellas sobre el Nilo, la luna creciente como una daga otomana, sentir la suavidad aterciopelada de la brisa, el agua como aceite, como agua callada.

Había cerrado los ojos para disfrutar más de los embates del aire. Sintió los dedos que le rozaban las muñecas y luego las palmas abiertas que abandonó a las caricias. No era el barquero, prudentemente asentado en la popa, era ella, que no esperó a que él tomara la iniciativa. Noble gesto. En aquella hora no debía ser de otra manera. El amor de dos seres vivos certificaba la comunión de todo lo existente: todo lo que se veía desde la barca y lo que había dentro de ella. Lucas se estremeció de placer y se abandonó bajo Ayesha, que ya le acariciaba todo el cuerpo, lentamente, muy lentamente. Ver borrarse las estrellas una a una, cuando aún están en el cielo y es de noche, ¡qué privilegio inaudito! Y él fluyó como el río.

¿Y ella?

«Me pirra ir de espía», estaba pensando Ayesha cuando Lucas se desplomó presa del orgasmo. Ella, que no había alcanzado el suyo, no quiso fingir.

En realidad, ella estaba allí porque acabada la película había viajado de Estambul a El Cairo para visitar unos días a su padre. Le encontró en la casa *art déco* del dilapidado barrio de Zamalek y no estaba solo: la tía Hayatt la estaba esperando. Ella la admiraba profundamente, para ella era su modelo, de vida, de comportamiento. Valoraba su desapego de los convencionalismos, su natural distinción. Ella representaba, mucho más que Iman o Anouk Aimé, a las que recordaba en sus estilizados ademanes y posturas, el referente de su vida adulta. En la adolescencia había intentado imitar alguno de sus gestos, cómo arqueaba las cejas cuando alguien conseguía sorprenderla, cómo reía sin ruido, pero ocupando el ambiente de las salas. Y Ayesha había conseguido emularla. Era, por supuesto, capaz de reírse de los embates de los iluminadores taciturnos o poner en su sitio, con una observación tan risueña como acerada, a uno de los mejores directores de teatro del mundo. Algo había heredado del carácter de su tía. Hayatt tenía el don de la autoridad copta. Mandar sin que nadie lo perciba, con suavidad invisible, sin que a nadie le moleste. Cuando Ayesha la vio ya tenía un plan urdido, en el que ella era una mera pieza de su deseo. A su vez, Hayatt tenía algunas ideas, pero todas podían esperar a uno de sus maravillosos tés fríos, que es la única bebida que Hayatt preparaba personalmente, con azahar y jarabe de azúcar, y unos minúsculos platillos con *kamafa*. Miró cómo Ayesha se los comía y le espetó:

—Ha pasado por aquí un joven, apuesto y un poco tonto, preguntando por Kraft. Creo que te lo encontrarás en Luxor.

—¿Y qué pinto yo en Luxor?

—Una escenografía como la de *Aída* ante el propio templo de Luxor la verás pocas veces. Tu padre te ha metido en el equipo como ayudante de escenografía. En cuanto al chico guapito y engreído, como uno de esos científicos que salen ahora y se creen Indiana Jones, ya sabes lo que tienes que hacer. Reporta luego a la Gran Hermandad.

Llegaron a un remolino. La corriente se manifestaba por primera vez en este río tan discreto. Los torbellinos les ayudaban a girar; el tao de viento y agua, feng-shui, los abrazaba y la barca, las aguas, las velas, el cielo, daban vueltas y avanzaban al mismo tiempo. La noche casi había caído sobre los colosos dormidos en el sueño de arena.

Navegaron río abajo tres días con sus noches. Sólo paraban para coger agua, cambiarla, o estirar un poco las piernas. Serro, invisible, proveía no obstante la sencilla intendencia, siempre apetitosa: empanadas de verdura, rollos de carne de cordero picada fría, *baklava* y raciones de ensalada de perejil y sémola.

El viaje fue para Lucas un recorrido iniciático en el que iba buscando las preguntas que debía plantearle a Kraft. Sabía que un buen interrogatorio, bien preparado, era básico para el trabajo de campo. Su maestro Dantakis le había inculcado que una pregunta correcta no existe, porque para plantear con exactitud una pregunta, hay que aportar tales precisiones que ello implicaría conocer ya la respuesta. De modo que las preguntas son meras catas o aproximaciones a lo que se desea saber, alusiones vagas al tema que interesa.

La ribera se abría en aquel punto en un circo como medio cráter de volcán, dejando una llanura espaciosa donde Lucas percibió las ruinas de una gran ciudad desde la orilla este hasta las faldas de la montaña: una ciudad cuyas ruinas evocaban la gloria pasada. Nada se movía. La vida no palpitaba, el silencio se abatía sobre calles y restos de edificios, sobre sus piedras se descifraban los signos de la melancolía y la muerte, pero, pese a todo, la ciudad se sentía palpitar poderosamente.

El barquero Serro los acercó a la orilla. Lucas intentó besar a Ayesha, ella se apartó bruscamente.

—¿No pretenderás que me quede aquí? ¡Ahora que esto se pone interesante!

—Volveré por ti en cuanto me encuentre con el hombre al que he venido a buscar. Hay cosas que debo hablar con él en privado —dijo Lucas, azorado—. No te alejes de la embarcación.

Ella se encogió de hombros, desvió la mirada y se puso los auriculares. Decidió instalar una hamaca baja junto a unas palmeras y le dio las instrucciones al barquero. Serro le serviría de protección ante cualquier sorpresa, intentarían pescar juntos algún pez gato, pues el egipcio llevaba consigo unos rudimentarios arpones. Con suerte, encontrarían los genitales de Osiris; sin suerte, igual descubrían algún hipopótamo.

Lucas subió a la explanada, donde se extendían en todas las direcciones ruinas a medio excavar. Buscó con la mirada alguna señal de construcción moderna: no vio nada. Comenzó a deambular entre las ruinas. El sol había subido, la luz comenzaba a herir, notó cómo el sudor resbalaba bajo su camisa. Ayesha le había dado un sombrero de paja, pero el sol parecía penetrar por los resquicios. Deambuló durante bastante rato, más de una hora, y cuando empezaba a desesperar, percibió la señal de un espejo que salía de la ladera de la montaña: era como si alguien estuviese «haciendo la ratita» de los juegos de los niños. No cabía duda, el destello se movía, perseguía sus ojos y le obligaba a cerrarlos. Alguien estaba jugando con él.

## 6

## Tell-el-Amarna

Anduvo hasta el pie de la ladera donde viera el destello; subió la pendiente hacia una abertura que se percibía en la pared arcillosa de la montaña. La pared, que era vertical en toda su extensión, había formado una concavidad ante la cual se había construido un muro para conseguir una vivienda troglodítica. Lucas, agotado por el ascenso, se agarró a una de las piedras que improvisaban una escalera y permaneció resoplando hasta que recuperó el aliento. Entonces franqueó la puerta, que era una simple cortina de arpillera para evitar las moscas —que debieran ser el animal totémico de Egipto en vez del escarabajo—, y penetró en la estancia. Pese a que sus ojos tardaron en adaptarse a la escasa iluminación, la penumbra le pareció relajante viniendo del exterior cegador.

Un hombre alto y delgado, vestido con una túnica beige y sandalias de cuero, a la usanza local, estaba inclinado sobre una sofisticada mesa de arquitecto. Consultaba diversos planos. En los bordes del tablero estaban encajados varios cartabones, una enorme escuadra y otros instrumentos de medición. Se irguió al oír a Lucas, y volviéndose hacia él le espetó:

—Mr. Gálvez, *I presume.*

—Eso tenía que haberlo dicho yo, Mr. Kraft, porque presumo que es usted Kraft, y presumo que ahora debería asombrarme de que me esté esperando. ¿Cómo sabe quién soy?

—Las noticias viajan rápido en Egipto; aunque ustedes los extranjeros crean que es un país atrasado, la gente se entera. Y no creerá que puede aparecer por estas soledades sin llamar la atención.

—Ha sido Khayatt quien le ha avisado.

—¿Conoce usted a la dama de picas? Una mujer única. He tenido la desdicha de no conocerla en su juventud, aunque cuando coincidimos en algún lugar placentero siempre la animo a que escriba sus memorias.

—Ella opina que usted es fascinante.

—Supongo que no está aquí para transmitirme sus piropos.

—Y yo supongo que ya sabe por qué he venido.

—Dantakis lo envía.

—No exactamente, sólo me habló muy bien de usted y me recomendó, y reproduzco su expresión, que, si me aburría, lo buscase.

—Extraño concepto el que tiene Dantakis de la diversión. ¿Cómo está, por cierto?

—Volcado en el proyecto Genoma.

—¿Peleándose con Fisher o con la hija de Fisher?

—Está más enterado que yo. ¿Qué pasa con la hija?

—Que tienen un amor platónico, en el mejor sentido de la expresión: viejo sabio con joven bella.

—Igual me envió a Egipto para que me enterase aquí de sus escarceos —sonrió Lucas, agriamente—. Una jugada maestra. ¡Es lo que peor le podía sentar a Fisher! ¡Vaya un gol que le está metiendo Dantakis!

—No sea ingenuo, joven; es ella la que ha trenzado la jugada.

—Esa chica empieza a caerme bien.

—Pues a mí la que me cae bien es la joven que viene con usted, ¿podemos llamarla *metteur en scène*? Usted debería preguntarse por qué ella ha querido venir hasta aquí. Y también podría preguntarse por qué le ha dejado venir a mi encuentro solo...

A Lucas empezaba a fatigarle un poco que todos sus interlocutores estuvieran tan bien informados, pero quería empezar con buen pie...

—Se aburría en Luxor, además estropearon su escenografía los fundamentalistas con sus ridículos pantalones sacados de un catálogo de venta de ropa por correo. ¡Los faraones lo más que llevaban eran pareos para cubrirse! En cuanto a esta excursión, ¡estaba cansada!

Kraft frunció el ceño en un gesto irónico (el paso por Cambridge, entre otras habilidades, facilita una colección de muecas desdeñosas que suelen dar en el clavo).

—Usted, Gálvez, va por ahí creyéndose que las cosas suceden porque sí, en un campo de margaritas que usted recorre cual Heidi. Las cosas funcionan de otra manera. Usted está aquí porque debía estar: esto es el Círculo Hermético y Ayesha es parte de ello, como otros conocidos suyos y yo.

—Yo estoy aquí por el cráneo de Akenatón —dijo Lucas, a la defensiva.

—Y yo por lo que había dentro de ese cráneo, que era nada menos que el monoteísmo. No me canse más con este partido de tenis, vamos a sentarnos.

Le condujo a un rincón de la cueva, húmedo y fresco, donde había una alfombra deshilachada y unos pufs redondos de grandes dimensiones que mostraban complicados dibujos geométricos. Kraft le invitó, con un gesto, a sentarse.

Lucas apenas pudo respirar durante las tres horas siguientes. Kraft le explicó la ruptura de Akenatón con los sacerdotes de Amón, su ruina y derrota a manos de Horemeb, la salida de sus seguidores conducidos por Moisés, que era egipcio tal como propone Freud.

—Mi amigo Enel —prosiguió Kraft— sostiene que la tradición mosaica judía se remonta a fuentes anteriores egipcias. Pero los judíos la captaron sólo parcialmente. En el jeroglífico egipcio habría dos niveles de lectura, el fonético, que corresponde al lenguaje cotidiano, y el simbólico, que transmite un significado esotérico.

—El jesuita Athanasius Kirchner escribió eso mismo en el siglo XVII.

—Así es. El propio Champollion se había percatado, porque reconoció que los egipcios «escribían los nombres de sus dioses de tres maneras diferentes: fonéticamente, figurativamente y simbólicamente». Heráclito llamó a estos códigos «hablado», «significado» y «escondido». El tercero era usado para ocultar las enseñanzas a los no admitidos en el templo, y esto, que en esta época de facilidad y transparencia molesta parece injusto, antidemocrático, nada tiene de extraño: sin saber cálculo diferencial y tensores, no se comprende la teoría de la relatividad. La física moderna es tan hermética para el no instruido como los misterios egipcios. Lo esotérico sólo está velado por el esfuerzo requerido para comprenderlo. Para leer a Li Po hay que aprender chino; sin realizar ese esfuerzo, Li Po es hermético, aunque sus obras estén a disposición de todos. Después de todo, *hierosglifos* quiere decir «escritura sagrada». Para el profano, tan sagrada como las ecuaciones incomprensibles de Einstein.

Kraft le hablaba en lenguaje científico pero sin desdeñar el esoterismo, un tono que también adoptaba Sandro a veces, habitualmente antes de beber. A Lucas le gustaba oír heterodoxias sólo de los que habían estudiado a fondo la ciencia ortodoxa.

—Usted debe conocer esas teorías sobre que la Gran Pirámide no fue en realidad una tumba, sino un *gnomon* para transmitir a la posteridad concepciones relativas al movimiento de la Tierra, así como medidas del tiempo y del espacio. La línea que traza la elevación angular de la pirámide se llama Pirmos, que quiere decir «salir hacia la luz», si lo recuerda, el Libro de los Muertos se titula «Libro de la salida hacia la luz».

—Esa luz, ¿es la luz blanca que se ve al morir?

—Ain-Sof, la luz vacía sin límites de la cábala, la luz blanca de los taoístas. En mis ratos libres, que son muchos en estas soledades, me dedico a la cábala; la situación de una letra en una palabra no es arbitraria, porque cada letra expresa una fuerza distinta.

—Eso suena a cuento de Borges. Admito que la idea de *gnomon* es interesante, pero siempre la asocié a las tareas de Eratóstenes para calcular el radio de la Tierra, y Eratóstenes era griego, aunque sé que estudió en Alejandría. Conocí a un filólogo en Cambridge que tenía como hobby la gnomónica. Coleccionaba los mejores grabados y fotografías de relojes de sol que uno se puede imaginar, pero eso, aquí, y perdone, no nos interesa. ¿Por qué no volvemos al tema?

—¿Cuál? —Kraft se estaba divirtiendo—. Usted marca el ritmo.

—Akenatón.

—Está usted en su ciudad. Para apartarse de los sacerdotes de Tebas se vino aquí con ochenta mil obreros y artesanos y construyó Aketatón de nueva planta. Lo hizo con una piedra caliza que pesaba menos, más fácil de transportar, pero aun así, si se pasea por las calles en ruinas observará que se ha conservado relativamente bien. Aquí lo dejaron en paz hasta que los sacerdotes de Amón convencieron al general Horemeb para que lo destituyese y nombraron a Tutankamón en su lugar.

—La historia de la herejía ya la he leído en Freud.

—Eso siempre resulta más riguroso que saber la historia por la novela *Sinué el egipcio* —rio Kraft.

Lucas le miró perplejo.

—Me temo que su generación ya no conoce ni Hollywood, pero el primer contacto de los europeos con esta historia es una típica película americana que interpretaba la maravillosa Gene Tierney haciendo de mala. Luego lo mezclamos con la historia de la mujer que pide una piedra a cada uno de sus amantes y logra construir una pirámide. Confieso que amo a Gene Tierney, probablemente *Laura* es la película que más veces he visto... pero disculpe la digresión, decía que usted parte de Freud...

—Lo que ni el mismísimo Freud ha logrado aclarar es el físico del faraón hereje.

—¿Qué tiene de particular, a su juicio?

—La cabeza, los muslos, su aspecto andrógino.

—Lea los clásicos: Weigall, Cyril Aldred, Wallis Budge.

—Ya lo he hecho. No me han convencido. Aldred, que dedica un capítulo entero a la patología de Akenatón, recoge el diagnóstico de Elliot Smith. Sé que, en 1907, este médico identificó las deformidades del faraón como un síndrome de Fröhlich, que es, creo, un tumor en la glándula pituitaria, la que controla las características gonadales. Esa lesión interfiere en el hipotálamo y causa adiposidad. La hiperactividad de la pituitaria provoca distorsiones en el cráneo y las mandíbulas; de mayor, esa enfermedad produce gordura en los pechos, abdomen, muslos y nalgas. Pero esta teoría tiene un grave obstáculo: el síndrome de Fröhlich lo habría vuelto estéril, y sabemos que Akenatón tuvo varias hijas, incluso con una favorita, además de las de Nefertiti. A ver, ¿puede ser que las estatuas obedezcan a un modelo ideal que el faraón impuso a su escultor Bek? Si ello fue así, ¿por qué las formas elegidas son ilustraciones casi exactas del síndrome de Fröhlich?, ¿conocía a alguien con dicho síndrome? Aldred no se pronuncia sobre esa cuestión. Mire, en Egipto me están pasando visiones extrañas, y hago conjeturas que temo que no podría hacer en ningún otro lugar, por ello estoy convencido de que usted tiene una teoría, alguna explicación que poder darme al respecto.

Kraft lo miró divertido.

—¿Qué se lo hace suponer, exactamente?

—Uno no está en Tell-el-Amarna porque sí.

—En fin, ¿por qué no? Lo mejor de las suposiciones es que a veces son ciertas. Le voy a mostrar algo. Piense usted lo que quiera, pero lo que se ha de plantear, y muy en serio, es por qué está usted aquí.

—Ya se lo he dicho: de vacaciones.

—Eso es lo que usted quisiera creer. ¿No se ha percatado de la suma de coincidencias que han motivado su viaje?

—No. —Lucas se reafirmó en su negativa, poniéndose en tensión.

—Dejémoslo aquí. Si aún no se ha dado cuenta, ya caerá tarde o temprano. —Kraft se envolvió en su aura de enigmas como un oráculo irónico que lo miraba con benevolencia—. Sígame, le voy a mostrar algo.

Salieron al rellano ante la cueva. Kraft tomó un estrecho sendero que seguía la costa y cruzaba a media altura la pared del farallón. Al cabo de media hora de marcha, en una abrupta torrentera, se metió por un agujero entre dos rocas. Lucas lo siguió y se encontró en un templo de tres naves excavado en la roca, como el pequeño recinto que hay al lado de Abu Simbel.

Kraft le señaló una hornacina lateral que alumbró con su linterna. Entre los jeroglíficos había un relieve grabado sobre la piedra que mostraba un cráneo con sus órganos interiores: la glándula pineal en el centro, la hipófisis en la frente. En otro relieve, el tercer ojo, que normalmente está cubierto por el neocórtex, era el ojo descubierto de un reptil desconocido. Kraft lo señaló con el dedo, sólo un gesto, sin que mediaran palabras. Lo llevó hacia otra hornacina: en ella aparecían dos cirujanos atando tablillas a la cabeza de una niña.

—¿Para qué?

—Es una larga historia, pero ya que no tenemos gran cosa que hacer, trataré de comunicarle los datos básicos. Pero también le toca a usted satisfacer mi curiosidad, ¿qué hace usted en Cambridge con Leonidas Dantakis?

—El proyecto Genoma.

—Ya. Era de esperar. Quizá lo que voy a decirle le interesará: es otra visión del asunto. Pero ahora le contaré una historia sobre mí, que debe saber. No transcurre en Egipto, sino en Asia, pero, insisto, debe conocerla.

# 7

# Kraft

Kraft había estudiado en Cambridge con Fisher, al cual le unía entonces una buena amistad. En su juventud había conocido y tratado a Albert Einstein, al que casi convenció de sus ideas sobre la desaparición de los dinosaurios por la colisión de un asteroide con la Tierra. Su buena presencia física le había convertido en mujeriego a pesar suyo, pues le interesaban los misterios pero no de la esfinge. Kraft creía que una mujer era una esfinge con secreto, pero lo que le divertía de verdad era la esfinge de piedra, su origen, su significado, su historia. Cuando acabaron con honores sus grados, se presentaron voluntarios para una expedición de Tylor en Java. En los años veinte la travesía desde Bretaña a Indonesia llevaba un par de semanas que ambos aprovecharon para preparar sus protocolos de trabajo y sus hipótesis por confirmar. Los hallazgos de Teilhard du Chardin en China habían desatado el interés hacia la zona del sudeste de Asia. Tras el *Australopitecus* de África y el *Sinantropus* de China, los paleontólogos esperaban hallar otro eslabón en Indonesia.

Desembarcaron en Singapur, atravesaron la selva, tomaron botes y barcos para pasar de isla en isla. Kraft observó que Fisher no quería compartir la tienda de campaña, como si el acto de dormir fuera privado, lo cual en un inglés puede entenderse, pero Kraft era alemán y le hubiese gustado conversar de noche, de catre a catre, como los amigos de internado. La reserva inglesa, ya se sabe.

Buscaban restos de homínidos, hacían minuciosas crónicas de cada hallazgo y ponían a prueba sus fuerzas con caminatas interminables por la selva tropical, abriéndose paso a machetazos. Aprendieron a moverse en aquel hábitat observando a los nativos que les ayudaban, y también aprendieron a darles indicaciones para facilitar su trabajo de campo. En suma, todo discurría dentro de la normal organización científica hasta que una noche la aldea donde pernoctaban entró en una repentina y desgarrada agitación con gritos, bailes y cantos. Las gentes, por lo general pacíficas, corrían de un lado a otro como poseídas por alguna enfermedad, por alguna fiebre.

Fisher y Kraft se dirigieron a la plaza donde estaba la cabaña del jefe de la tribu. Los nativos habían cazado un mono grande tipo orangután, lo habían inmovilizado con ayuda de unas teas y habían metido su cabeza en una extraña caja de madera, aprisionando su cráneo con un aro, de modo que el bicho no podía moverla.

Cuando el frenesí de danzas y cantos se apoderó de los nativos, el chamán saltó sobre la jaula del orangután y con un sik malayo lo descabezó, levantándole la tapa de los sesos. En medio de un gran clamor que ahogó el grito agónico de la bestia, el chamán comió un trozo del seso del primate y luego empezó a repartir pedazos entre los miembros de la tribu.

Kraft y Fisher, apoyados en una enorme palmera, fueron testigos privilegiados de la ceremonia. El alemán aprovechó la evidencia para machacar a Fisher con su teoría favorita.

—¿Y si en vez de hacerlo con un mono, se comieran el cerebro de un hombre?

—Serían antropófagos.

—Eso es cambiar un hecho por una palabra en griego, como suelen hacer los médicos.

—Esperaba más de ti.

—¿Por qué no lo probamos, y así no necesitaremos más palabras?

Dicho y hecho, los dos jóvenes se acercaron al festín y recibieron su porción de seso crudo. El efecto fue claramente afrodisíaco, como Kraft había intuido.

—Eso se avisa, Kraft, eres un granuja. Ahora, ¿adónde vamos a desfogarnos?

—Busca por aquí, los nativos son muy obsequiosos.

Las malayas estaban casi todas ocupadas, y la noche fue larga, pero los dos sentían una energía de difícil transcripción científica. De hecho, la noche fue para olvidar, pero al día siguiente Kraft arremetió con sus argumentos a Fisher.

—El ser humano no es el resultado de una evolución natural ni de una evolución sana. El hombre se hizo a sí mismo comiendo su propio cerebro. Su trayectoria desde mono es una serie de actos delictivos.

—¿Qué hay de malo en comer sesos?, y si me apuras, ¿qué tiene de malo ser antropófago si tu cultura te educa en ello? ¿Acaso no somos antropólogos relativistas? Se acabó el eurocentrismo, vivimos en un mundo plural donde cada cultura elige sus valores. No somos nadie para juzgar que nuestras costumbres valen más que las de estos malayos.

—Dame tu teoría y quédate tranquilo.

—El hombre comienza a aparecer hace un millón de años, los restos que separan al hombre del mono proceden de África. En medio millón de años, los restos se parecen ya al hombre actual. Una evolución de 500.000 años. ¿No te parece corta?

Fisher no estaba en contra de la teoría de su amigo, pero quería un razonamiento completo. Le dio pauta.

—Hace un millón de años los monos tenían un volumen craneal de 500 centímetros cúbicos.

—Como un Fiat mini —precisó Kraft.

—¿Y qué pasó luego?

—Los monos antropomorfos que viven en la actualidad siguen siendo como eran hace un millón de años. Sólo una especie de ellos cambió, sin que se sepa por qué. Su capacidad craneal pasó de 500 a 1.400 centímetros cúbicos.

—¡Como los Seat!

—Déjate de bromas cutres, que esto es muy serio.

—Mira, Kraft, deberías recordar que existe una teoría científica sobre esto.

—Lo de que se pusieron de pie porque la selva se volvió estepa debido a cambios climáticos. Tenían que andar en vez de saltar entre árboles, de una rama a otra. Al ponerse de pie, usaron las manos y esa habilidad desarrolló el cerebro. ¡Qué ingeniosa teoría!, claro que la sé, pero no me la creo.

—Dame una buena razón.

—Si una raza de simios se hubiera visto obligada a erguirse sobre las patas traseras, ¿por qué no hicieron lo mismo los demás?

—Hay una relación entre las manos libres y el aumento de la inteligencia, no creo que puedas negar eso, Kraft.

—Lo niego. Los monos pasan el setenta por ciento de

su tiempo sentados, y sus manos quedan libres. No necesitan erguirse sobre sus patas traseras para coger objetos con sus manos. Los monos son curiosos y cogen cosas y las observan. Sus dedos son tan hábiles que cogen pulgas.

—Pues yo he tenido que usar esas habilidades esta mañana después de acostarme con una hermosa malaya que, por cierto, ha resultado ser hija del chamán.

—No me interesan tus proezas sexuales.

—Son más divertidas que tus elucubraciones.

—Déjame acabar: ¿qué me dices del consumo de carne, de la caza?

—¿Qué quieres que te diga?

—Los monos fueron y son herbívoros. Los antepasados del hombre fueron vegetarianos y sólo se convirtieron en carnívoros al transformarse en seres humanos. Eso ocurrió hace un millón de años y casi de golpe para lo que son los tiempos en paleontología.

Kraft y Fisher siguieron varias semanas en aquella aldea. Les fascinaba cómo había conservado las costumbres más ancestrales, como la ritualidad de la comida de cocos y alguna más que Fisher descubriría a su pesar en sus encuentros con la hija del chamán. La verdad era que se había obsesionado sexualmente con la nativa y cada encuentro le hacía desear desesperadamente el siguiente, no parecía saciarse. Por eso se resistía a abandonar la aldea, pese a las advertencias de Kraft. El alemán estaba convencido de que la hospitalidad sexual de los malayos era puntual, y que la fijación de su colega con la muchacha podía ponerlos en peligro a todos, incluso a la joven, que podía ver mermadas sus posibilidades de apareamiento futuro, en el seno del clan. No estaba equivocado, porque el padre de la joven, que en su condición de chamán era de hecho el jefe de la tribu, decidió usar la magia china contra Fisher.

Lucas, sentado en una piedra, se esforzaba por ocultar su incomodidad; como estudioso de lo esotérico no podía burlarse de la referencia a la magia china, pero sentía una cierta repulsión hacia aquella sobredosis de informaciones acientíficas que le estaban llegando por todas partes. Era como si una corte de reyezuelos poderosos y sabios —y aquí juntaba a Dantakis y a Sandro, a Kraft y a Fischer— estuviera jugando con él, llevándole por un tablero más intrincado que el de la oca —un juego que a la postre habían inventado los templarios—, haciéndole saltar de casilla en casilla al ritmo que fijaban ellos, con unos dados que manipulaban a su antojo. La imagen de los dados le resultó esclarecedora, porque los dados también provenían de Egipto, y la idea de dados cargados le hizo pensar en la mafia, y le malhumoró más, porque de corte de reyes a mafia de maleantes no había tanta distancia. En realidad, estaba desoladamente confuso ante aquellas dosis de sabiduría. Kraft, que parecía seguir su construcción mental, había hecho una pausa en su historia, y repitió: «Magia china contra Fisher.»

Así como los gitanos utilizan sapos para sus maleficios y la lechuza es la protectora de las brujas europeas, los magos chinos utilizan el murciélago en sus rituales. Este chamán había tenido la oportunidad de aprender de ellos en Singapur, la ciudad más china de fuera de China, la ciudad dominada por los chinos sin revelarlo. Para desgracia o fortuna de Fisher, una noche que estaba con la hija del chamán, el chamán le envió un vampiro. Únicamente notó un mordisco como el de una rata en el tobillo, pero luego le invadió un sopor inmovilizante y se quedó dormido en los brazos de ella, que se sintió horrorizada porque intuyó lo que había hecho su padre.

Fisher cambió ligeramente sus costumbres, se puso gafas de sol y procuró dormir más de día, pero ganó en vigor, en energía, en imaginación especulativa y en ganas de trabajar.

—Esta chica parece que te ha quitado veinte años de encima —le decía Kraft.

—O me ha regalado quinientos, ¿quién sabe? —reía el otro, y le brillaban lo ojos.

—¿Qué quieres decir?

—Te lo explicaré con un mito. Sabes que según la Biblia en el Paraíso había frutas de dos árboles: el Árbol del Conocimiento y el Árbol de la Vida. Son dos maneras de ser inmortal. Por los frutos del Árbol del Conocimiento se es inmortal porque se come de la fruta y se digieren los conocimientos anteriores. Por el Árbol de la Vida se es inmortal porque se bebe la savia y uno se convierte en el que no muere.

—¡El fruto del Árbol del Conocimiento es el cerebro! —exclamó Kraft entusiasmado.

—Y la savia del Árbol de la Vida es la sangre —suspiró Fisher resignado.

Desde aquella experiencia en Java, los dos amigos siguieron sus carreras académicas de modo impecable hasta que fueron captados por los descendientes de Akenatón, la Gran Hermandad de Luxor, en la persona de Hyatt, encarnación viviente de Nefertiti y de la sabiduría antigua.

Pero aunque los dos habían estado en la Gran Hermandad de Luxor y habían comido el fruto del conocimiento, Fisher tenía algo más, debido al mordisco del vampiro de Java. Tenía, para empezar, el poder de desdeñar los valores que antes había apreciado, como la amistad, la camaradería, el respeto a la libertad o al amor. Sencillamente hielo. Cuando Kraft propuso en la universidad sus teorías sobre el origen del hombre sus colegas le repudiaron, lo cual fue bastante más fácil que rebatirle. Quien dirigió la campaña de desprestigio contra él fue Fisher. Logró echarlo de Cambridge.

—Sí, Lucas, tuve que irme. Rechacé una oferta de la Universidad de Londres porque no podía soportar sucedáneos, y me convertí en un nómada intelectual, al menos era libre para aprender los conocimientos auténticos, los que están vedados. Algunos se encuentran aquí, en este templo, en la interpretación de los jeroglíficos de esas hornacinas. Otros están en nuestras mentes. Los menos en nuestros corazones. Que tus intuiciones no te engañen.

# 8

# Aladín

En aquel lugar hacía frío, pero Lucas Gálvez, que había escuchado las teorías de Kraft sobre la evolución humana y su increíble hipótesis de la evolución antinatural, causante de fallos biológicos como el cráneo de Akenatón o los entablillados de sus hijas, se sentía, o así lo creía, mucho más sereno. Pero como Kraft entendía el conocimiento de una manera relacional le llevó aún a otro campo que parecía no tener nada que ver con lo hablado hasta entonces.

—El *Homo sapiens* no está a gusto en la cuestión sexual. Se rebela contra las reglas que se ha impuesto a sí mismo: cambia de mujeres y mantiene prostíbulos. No conocemos ningún ser vivo que se rebele contra su evolución natural o sus consecuencias. De modo que, si el hombre implantó algo contra lo que se rebela sistemáticamente, es que no lo hizo porque fuera más inteligente, sino porque se vio obligado por una situación de emergencia. Por un proceso antinatural cuyas graves consecuencias todavía no ha comprendido y que ni tan sólo presiente.

Aquí se quedó callado, acaso dubitativo. Lucas por fin metió baza, ya no sólo por curiosidad, sino para detener el torrente de argumentos vehementes, el desbordante monólogo.

—No acabo de ver la conexión con lo que discutíamos, pero aun así, ¿cuál es ese proceso antinatural que ni siquiera presentimos?

—El pecado original —contestó Kraft, por una vez lacónico—. Bajemos a mi casa.

Descendieron cautelosamente por el sendero hasta la cueva primera. Seguía sin advertirse el menor movimiento; Lucas constató con estupor que tampoco encontraban en el camino reptiles o insectos.

—Creo que debería volver al barco —dijo— y mañana regresar.

—Permíteme que antes te muestre algunos planos de la ciudad, tal y como la concibió Akenatón. Son de una actualidad inquietante.

Durante una hora, Lucas examinó los dibujos que Kraft le mostraba, mientras iba entrando en un estado de somnolencia progresivo, que Kraft se cuidaba de despejar. Algunos planos eran maravillosos, sobre todo porque eran apenas ininteligibles. Intuyó que eran copias de los originales posiblemente realizadas en la Edad Media, que habían incorporado un aluvión de nuevos datos o ensoñaciones, como si el copista estuviera legitimado para deformar las ideas originales. Algunos habrían hecho feliz a Piranesi. Pese al sopor, Lucas era consciente de que continuaban dosificándole la información. Aquellas pistas abundaban en la forma —acaso en la belleza de las formas— para eludir contenidos sustanciales. Tampoco la explicación de Kraft era mucho más que un bello relato erudito. Al fin y al cabo, saber que Akenatón había ideado algunas máquinas para facilitar las tareas arquitectónicas era banal para su empeño, si es que tenía alguno. Por primera vez en muchos días pensó en el proyecto Genoma.

—En fin, creo que es hora de irme, me esperan en un barco. —Y añadió, desafiante—: Y usted me espera mañana para aturdirme con más cosas, ¿verdad?

En ese momento se oyó un disparo. Uno de los trabajadores entró corriendo como alma que lleva el diablo.

—¡Los mujaidines!, ¡los han tomado por turistas!

—¿Y qué somos? —inquirió Lucas, desperezándose, como si aquel peligro inminente no tuviera nada que ver con él.

—Vienen a por mí, y sé muy bien quién los envía —zanjó Kraft—; síganme. Hemos de volver a la montaña.

Kraft se dirigió hacia el interior del templo en la pared de la montaña. Pese a su edad, el paso firme y la energía de sus gestos delataban un vigor sin fisuras. En un rincón se detuvo, sacó armas de un escondite y las repartió.

—¿Sabe disparar? —le preguntó a Lucas.

—¡Qué remedio! —Se colgó una cartuchera—. No se detengan. Vamos a salir de aquí.

Torció a la derecha por un pasaje lateral que se abría oculto en una de las capillas del fondo. Siguieron por él hasta llegar a un túnel iluminado por tenue luz cenital. Era un pozo de ventilación que se perdía hacia lo alto en un círculo blanco.

—Agárrense a la cuerda y suban —ordenó Kraft—; tiene nudos.

El *fellah* y Lucas comenzaron a trepar. Kraft los siguió con una facilidad impropia de su edad; en su larga vida, excepto cuando residió en El Cairo para estar junto a Khayatt, no dejó el yoga físico ni el chi-kung, que practicaba, con o sin maestro, asiduamente. Su estancia en un templo donde vivía el mejor maestro de chi-kung de China le había introducido en las artes marciales orientales. Subió por la cuerda focalizando su energía en el estómago para ahorrarse esfuerzo tal y como le habían enseñado. Salieron a la cumbre llana que coronaba la pared de roca. Kraft retiró la cuerda.

—Hemos ganado una hora.

—Vayamos al barco.

—Negativo. Lo primero que yo haría es esperarnos allí. Esto es una ratonera: río o desierto. Nuestra única posibilidad es atacarlos. Conozco el terreno —repuso Kraft con autoridad.

—¿Cuántos son? —preguntó Lucas.

Kraft se volvió hacia el *fellah*, que miraba fijamente su arma; el trabajador repuso:

—Cinco.

—Me subestiman. Vamos.

Kraft parecía entusiasmado con la situación. Lucas lo seguía consternado, pensando que, si Betta no lo hubiese dejado, estaría tan tranquilo en Cambridge encorvado sobre algún microscopio.

Dieron una larga vuelta hasta llegar a uno de los estrechos cañones que bajaban hacia el anfiteatro de Tell-el-Amarna; «Ciudad maldita, en efecto», iba pensando Lucas.

Con el rabillo del ojo vio al *fellah* desplomarse: enseguida oyó la detonación. Kraft se tiró al suelo y disparó dos veces. Lucas oyó los gritos y vislumbró a un tercero que se abalanzaba hacia él: disparó a tenazón sin apenas apuntar. Lo vio caer.

—¿He sido yo o usted? —preguntó Lucas conturbado.

—¿Qué importa?

—Han herido al *fellah* —gimoteó Lucas, inclinándose sobre el cuerpo exangüe, que no se movía.

—Me temo que le han dado de lleno. Sigamos.

—Nos cazarán como a él —dijo Lucas asustado.

—¿Y qué quiere? ¿Esperar aquí a que nos rodeen?

Caminaron protegiéndose entre los muros de las excavaciones hasta aproximarse a la casa, que habían ocupado sucesivos arqueólogos y que ahora usaba Kraft. No se veían rastros de trabajadores ni criados. Kraft dio la vuelta para usar la puerta trasera. Entraron; el calor se espesaba en la penumbra del interior. Oyeron una voz a sus espaldas:

—Bienvenido, señor Kraft.

—¡Qué fastidio! Ha visto usted demasiadas películas de James Bond.

—Es mi serial favorito, por supuesto. Por favor, tiren las armas.

Cuando sus ojos se acostumbraron a la penumbra, Lucas distinguió a Aladín. Éste recogió el rifle y el revólver, los encañonó y los hizo salir fuera de la casa; los ató a una columna del porche.

—Aquí disfrutaréis de la puesta de sol.

Aladín volvió dentro y conectó la emisora de radio de onda corta que usaba Kraft.

—Le recibo, hable.

—Tengo a Kraft y al metomentodo.

Hubo una pausa. El hombre que estaba al otro lado del receptor pudo mirar hacia las espiras de Kings College como si sus ideas se aligeraran con las agujas del gótico.

—Debe usted hacer como si hubiesen muerto por accidente. Entiérrelos en un desprendimiento de ruinas.

Aladín salió para reagrupar a sus secuaces. Kraft murmuró:

—Si no nos matan ahora, es que quieren hacerlo complicado.

—O que no piensan eliminarnos.

—Así me gusta: que sea usted un optimista nato.

—¿Por qué desearían matarnos? Usted es un arqueólogo y yo estoy de vacaciones preguntando por la cabeza de Akenatón.

—He sido varias cosas en mi vida, entre ellas neurofisiólogo y antropólogo; en cuanto a usted, es discípulo y ayudante de Dantakis.

—¿Qué hay de siniestro en ello?

—La mano que mueve a Aladín no está aquí, sino al lado de su maestro, en Cambridge.

—¡Elucubraciones!

—Hable con Dantakis cuando vuelva y pregúntele por el proyecto Apple & Snake.

—¡Eso es una marca de ordenadores!

—Me temo que se trata de ordenadores orgánicos y de la manzana del Paraíso.

Lucas se quedó pensativo; luego retomó el tema:

—¿El pecado original?

—La evolución de mono a hombre tuvo que ver con el pecado original, sí.

Kraft calló. Le divertía este jovenzuelo que aparecía preguntando alegremente sobre algo que a él le había costado décadas, sudor y sangre descubrir. Finalmente sólo estaban atados a merced de unos facinerosos que podían liquidarlos sin testigos, y en Egipto. Lucas se puso digno.

—¡Nos van a matar y usted aún va de misterioso! ¡Hable de una vez!

Kraft lo miró de reojo, sólo veía su nuca detrás del poste al que estaban atados y dijo, escupiendo las palabras:

—¿Usted se comería mi cerebro crudo, después de levantarme la tapa de los sesos en vivo? No, ¿verdad? Pues eso es lo que hicieron nuestros antepasados para que nosotros estemos aquí pensando y hablando. La fruta prohibida del Árbol del Bien y del Mal que comieron nuestros primeros padres fue el cerebro fresco de sus congéneres: ése fue el pecado original.

Tras la revelación, se hizo un silencio al otro lado de la columna. Kraft oyó aspiraciones lentas y tragar saliva. Lucas no podía digerir aquello ni articular palabra. Kraft remachó el clavo:

—El animal que más tarde se convertiría en hombre manipuló conscientemente su cerebro. El ser humano es el único animal terrestre que ha matado a sus congéneres con la finalidad de consumir sus cerebros. Los antepasados del hombre comenzaron esta práctica hace más de un millón de años y la siguieron ininterrumpidamente durante todo el proceso de hominización, a lo largo de un millón de años.

«¿Por qué lo hicieron?», era la pregunta obvia, pero Lucas era incapaz de hablar; sus plomos estaban a punto de fundirse. Kraft la anticipó.

—El mono del cual nació el hombre descubrió que el consumo del cerebro de sus congéneres incrementaba el estímulo sexual. Acabó viciándose y se dedicó a la caza de cerebros. Sólo más tarde se dio cuenta de que el consumo de cerebros también tenía como consecuencia un aumento de la inteligencia. El deseo de mayor deleite sexual y, el posterior, de ser más inteligente lo llevaron a intensificar el canibalismo.

Continuaba el silencio a espaldas de Kraft. Lucas sudaba y respiraba agitadamente. No podía secarse el sudor que le caía sobre las cejas. La cuerda estaba clavada en su tórax y en su estómago. Empezó a sentirse sediento. Y seguía asustado.

Por fin logró poner en orden sus ideas y preguntó a Kraft.

—¿Cómo se explica racionalmente que las sinapsis se mantengan en un cerebro que no tiene actividad eléctrica ni química? ¿Cómo un proceso mental queda registrado en un tejido muerto?

—Existen los experimentos de Ungar, el cual adiestraba ratas para que superasen un laberinto, luego daba a comer el seso de las ratas entrenadas a otras. Las que comían del seso entrenado salían más fácilmente del laberinto que las que no lo habían comido. Ungar postuló una transmisión de conocimiento por ingestión.

—Pero eso es absurdo, Kraft. ¿Cómo pasan las estructuras cerebrales del estómago al cerebro de quien lo ha comido?

—Eso no lo sabemos, por la sencilla razón de que nuestro conocimiento del cerebro humano es muy precario todavía. Apenas recientemente hemos podido establecer qué área del cerebro se ocupa de una determinada función. Ahora sabemos por ejemplo que las emociones tienen su origen en el hipotálamo. También sabemos los desempeños de las sinapsis cerebrales, que descubrió su compatriota Cajal, por cierto, pero más allá de eso no hemos avanzado.

Lucas escuchaba atentamente a su interlocutor, expectante ante la posibilidad de que éste le dijera finalmente algo que no supiera. La vanidad de Kraft no tardó en proporcionarle la satisfacción deseada.

—Pero déjeme comunicarle una hipótesis que he meditado largamente: al pasar masa cerebral de un prehomínido a otro por ingestión es posible que partes de esa masa, sinapsis, quizá células enteras, pasen por la sangre al cerebro del que lo ingiere y allí creen posibilidades de nuevas conexiones, de que la masa entrante, aunque informe, se estructure al recibir los impulsos entrantes en el ser que la comió.

Dicho esto, Kraft se irguió pese a las ataduras, levantó la cabeza como si tratara de separarla del cuello, miró a Lucas de soslayo y continuó su disertación con voz impostada y un tono ligeramente despectivo. Parecía como si, por una parte, quisiera convencer a Lucas; y, por la otra, recelara de que sus palabras tuvieran el interlocutor adecuado aunque, en su situación, ¿qué más daba?

—Le recordaré que en la teoría matemática de la información que elaboraron Claude Shanon y Warren Weaver insisten en que no se debe confundir información con significado. La información se mide por el logaritmo del número de opciones disponibles en la estructura del aparato transmisor, en nuestro caso el número de bits (abierto, cerrado) de que es capaz la estructura de sinapsis neuronales. Con esta estructura se elaboran mensajes que transmiten diversos significados.

—Quiere usted decir que, al aumentar la masa cerebral, crece la complejidad de las conexiones.

—Claro, aunque el tener cerebro mayor no implica necesariamente ser más inteligente; sí hay límites de masa: un cerebro de 500 centímetros cúbicos no tiene la misma capacidad de opciones, y por tanto de información, que uno de 1.400 centímetros cúbicos. Hace años discutí este tema con Fisher, por cierto. La cantidad de información no es el contenido del mensaje, sino el número de opciones (abierto, cerrado) que tiene la estructura de la red.

—Lo que se llaman bits.

—Exacto y, ahora, déjeme pasar a explicarle las consecuencias fisiológicas de todo esto.

Kraft continuó:

—Debido al consumo de sustancias cerebrales, se desequilibró la distribución de hormonas y otras secreciones, y tuvo que crearse un nuevo sistema; esto causó la pérdida del pelo y de los signos de fertilidad en las hembras. El resultado de todo ello es un ser física y mentalmente enfermo, en contradicción consigo mismo y con la naturaleza, que ni siquiera se conoce ni se entiende a sí mismo. Su orgullo, el enorme cerebro, es tan sólo una glándula artificialmente hiperdimensionada y enfermiza.

Lucas sentía vértigo y náuseas. Kraft ya no hablaba como científico, sino como profeta, y eso aún le repugnaba más. Él debió de notar algo y bajó de su trono.

—Ya le advertí que la verdad podía hacerle saltar los fusibles. Cálmese. La verdad puede parecer horrenda pero hay que decirla: la inteligencia es comestible. La memoria es comestible. Los comportamientos concretos también son comestibles. El ser humano nació por canibalismo.

—Es usted demasiado tajante en sus aseveraciones. Parecen eslóganes para vender una película de adolescentes. Que los prehomínidos se hayan comido los cerebros unos a otros no se lo negaré, aunque hay que investigarlo más, pero que la memoria es comestible no lo puede afirmar hasta que la neurofisiología penetre más a nivel molecular y atómico. Hoy por hoy sólo está demarcando zonas cerebrales. ¿Por qué la ciencia no investiga estas hipótesis suyas, doctor Kraft?

—Hay límites científicos voluntariamente aceptados por la comunidad, algunos incluso se transmiten sin negociación previa, son axiomas que se vislumbran cuando los científicos se inician en su disciplina, que pudorosamente no se comentan ni en las estúpidas sesiones de deontología de las actuaciones. La ciencia no se ha atrevido a investigar el canibalismo debido al sentimiento de culpabilidad inconsciente y heredado. Cuando los navegantes europeos descubrieron hace quinientos años nuevos continentes, hallaron esa costumbre cruel en casi todas las razas, y especialmente entre las que habitan el hemisferio meridional. En síntesis, se mataban unos a otros para comerse las cabezas. Les asqueó, pero también les incomodó no haber intuido una manera de apropiarse de esas costumbres, debidamente legitimada. Piense que las discusiones sobre si los indígenas tenían alma, de haber llevado a otros derroteros, esto es, si, por ejemplo, no hubiera tenido tanto predicamento el maldito Bartolomé de las Casas, habrían podido suministrar un nuevo medicamento en el mercado. Al fin y al cabo, usted mismo viene de un país que tiene una tradición de cocinar los sesos de corderos, por no hablar de las criadillas... En def initiva, a pesar de todas las prohibiciones y castigos, el canibalismo siguió practicándose en secreto. Todavía hoy se da en algunas zonas del Sudeste asiático, del África central, Sudamérica y Oceanía.

—¿Y usted lo ha corroborado?

—Claro, por eso me echaron de la universidad. Cuando hace ciento cincuenta años dio comienzo la investigación sobre el origen del hombre, fueron encontrándose restos óseos cada vez más antiguos y de características sorprendentes: casi todos los cráneos aparecían abiertos a la altura de la nariz. A menudo pudo comprobarse que el contenido del cráneo había sido raspado con utensilios afilados, como si los caníbales no consumieran el cuerpo del hombre sacrificado, sino que más bien se limitaran a comer cerebros.

—La evidencia de los cráneos trepanados no la niega nadie.

—En efecto, pero no sacan las consecuencias que yo le expongo. Cualquier investigador puede confirmar que casi todos los cráneos humanos de más de cincuenta mil años de antigüedad encontrados hasta la fecha fueron canibalizados. Y los cráneos de trescientos mil años y de mayor antigüedad fueron canibalizados en su totalidad, excepto aquellos en que se ha podido comprobar que la muerte tuvo lugar al quedar sepultado el individuo por un desprendimiento o por inmersión, casos en que el cadáver no era asequible a nadie. El canibalismo se inició simultáneamente con el proceso de formación del hombre. Ni antes ni después. Es connatural.

—Todo esto es demencial —se quejó Lucas, que ya ni se acordaba de las ataduras— y me lo cuenta cuando, según usted, van a matarnos. ¡Vaya agonía!

—¿No quería usted saber?, pues ahí tiene. Y puede empezar a comprender lo de la cabeza de Akenatón que tanto le intrigaba. Aunque hace cuarenta mil años, cuando se consolida el *Cro-Magnon*, el canibalismo disminuyera radicalmente, continuó practicándose en ciertos casos.

—¿Con fines medicinales? —replicó Lucas sardónicamente.

Tenía la reacción clásica contra la información desagradable. De los heterodoxos se recela y se les destruye.

Nadie está a salvo de este reflejo morboso. Lucas hizo un esfuerzo y recurrió a toda su honestidad intelectual para reanudar el diálogo, si es que podía llamarlo así. Se disculpó por el tono y se ciñó a sus reflexiones.

—Lo crucial es aportar un motivo lógico, la auténtica razón que impulsó a un mono vegetariano a comerse el cerebro de un congénere, una razón tan fuerte que se ha mantenido viva durante un millón de años —sugirió Lucas.

Kraft insistió, sin levantar la voz:

—La sexualidad, ya se lo he dicho: cuando un prehomínido consume el cerebro fresco de un congénere, se incrementan sus impulsos sexuales. Basta que la casualidad o la necesidad le lleven a comer el cerebro de un congénere para notar los efectos. Y los efectos eran mucho mayores si se consumía el cerebro de los que ya habían adquirido inteligencia. El cerebro de los propios caníbales se convirtió en una sustancia cada vez más codiciada. Los homínidos que no practicaban el canibalismo fueron dejados en paz como objetos sin valor, por lo que siguieron siendo monos.

—¡Al final acabaremos hablando de hormonas! Y los que pasaron a hombre tuvieron problemas fisiológicos, supongo.

—Así fue, la hiperalimentación con sustancias cerebrales obligó a la hipófisis, encargada del equilibrio fisiológico, a establecer un nuevo sistema distributivo en el cuerpo, contrario al sistema natural. Las consecuencias visibles fueron la pérdida de pelo del cuerpo y la desaparición de signos de fertilidad en las hembras. Hay evidencias de que el consumo de cerebros crudos puede provocar enfermedades priónicas.

—¿Priónicas?

—Sí, priónicas. Los priones son partículas proteináceas que modifican los ácidos nucleicos. En Nueva Guinea se han realizado no hace mucho estudios fisiológicos de las deformaciones espongiformes que se producen en los caníbales.

El sol se había apagado del todo y ahora hablaban en la penumbra. Todo se hacía más íntimo. Lucas apenas sentía ya las cuerdas, pese a que se había abandonado a su peso. Kraft se sinceró.

—No crea que me invento todo esto: está incluso publicado. Lea a Oscar Kiss-Maert, un viejo conocido de mis épocas en China con Teilhard de Chardin, cuando estudiábamos el *Sinantropus*. Fue él quien me reveló todo esto y esa publicación le costó su prestigio y ser considerado un demente. Además, yo he hablado con caníbales, cosa que pocos científicos se han molestado en hacer, y ¿qué cree que dicen los propios caníbales?, pues nada. En realidad, se avergüenzan. Toda cultura sabe que hay algo indecible en ese modo de actuar: ¡el pecado original! Y por ese mismo sentimiento de culpabilidad heredado y subconsciente, se considera el acto sexual como pecado. El canibalismo se practica en comunidad y con ritual, para que el asesinato tenga una complicidad permisible. La culpabilidad es la principal razón del silencio de los caníbales.

—Usted también ha visto *El silencio de los corderos* —interpuso Lucas para devolverle la broma de James Bond.

Kraft sonrió levemente y prosiguió:

—He podido hablar con personas que han sido caníbales o descendientes directos de ellos en las islas entre Java y Nueva Guinea, donde el canibalismo fue prohibido hace sólo ochenta años, y sigue practicándose en secreto: se da muerte a los viejos con el beneplácito de sus hijos poco antes de su muerte natural.

—¿Estuvo usted allí con Dantakis?

—No quiso venir, pero había otro estudioso de Cambridge, él vio lo mismo que yo: el consumo de cerebros tiene lugar en una ceremonia estrictamente ritual y con danzas religiosas. En la antropofagia se siguen reglas estrictas: sólo se utilizan cuerpos de hombres física y espiritualmente sanos. Antes del sacrificio, la víctima tiene que haber comido mucho y haber ingerido una bebida alcohólica fermentada. Se le da la muerte con un puñal de bambú y, en algunos casos, de hierro. Ahora bien, el cerebro nunca puede entrar en contacto con un objeto metálico. Ha de ser sacado del cráneo con la ayuda de una cuchara de bambú, para ser consumido en estado fresco y todavía caliente. Según me dijeron, quien come cerebro, no sólo aumenta su inteligencia, sino que adquiere los conocimientos secretos del muerto. Llega incluso a ser consciente de cosas que el viejo había olvidado, pues cuando un saber pasa al cerebro de un hombre más joven, los conocimientos olvidados reviven.

—En fin, que es más práctico que conectarse a Internet: conéctese a la red de cerebros que han existido desde el origen del hombre y tendrá los saberes de cada generación. Es como comerse la Enciclopedia Británica pero de un solo bocado, una tapita. Estoy bromeando —concluyó Lucas— porque no me atrevo a preguntarle si lo ha probado.

—Eso lo dejo a su leal saber y entender —respondió Kraft, evasivo—; lo que sí puedo aclararle es que la declaración de guerra, que parece tan ilógica como contraproducente, viene de ahí. Los hombres se provocaban una psicosis de agresividad mediante bailes rítmicos y bebidas alcohólicas. Las mujeres los excitaban mediante palmadas rítmicas, movimientos y chillidos eróticos. Antiguamente, la ceremonia preparatoria se realizaba con gran estrépito de tambores, lo cual tenía por objeto que el enemigo se enterara del inminente ataque y tomara a su vez las medidas pertinentes mediante bailes y bebidas fermentadas. Se creía que de esta forma los hombres aumentaban su energía y su valor y que, comidos en este estado, valor y energía se transmitían al consumidor. No tenía interés cobrar el cerebro de un enemigo frío. Sólo valía excitado. He visto en Java ceremonias de este tipo. No me pregunte con quién. O quizá se lo pueda preguntar a Aladín. Él sabe por qué está aquí, y ahora viene hacia nosotros.

Lucas miró de reojo y vio aproximarse a Aladín acompañado de sus dos secuaces supervivientes.

—Parece que esto se acaba —murmuró Lucas entre dientes—; yo quería olvidar a Betta y se diría que he terminado por encontrar el método infalible, mejor que operarme en Suiza.

Kraft interpeló a Aladín:

—Dígale a nuestro joven amigo quién ha ordenado matarnos.

—Dígaselo usted, que lo sabe todo —le respondió desabrido el espía; luego se detuvo. Después de todo, Gálvez le había caído bien desde el principio. Murmuró al oído de Lucas—: Fisher.

Lucas se encogió de hombros, cansado.

Luego Aladín se dirigió a sus hombres y ordenó:

—Vamos a llevarlos a las excavaciones; allí les caerán unas toneladas de piedras encima. —Y volviéndose a los prisioneros—: Os van a tener que excavar a vosotros para enterraros.

«Pues no ha perdido el sentido del humor», pensó Lucas.

Los dos esbirros desataron a Kraft y a Lucas, les esposaron las manos a la espalda y los condujeron hacia las excavaciones. Aladín cerraba la marcha.

Buscaron una parte del templo de Atón que tuviese muro suficiente para provocar un alud de piedras que los sepultara. Pasaron delante de varios paños de pared que Kraft había rescatado, tras los destrozos de las tropas de Horemeb, cuando éste acabara con su amigo Akenatón por imperativo de los sacerdotes de Amón. Pero de eso hacía tres mil años.

—Fíjese en estos jeroglíficos —decía Kraft como si en vez de ir a una muerte horrible estuviese guiando un tour turístico—: Ahí está el himno al dios único, el sol naciente, que aquel hereje que tanto le intrigaba a usted trató de poner por encima de los antiguos dioses. —Y se puso a cantar como en una salmodia.

*Te alzas majestuoso en el horizonte,*
*oh Atón, Principio de la Vida.*
*Cuando amaneces en el este*
*llenas toda la tierra de tu belleza.*

*Cuando te pones por el oeste*
*la tierra queda oscura como la muerte.*
*Los hombres pasan la noche dentro*
*con la cabeza tapada, el ojo no ve al vecino.*

*Tú causas que las mujeres conciban*
*y provocas la simiente del hombre,*
*das vida al niño en el seno de la madre.*

*Cuán diversas tus obras,*
*oh Dios único, comparable a ningún otro.*

*Ordenas las estaciones para sostener tu creación:*
*invierno para enfriarla, verano para llevarla a sazón.*

*Tú sacas millones de formas de tu cuerpo.*
*Tú estás en mi corazón.*
*Nadie te conoce como tu hijo Akenatón,*
*al que has revelado tus designios y tu poder.*

Kraft parecía contento, como si la inminencia de la muerte le importara un bledo.

—¿No le importa a usted morir? —preguntó Lucas.

—¿Qué más da hoy que dentro de unos años? El viaje ha valido la pena: he disfrutado de la vida, mucho; ¿para qué pedir más si ya es suficiente?

—Pues yo aún no he disfrutado bastante —comentó Lucas, amargado por los recuerdos de su vida que le estaban pasando ya por la cabeza como a un moribundo.

—¿No quería saber más de Akenatón? Pues aquí tiene su palacio, su templo, su ciudad; aquí vivió aislado y feliz hasta que su pacifismo lo hizo débil, las fronteras del imperio peligraron y los sacerdotes de toda la vida (unos auténticos profesionales, si me permite la precisión, no aficionados como él) tomaron cartas en el asunto. La cosa acabó muy mal: Horemeb tomó Aketatón, expulsó a sus habitantes y la arrasó, dejando sólo a Akenatón prisionero en su casa bajo vigilancia.

—¿Y qué se hizo de toda la gente que vivía aquí?

—Ya ve usted la extensión de las ruinas; por su superficie se puede calcular que aquí cabían más de treinta mil personas. Dado que en los escritos egipcios no se habla para nada de judíos ni en el Delta ni en ninguna parte, mi opinión es que los judíos del Éxodo eran los habitantes de esta ciudad, seguidores de Akenatón, y, por tanto, monoteístas que, expulsados de Tell-el-Amarna, atravesaron el Sinaí hasta buscarse un sitio en Palestina.

—¿O sea que los judíos deberían haber reclamado un estado israelita en Tell-el-Amarna en vez de conjurarse por Jerusalén? —preguntó Lucas con sorna.

—En rigor, sí. Ya sabe usted que Freud escribió un largo ensayo demostrando que Moisés era egipcio y seguidor de Akenatón.

—Ya hemos tocado bastantes teorías heterodoxas como para meternos en otra.

—¡Qué unidimensionales son ustedes los académicos! En fin, en las actuales circunstancias eso ya no tiene arreglo. Permítame decirle que lamento este final, aunque como comprenderá, por un mínimo de cortesía, no hablaré de lo que no tiene remedio.

Los obligaron a sentarse en un lugar que eligió Aladín. Los esbirros subieron al desmonte para descalzar las piedras. Los oían picar en algún lugar, sobre ellos, y Lucas imaginó que en cualquier momento provocarían el derrumbamiento. Se sintió demasiado cansado para tener miedo, aunque notaba cómo su garganta parecía secarse por momentos. Se suponía, pensó, que debía revisar su vida en unos instantes, aunque ese episodio quizás ocurriría tras el embiste de las piedras. Miró a Kraft, que parecía concentrado en sus zapatos, impasible. ¿Debería rezar, como última ironía a una vida de descreimiento? El ruido se hizo más potente.

Sonaron dos disparos, luego gemidos de dolor, y un amenazador silencio.

Aladín había sacado su arma con rapidez, pero no hizo ademán de moverse. Parecía que aquel desenlace no le sorprendiese. Kraft soltó una risita queda. Tras los escombros sonó una voz:

—Vamos a arreglar esto entre tú y yo, Aladín, sin armas.

—Será un placer, Sandro —repuso Aladín, que había reconocido de inmediato la voz—. Siempre creí que aparecerías.

Dejó la pistola sobre una piedra plana.

Sandro asomó tras una pared, Lucas pensó que era imposible que hubiese estado allí todo el tiempo, pero era incapaz de sacar conclusiones lúcidas sobre la escena. Le sorprendió, como casi siempre, la agilidad con que Sandro se acercaba, cómo su corpachón parecía ligero y felino. Sandro tuvo tiempo de hacer un leve gesto de salutación, sin mirarlo.

Como dos gladiadores desarmados, los dos hombres se acercaron y se observaron, pero Sandro no era un gladiador, sus referentes entroncaban con la tradición samurái: conocía las artes del chi-kung. Aladín golpeaba con los puños, Sandro con la mano abierta y de canto. La lucha duró varios interminables minutos, jaleada por los gritos guturales de ambos, un zureo extraño que tenía algo de jerga común, hasta que Sandro asestó el golpe prohibido en la nuez de la garganta; Aladín se desplomó ahogándose en borbotones de sangre. Sin volverse a mirarlo, Sandro fue hacia los condenados.

—No me deja usted ni morir a gusto —le recriminó Kraft, con un regocijo infantil.

—Su cabeza vale demasiado para perderla bajo un montón de piedras.

—¿Para quién la guarda?

Lucas estaba anonadado: el peligro de muerte, la lucha asesina y ahora aquel diálogo que demostraba complicidad entre Sandro y Kraft. ¿Acaso eran ellos dos también caníbales?

Se le nubló la cabeza y se hizo todo oscuro.

# 9

# Sandro

Cuando despertó, las estrellas se deslizaban por encima de su cabeza dolorida. Alguien le había quitado las esposas. Se incorporó lentamente sobre un codo y sintió el frescor del agua; Ayesha le aguantaba la cabeza sobre el regazo, la barca se deslizaba río abajo y Sandro llevaba el timón:

—¿Dónde está Kraft?

—Ese viejo loco se queda con sus jeroglíficos.

—¿Ahí, solo?

—Tiene agua de sobra, provisiones y un emisor de radio. Además, le gusta la soledad, ¿a ti no?

Lucas se esforzó por entender a qué venía la pregunta. Le crujían todos los huesos y se sentía afiebrado.

—Pues no, realmente —suspiró, frotándose las muñecas, que alguien había vendado con un suave paño de algodón fino, como una leve muñequera—. Recuerda que he hecho este viaje precisamente porque me ha dejado una mujer.

—Y enseguida te lías con otra —le hizo una mueca grotesca a Ayesha—. ¡Cuándo te convenceré de que lo tuyo es vivir solo y tener una agenda de amigas!

—Es fácil decirlo, pero tú mismo no lo haces.

—¡Ah!, Giselle es diferente. —Sandro rio y miró al cielo.

—Tú siempre con la excepción francesa. ¿Dónde está la diferencia de Giselle?

—En que es poco menos que la mujer ideal, la que todos desearíamos tener. Vamos a ver —prosiguió Sandro—, Lucas, querido, te estás recuperando por momentos y pronto tendremos que concentrarnos en temas realmente importantes, ahora relájate y sigue hablando, que es la mejor medicina. ¿Qué es lo que tú buscas en una mujer?

Lucas sonrió. Todo aquello no tenía ni pies ni cabeza, era como si Sandro quisiera cambiar de escenario para convertir el peligro anterior en una pesadilla infantil, pero aún podía sentir perfectamente la piedra clavándose en la columna vertebral, o la mirada de los mercenarios de Aladín cuando les llevaban a la muerte, ¿y Sandro quería transformarlo en una mera discusión de café? Pero la fuerza de la costumbre le llevó a responder.

—Que me dé ilusión, placer, amistad, ayuda... y que me deje en paz.

—O sea, el reposo del guerrero...

—Sí, claro, si quieres llamarlo así...

—Me voy —dijo Ayesha, burlonamente, moviendo la cabeza de Lucas y colocándola sobre una manta doblada—, esto es demasiado tópico para mí. No creo que aprenda nada, y estoy cansada para escuchar confidencias de niños.

Se deslizó a la otra punta del bote. Sandro le lanzó otra mueca y le contestó a Lucas.

—Pues así es Giselle. Ahora mismo no está aquí. Me deja hacer lo que me da la gana y cuando vuelvo a su lado me cuida. Y se nota que le gusta.

—Es demasiado bonito para ser verdad.

—Pues así es. Aunque yo, que la respeto muchísimo, también sé que le gusta que me vaya.

Lucas se quedó pensativo. Él jamás había encontrado una mujer así. Como dice Alan Ladd en *La dalia azul*, «todos te hemos visto alguna vez, pero lo importante es encontrarte». Y para Lucas eso había sido hasta aquel momento misión imposible. Decidió abandonar el tema para volver a lo que realmente le preocupaba.

—Pero bueno, ahora que ya me consideras en plena forma, ¿me puedes explicar qué es toda esta locura?

—¿A qué te refieres?

—¿Que a qué me refiero? ¡Acabas de matar a un hombre, que parecía tu amigo del alma, de un golpe en la garganta!, ¡yo he matado a no sé quién de un tiro! ¡Yo, que me exilié por ser un pacifista! Kraft está como una cabra y me ha contado ex cátedra una teoría demencial sobre tipos que comen cerebros. Como un iluminado, pero con una vehemencia que me acompañará muchos años, ¿te parece poco?

—Según cómo lo mires. Podrías estar muerto, tú y también Kraft. Él se lo había buscado. Y, en el fondo, tú también por meterte donde no te llaman.

—¿Por preguntar por qué Akenatón tenía la cabeza como una calabaza?

—No, porque estás empeñado en tirar del hilo que hay detrás de esta cuestión. No es mera curiosidad científica. ¡Cualquiera que te oiga intuye que hay algo más!

—Yo no sabía que hubiera ningún hilo del que tirar. ¿Acaso tú también crees esos disparates que me ha contado Kraft?

—Yo no creo, compruebo y, cuando lo logro, sé.

—¿Y eso cómo lo compruebas?

—Parece mentira que me lo pregunte un científico: por el método experimental.

Lucas enmudeció, se concentró en los leves remolinos del agua. Al cabo de unos minutos farfulló:

—¿Estás hablando en serio?

—Lo que no deseo es hablar demasiado; ya tienes bastantes problemas con lo que sabes.

—Por ejemplo, sé que Fisher, nuestro Fisher de Cambridge, envió a Aladín —aventuró Lucas para ver si era cierto.

Sandro pareció contrariado.

—Que Aladín lo haya dicho no supone que sea cierto.

—Nos veía ya muertos. Eso da sinceridad.

—Pues olvida lo que has oído, aunque te cueste, y no creas todo lo que te dicen. Y basta de meterte donde no te llaman o yo no podré protegerte indefinidamente.

—A mí sólo me interesaba saber por qué Akenatón tenía la cabeza de esa manera.

—¡Eres como un niño mimado! Pero ¿no has oído a Kraft?

—¡De modo que tú también crees ese disparate!

—Yo no creo, sé. Ya te lo he dicho —cortó Sandro, contundente—. Y te diré más: a fuerza de comer cerebros, el tamaño de éste aumentó más deprisa que los huesos del cráneo. El volumen craneal de los simios homínidos era de 400 centímetros cúbicos, y cuando deviene hombre pasa a 1.600. El cerebro aumentado no se pudo desarrollar cómodamente porque el cráneo crece con mayor lentitud. Como los circuitos de un aparato de radio, los conductos cerebrales están rodeados de masa aislante para que no se cortocircuiten. Por la presión y falta de espacio, esa masa aislante se comprimió y en alguna parte del cerebro se produjeron cortocircuitos. Parece que la parte más afectada fue aquella que regulaba las percepciones suprasensoriales, una facultad que poseen las demás especies y que permite captar el origen y el significado de la existencia.

—No me digas que tú crees en esas historias de espiritistas y médiums.

—¿No has oído que sólo usamos una parte del cerebro?

—Sí, claro que lo he oído.

—Pues ahí tienes la causa. El hombre dejó de captar el mundo inmaterial, que es el que da sentido a la existencia. Estarás de acuerdo en que los males del ser humano son de orden psíquico y él intenta resolverlos por medios materiales. Extraño, ¿no? Te diré que el cerebro es un transformador que recibe una especie de ondas electromagnéticas que los hindúes llaman *prana* y los chinos *chi*, en el cual, por cierto, se basa la acupuntura, y con ellos genera pensamiento.

Lucas le escuchaba entregado y Sandro prosiguió, con la mirada centrada en el Nilo.

—Los animales y plantas no hablan, pero se comunican por recepción de emisiones de pensamiento. El cerebro o el sistema nervioso central de todo ser vivo no es sólo un aparato emisor, sino también receptor de las ondas inmateriales del pensamiento.

—¿Y por qué no se han detectado esas supuestas ondas?

—Por la misma razón por la que no se captaban las ondas de radio antes de inventar el aparato de radio. Te remito a las fotos de Kirlian donde se ve el aura de las hojas. Cuando alguien se aproxima con intención de cortarlas, esas auras se mueven.

—Esto parece parafísica.

—Y las ondas electromagnéticas lo eran antes de que Roentgen diera con los rayos X. ¿No hemos logrado transmutar unos metales en otros por la física nuclear?

—Sí, claro.

—¿Y no era eso el sueño de los alquimistas? Las utopías de ayer son los lugares comunes de hoy. Volar, hacer desaparecer la materia, saber lo que ocurre en cualquier lugar del mundo a tiempo real. Pronto los científicos no sabremos ni cómo canalizar nuestra imaginación.

Lucas le interrumpió, para evitar una de sus inacabables peroratas.

—Estamos hablando de un ayer que tiene un millón de años.

—No falla nunca. ¿No has oído que los animales abandonan el bosque antes de que se declare un incendio, por no hablar de perros que vuelven a casa desde decenas de millas de distancia? Y las anguilas nadan hasta el centro del océano Atlántico para desovar y las angulas recién nacidas vuelven nadando a los ríos de Europa. Hace un millón de años el hombre poseía un cerebro sano que le permitía percepciones suprasensibles, pero ha perdido facultades y se ha convertido, como diría el clásico, en «ciego sin luz en cárcel tenebrosa».

—Hay quienes pretenden poseer percepciones extrasensoriales, los videntes...

—Claro, son los que tienen una regresión atávica, la reaparición de una facultad anterior que toda la especie poseía antes y que se perdió en el proceso de hominización por el pecado original.

—Dale con el pecado original.

—Llámalo como quieras; no cambia el hecho de que, por comer cerebros, éste se atrofió por presión contra las paredes craneales. El pecado original fue el canibalismo y por su culpa el cerebro adquirió un defecto físico.

—Entonces la cosa tiene mal arreglo —comentó Lucas, irónico. Se tocó la calva.

—La enfermedad del cerebro es física y podría arreglarse con una intervención física, pero no sabemos aún dónde está el cortocircuito mórbido. A veces, cuando una persona tiene un accidente le vienen de golpe percepciones suprasensibles, pero es como si le das un golpe a un receptor de radio que no funciona.

—Puede ser; yo he conocido a un personaje, antiguo agente de la CIA, al cual le cayeron dos rayos: no murió y desde entonces va de vidente.

—Pues ahí lo tienes. Pero ve un poco más allá: desde que no se pueden captar los pensamientos existe la posibilidad de mentir. ¿No fue Talleyrand quien dijo: «La palabra fue dada al hombre para ocultar sus pensamientos»? Pues acertó literalmente; esa broma es una triste realidad. Y ahora voy a darte una pista sobre tu admirado Akenatón.

—Creí que íbamos a llegar a El Cairo antes de llegar ahí.

—Al principio se creyó que estos fenómenos de disfunción craneal serían pasajeros, pero el dolor del cortocircuito seguía extendiéndose. Muchos se volvían locos o perdían la memoria, las facultades de percepción suprasensibles y las de comunicarse por telepatía. Entonces buscaron la manera de atenuar la presión del cráneo sobre el cerebro. Se inventaron prensas craneales, por medio de planchas y cuerdas, para abombar el cráneo de los recién nacidos. Hay restos de estos truculentos artilugios en todas las zonas del mundo.

—¿Y no hubiese sido más sensato renunciar a comer cerebros?

—También lo hicieron, salvo en algunos casos que aún persisten, pero el mal ya estaba hecho, se había producido la caída, habían salido del Paraíso. Es decir, perdieron las facultades de percepción ultrasensoriales, la telepatía.

—¿Quieres decir que el Paraíso es un estado de percepción?

—Claro. El Paraíso está aquí, ahora. Pero casi nadie lo ve.

—Eso me pareció una vez que tomé LSD.

—Entonces ya lo sabes, no tienes que creerme. Te voy a contar la historia que Papini recoge o se inventa, no sé.

—En un manuscrito póstumo hallado entre los papeles de William Blake, el poeta visionario escribió un cuento que bien pudiera ser autobiográfico. Cuenta Blake de un vagabundo que peregrinó por los diversos continentes del mundo, en busca del emplazamiento del Edén, pues estaba convencido de que el Paraíso terrenal aún existía, preservado en algún recóndito valle entre despobladas montañas, en algún remoto lugar del planeta.

»Y así, el vagabundo buscador anduvo años, décadas, consumiendo su juventud y madurez en lo que le parecía, a su vejez, una búsqueda vana, pero que ya no podía parar porque se había convertido en la razón de su vida. Seguía buscando, andando, indagando cada vez más desalentado y decrépito. Era anciano cuando, en uno de sus recorridos por inhóspitas montañas en busca del valle del Edén, se refugió exhausto y aterido en una cueva, para dormir.

»Cuando despertó alboreaba, y el peregrino vio que las rocas, las hojas, el agua estaban vivas, habitadas por una energía que era gozo perpetuo, y esa energía le penetró y abrió sus ojos para revelarle que el Paraíso estaba allí, como está en todas partes cuando las puertas de la percepción se abren. Y así, el peregrino dejó de buscar, pero siguió caminando, porque "donde fuera que anduviese, allí encontraría el Paraíso perdido".

—Efectivamente, tuve esa intuición cuando me tomé un ácido.

—Afortunado. La mayoría toman eso y no se enteran de nada, pero, acabando con el asunto, mírate las fotos de los cráneos deformados artificialmente y recuerda las esculturas de sabios taoístas que se encuentran por China. Todos tienen el cráneo abombado como tu amigo Akenatón.

Hacía rato que el Nilo se mostraba como una ruta concurrida. A ambos lados de la orilla luces de farolas, de casas y de barcas creaban un escenario de candilejas y sombras. El silencio había dejado paso a un murmullo de gentes invisibles. Se cruzaban con barcazas de todos los tamaños, de vez en cuando alguna lancha con un motor ruidoso y contaminante. Estaba claro que se acercaban ya a El Cairo y Sandro quiso acabar lo que había empezado. Ya que sabía algo, que lo supiera todo.

—Después del pecado original vino la torre de Babel: el lenguaje no es el resultado de una inteligencia superior, sino un sucedáneo destinado a reemplazar la facultad perdida de entenderse por telepatía. La lengua no es el órgano de la palabra, sino de la digestión: sólo se usó para hablar cuando se perdió la telepatía, y ahí comenzó la confusión de lenguas. Todos los animales disponen desde el nacimiento de sonidos para comunicarse; el hombre no sabe hablar y hay que enseñarle a lo largo de un año. Medítalo. Y ahora duerme, o descansa el rato que queda. No sabemos qué encontraremos a la vuelta.

Pero todo se mostró muy tranquilo. Ayesha los dejó al desembarcar y se fue sola. Los dos hombres volvieron juntos al hotel, sin hablar apenas. Charles los esperaba en su bungalow jugando con un mono diminuto que tenía atado con una cadenita plateada. Lucas no pudo evitar pensar, una vez más, y pese a su cabeza dolorida, que parecían una parodia de la saga de Spielberg. Añoró de pronto desesperadamente Cambridge.

—Tu amigo Aladín estará una temporada sin hablar —comentó Sandro, mientras se acercaba a una bandeja con bebidas—. ¿Existe alguna manera posible de que nos traigan hielo?

—¡El maleficio de la cabeza ptolemaica! —exclamó Charles—. Ya le avisaste que traería desgracias.

—¿No quedó muerto? —interrumpió inquieto Lucas.

—No me faltaron ganas, pero no pude rematarlo, habíamos hecho demasiadas cosas juntos, pese a su doble juego; a lo mejor se ha salvado, pero yo diría que Kraft no lo va a dejar por allí molestando. Seguramente lo habrá echado al río en una canastilla de mimbre, como a Moisés, a ver quién lo recoge. Dalo por muerto o desaparecido en combate.

Charles había hecho una breve llamada telefónica y apareció un camarero con una cubitera, vasos, tres cuencos con dátiles, habas secas y almendras y una jarra con agua de azahar. Se mantuvieron en silencio hasta que hubo dispuesto todo sobre una mesa baja y se retiró.

—En fin, ¿qué haremos con la estatua? —preguntó inquieto Charles.

—Te quedará muy bien decorando este saloncito.

—Necesito el dinero —repuso Charles sin apreciar el chiste.

—Tranquilo, nos ocuparemos de ello. Lucas, tienes diez minutos para ducharte y volver aquí. Hemos de ir a un casino. —Y Sandro se concentró en mascar los dátiles.

El casino estaba en un gigantesco hotel norteamericano, perdido entre los pisos, restaurantes y *boutiques* de la inmensa mole. Era deprimente, porque en ningún momento pretendía ser glamuroso. No era como entrar en el Casino de Montecarlo, con su escalinata suntuosa y los salones aterciopelados de la Belle Époque. Entrar en Montecarlo con la excitación del juego en el cuerpo es una emoción, pero estos casinos en la tercera planta del hotel son deprimentes por la despersonalización que regalan a una clientela que desprecian. Todo es oropel y vulgaridad, moquetas sucias y esmoquins con descosidos en los bajos. Incluso las mujeres, aunque sus joyas sean de Choppard o de Bulgari, resultan oscuras. Se sabe que no aparecerá ningún Aga Khan, ningún príncipe depuesto, ninguna Ava Gardner. Como mucho un jeque de tercera de un país pequeño del Golfo o un probo comerciante de manos sudorosas. Al entrar en aquel antro de ludópatas, Lucas sintió sobre sí pesadamente la banalidad de la existencia —¿la insoportable levedad del ser?—. Allí no podría distraerse. «Si cinco mil años de civilización, que nos contemplan aquí cerca, precisamente, han conseguido dar lugar a esta diversión en este sitio, si cuando estamos libres y tenemos dinero para pagárnoslo, lo que podemos hacer es meternos en una *boîte* o jugar en esta sala de plástico, que paren el mundo y me bajo», pensó Lucas apesadumbrado. Se sentó en un taburete entre dos árabes. El de su derecha, en traje europeo de raya diplomática, regalaba propinas al personal no sólo cuando perdía, sino incluso antes de ponerse la bola en juego. Cada dos minutos cambiaba billetes de cien dólares —sólo se permitía jugar dólares—. Estaba ebrio y, aunque no daba una, jugaba constantemente al cinco y caballos. Parecía encantado de perder. El de su izquierda iba ataviado con una chilaba blanca y un chal en la cabeza, como si hubiese perdido su turbante y hubiera recurrido a un momentáneo apaño; en un rostro porcino, rechoncho, lograban destacar por su insuperable carnosidad los labios arqueados. Tenía al lado a su mamá o algo por el estilo y jugaba melancólicamente, aburrido de todo.

En otra mesa Sandro, en su traje blanco de traficante de Marsella, se jugaba las fichas ferozmente: en tres minutos lo habían desplumado. Lucas intuyó, pero no sabía justificarlo, que se había dejado desplumar y añoró de nuevo la paz de Cambridge.

Al poco Sandro se fue al blackjack. Dado que existen personas dotadas por la providencia para el juego, la táctica de los casinos consiste sencillamente en dar con ellas y ponerlas de crupier en la mesa de blackjack. A Lucas el blackjack le había atraído hacía varios años, porque había conocido a dos informáticos becados por IBM que intentaban interpretarlo en términos matemáticos, a Lucas siempre le fascinaba cuando alguna cosa se reinventaba para una disciplina diferente, como los físicos que estaban estudiando la fuerza del papel estrujado como material para diseñar máquinas de levantar pesos, por eso le fascinaba también el estudio del genoma, porque no podían siquiera imaginar cuántas otras teorías iba a trastocar, además de las propias.

En aquella mesa Sandro aguantó más tiempo y Charles, que se sentó a su lado al poco, incluso ganó unos cientos de dólares. Eufórico, le presentó a Lucas un agregado de la embajada española y volvió a la mesa con Sandro.

Se llamaba Perera y era un hombre joven, alto, fino y agradable, pero con aire tan evidentemente abatido que Lucas le tuvo que preguntar si le había ido mal en el juego. Él confesó que no, que estaba así porque aún no se había repuesto de la *Aída* en Luxor. Cuando Lucas convino que el montaje era execrable, se escandalizó. Él lo había encontrado precioso, y sólo lamentaba no haberlo podido seguir mejor. El problema es que le había tocado ser el anfitrión de una representación de la banca española, que no había querido perderse el evento, cosa que no le extrañaba, porque era conocida, dijo con orgullo, la megalomanía de los banqueros españoles (Lucas supuso que se refería a las aficiones melómanas, pero no quiso interrumpir al atribulado funcionario). Acomodar a un séquito de quince personas distinguidas en Egipto sin que ocurran fallos denunciables provoca angustias continuas. Al no ser prudente pernoctar en Luxor, el avión de la comitiva había vuelto a El Cairo después de la representación y fueron directamente al amanecer a las pirámides, una sabia decisión que les permitió disfrutarlas sin avalanchas. El hombre de la embajada explicaba consternado que no había podido resistir el ritmo del viaje. Como la cocinera que tras preparar el banquete pierde las fuerzas y no puede sentarse a la mesa, él sólo deseaba que se fueran y recuperar la rutina de su oficina, de sus planes de fomento del comercio egipcio-español. Para colmo, había tenido que acompañar a las señoras al zoco. Todavía le consternaba recordar que regateaban tan bien o incluso mejor que los comerciantes árabes. Perera, que —Lucas lo había constatado a los cinco minutos— carecía de sentido del humor, se preguntaba si esa habilidad tenía que ver con la profesión de sus cónyuges. Al menos, concluyó, todo el mundo parecía muy contento, su jefe el embajador incluido.

—Yo visité las pirámides a medianoche —comentó Lucas por decir algo.

El diplomático lo miró soñoliento. Lucas sabía que estaban haciendo tiempo para recibir, aquella noche, la estatua que traerían a la oficina de Charles, sita en el barrio de negocios, cerca de los hoteles norteamericanos, y se preguntó si Perera estaba en el negocio y Charles se lo había presentado con alguna finalidad, pero pronto constató que sólo era una de las múltiples maneras o coartadas para dejar pasar el tiempo. Se despidió de él con una excusa vaga, animándole a recuperarse, y volvió a la mesa de blackjack. Pero Sandro estaba levantándose.

—Charles ya ha perdido bastante, vámonos.

Una vez más Lucas pudo constatar que, aun en los mejores barrios, El Cairo está como si la noche anterior hubiera sufrido un terremoto. ¿Por qué la acera de aquel edificio nuevo estaba llena de arena? En la entrada, la portería, pese a lo avanzado de la hora, albergaba no sólo al vigilante despierto, sino a otros cinco árabes que comían las inagotables tortas de pan redondas y otros mejunjes mientras charlaban amigablemente. En un cuenco, las enormes y gustosas alubias marrones que aliñan con limón. El ramadán provoca desquites gastronómicos nocturnos.

El ascensor era europeo, pero estaba desajustado de tal modo que el dintel inferior de la puerta rozaba contra el muro de los pisos y chirriaba de manera alarmante. El anticuario los esperaba cómodamente recostado en un enorme sofá. Había puesto la estatua sobre la mesa de centro. Esta vez la pudieron examinar a gusto. No cabía duda de que era Amenofis III, el padre de Akenatón.

—¡Pero si la tumba de él no se ha encontrado! —exclamó Lucas en un rapto egiptológico y pedante.

Sandro adoptó uno de sus aires misteriosos, Charles rio complacido y el anticuario puso cara de póquer. Que hubieran encontrado esa tumba, si era eso lo que no le decían, era fabuloso, pensó Lucas, se podría indagar sobre el enigmático Akenatón en la tumba de sus padres, tal vez allí pudieran encontrarse escritos, escarabeos y pinturas de interés sobre el faraón monoteísta. El entusiasmo de Lucas se estrelló contra una pared de indiferencia. Quizá todos ellos estuvieran cayendo en una trampa clásica tendida por los agentes del gobierno para cazar contrabandistas.

De todos modos, aunque no le arrancó a Sandro más información sobre el increíble hallazgo, pudo sonsacarle algunos detalles sobre los progenitores del faraón hereje. Este Amenofis III era muy cazador y consta que mató leones, construyó el templo de Luxor, los mal llamados colosos de Memnón —que lo representan a él y que exhalaban música al ser tocados por el sol naciente—, metió a su hija en su propio harén, y de viejo se vestía de mujer. Su esposa Tyi no era de sangre real —un hecho extraño—, pero tuvo tal ascendiente sobre él que Amenofis III firmaba sus decretos reales en nombre suyo y de su mujer, una cosa muy poco común en la historia de Egipto. Incluso sus suegros intervinieron activamente en las tareas de gobierno.

—Oficialmente, la tumba de Amenofis III aún no se ha encontrado —insistió Lucas—, o sea que esto quiere decir que los ladrones de tumbas siguen actuando, o que esta estatua es falsa.

El anticuario entornó los ojos y dijo suspirando:

—Los ladrones de tumbas llevan tres mil años funcionando, ¿por qué iban a detenerse ahora? A mayores controles, nuevas maneras de actuar.

Charles sacó los cien mil dólares que llevaba en una cartera enganchada bajo la axila, oculta por la americana, tocó el fajo inquieto y se los entregó al anticuario.

—La suerte está echada —dijo.

La historia había acabado siendo lastimosamente sencilla. Charles, un buen profesional al frente del Club Med, era también un ludópata de libro y, como todos los ludópatas, una vez que se hubo jugado todo su patrimonio acabó jugándose el dinero de su empresa. Para evitar que todo terminara en un escándalo y él diera con sus huesos en la cárcel, Charles había ideado un plan que sólo podía prosperar en un lugar como Egipto. Sustraería del Club Med cien mil dólares más, compraría la estatua para venderla después en Ginebra por quinientos mil y así podría restituir el dinero sustraído a la empresa. Ahora acariciaba la maleta acolchada en que llevaban la estatua y parecía hacer nuevos cálculos. En el hotel, Sandro lo miró como a un niño insoportable que acaba de romper un plato y le ordenó:

—Esta misma noche recoges tus cosas y te vas con la estatua a Ginebra en el primer vuelo. Te están esperando.

—Sí, sí, lo sé, pero tenemos un nuevo problema: ¿y las aduanas del aeropuerto?

—No te descuelgues ahora con problemas ficticios, porque yo sólo te ayudo una vez. Si después de los años que llevas aquí aún no tienes resuelto eso, devuelve la mercancía.

—Lo tenía arreglado con Aladín.

—Pues apáñate con su sustituto, seguro que lo conoces y seguro que estará encantado de saber que Aladín ha desaparecido. En Ginebra, pese a mis contactos, no deben saber que tienes relación conmigo. Y buenas noches.

Se volvió a Lucas con gesto cansado.

—Me parece que ya tenemos bastante por hoy. Vamos a dormir. Te juro que mañana no me pienso levantar de la tumbona de la piscina, quiero releer algún clásico. Y me apuesto lo que quieras a que a ti te dolerán todos los huesos, que no hace ni veinticuatro horas estabas a un paso de la muerte, hijo...

Al día siguiente, como Sandro había predicho, Lucas tuvo dificultades para poder saltar de la cama; no podía mover un músculo sin sentir unas agujetas espantosas, la cabeza seguía dándole vueltas y la garganta también le escocía. Le molestaban las muñecas, y las articulaciones se hacían notar como si tuviera una repentina gripe. Probablemente tenía décimas, pero ésa era la diferencia entre los héroes de cómic y los científicos de a pie. La próxima vez, se prometió, buscaría efectivamente un balneario en Suiza o en Austria, uno de esos lugares para morirse de aburrimiento o frecuentar a damas con perrito. Sólo le tranquilizó darse cuenta de que tenía un hambre feroz, de que las molestias del estómago, que también se quejaba, eran sencillamente que no había comido nada sustancioso desde hacía demasiadas horas. En el bufé del hotel, se comió media docena de croquetas de habas, varias porciones de cordero envuelto en hojas de vid, humus, puré de berenjenas y demasiados pastelillos de miel y mantecados de pistachos. Intentó compensarlo con un montón de higos de sicomoro, un racimo de uvas doradas y yoyobas y bebiendo mucha cerveza. Definitivamente mareado volvió a su habitación y se quedó dormido apenas cruzó la puerta.

Voluntariosamente repuesto, o al menos decidido a no escucharse más (y persuadido de que lo que le hacía falta era contactar de nuevo con Ayesha con fines exclusivamente sexuales) por la tarde Lucas volvió al barrio copto.

Había intentado adecentarse con su mejor camisa, que había mandado planchar; llevaba un mensaje para Khayatt. Revivió la grandiosa entrada decrépita y los rellanos de paredes desconchadas. Le abrió el mismo mayordomo impecable y lo condujo al salón con olor a mirra donde la señora tomaba té en las maravillosas tacitas de porcelana Ming. Ayesha estaba a su lado y le sonrió burlonamente.

—Y bien, querido joven, le estábamos esperando —susurró Khayatt. El mayordomo aproximó una taza y desapareció, ella hizo un gesto, pero él negó con la cabeza, se sentó enfrente de ambas, a la espera, ella entró al trapo de inmediato—: ¿Dio usted con Kraft, le aclaró sus dudas?

—Más de lo que hubiese deseado.

—Algo me han contado. —Ayesha bajó modestamente la cabeza—. Con él no hay medida, ya se sabe.

—No lo sabía, pero he quedado vacunado; espero no verlo más.

—No esté tan seguro, Kraft resurge de sus cenizas. Y tiene algo adictivo.

—Usted lo conoce bien, ¿no es cierto?

—Digamos que fuimos amigos. Su forma de vida no favorece las relaciones estables.

—¿Cuando su marido murió, usted...?

—Su curiosidad lo pierde, joven, y dígame, ¿qué le contó Kraft?

—Como parecía que no teníamos mucho tiempo no se anduvo con circunloquios. Me habló de los vampiros de la mente, de los caníbales de cerebros.

—¡Ah, eso!

Khayatt se puso seria de pronto, esbozando un gesto de rechazo con la mano.

—Muy poco elegante con el espantoso calor que hace en el desierto. No debió hablarle de ello.

—También me confió un mensaje para usted. Fue después de que casi nos mataran, pero eso imagino que también se lo han explicado.

Lucas le tendió el sobre lacrado con un escudo nobiliario marcado en la roja pasta. Khayatt lo cogió ceremoniosamente, con un gesto melancólico, y lo puso sobre la mesa junto a la taza de té. No hizo el menor gesto de abrirlo.

—Parece que usted le cayó bien.

—¿Cómo lo sabe?

—No necesito ver las cosas para saberlas.

Lucas prefirió no seguir preguntando.

—En todo caso —concluyó ella—, considéreme una amiga; si me necesita, sepa que puede contar conmigo.

Cuando bajó los peldaños de dos en dos, Lucas iba pensando que las mujeres mayores eran más fascinantes que las jóvenes. Como si le adivinara el pensamiento Ayesha le propinó un directo al hígado.

—Sí, pega, pega, cobarde. Cuando volvimos, en el barco, estaba demasiado maltrecho para hacerte preguntas. ¿Dónde te metiste cuando nos atacó Aladín?

—Ya lo sabes, me dejaste en el barco. Tuve que diseñar mi propia logística. Desde allí llamé por radio a Sandro, que por lo visto estaba mucho más cerca de lo que imaginábamos, con las ideas bastante claras respecto de Aladín, y por eso os pudo salvar. Yo me quedé con Serro tomando té a la orilla del Nilo contemplando las ruinas y escuchando el tiroteo, mientras vosotros parecía que rodaseis *La momia*.

# 10

# Fisher

Enfiló con su bicicleta Sidgwick Avenue; los castaños habían adquirido el tinte cobrizo que anuncia el otoño; el tráfico era sosegado y silencioso como es habitual en Cambridge; pasó junto al paraninfo moderno, en hormigón visto, donde tenían lugar las conferencias de famosos profesores. En ese momento, mientras miraba distraídamente los volúmenes del pesado edificio, le adelantó por su derecha un bólido que no tenía forma de coche pero tampoco era una bicicleta; detrás pedaleaba frenéticamente una enfermera empeñada en no perder el carruaje. «Ahí van Hawking y su amiga», pensó Lucas sin dar mayor importancia al extraño espectáculo de un inválido a 48 kilómetros por hora sobre una silla eléctrica parlante. Los habitantes de Cambridge ya no prestaban atención al recorrido diario del físico entre su casa y el laboratorio DAMTP (Department of Applied Mathematics and Theoretical Physics) en Silver Street. Tampoco a las enfermeras, especialmente adiestradas.

Lucas se dirigía a Downing Site para ver al profesor Fisher. Le había llamado para concertar una cita en cuanto volvió a casa, o a lo que en esos años era su casa. Dejó la bicicleta apoyada en la pequeña verja y subió los tres escalones de un salto. No tuvo que tocar el timbre. Le abrió una bella mujer con aire casi adolescente y gestos pausados, tenía una mirada a la vez brillante y densa, una combinación que conmocionó a Lucas, que intentó disimular su turbación. ¿Sería su hija? Ahora no era el momento de especular y, desde luego, tampoco de excitarse.

—Tengo una cita con el profesor Fisher.

—Lucas Gálvez, *I presume*...

Marcó esta última palabra con una ligera inclinación de cabeza que esparció los largos cabellos negros sobre la frente y las sienes. Los ojos brillantes lo miraban profundamente de arriba abajo, los rayos oscuros abrillantaban las cejas de la mujer.

—Supone usted bien, señora.

—Señorita.

—Esto no es el Congo: en Cambridge no hay sorpresas.

—Ah, ¿no?, qué lástima, entonces estamos condenados a aburrirnos.

—Eso depende.

—¿De qué?

Lucas se acordó de que había estado a punto de palmarla; «Para lo que me queda», pensó, se olvidó por un momento de la hermosa Ayesha, que se divertía en Cambridge, y repuso mirándola fijamente:

—De usted, naturalmente.

—Yo soy una realidad virtual; sólo existo cuando trabajo aquí.

—Mientras no sea una realidad virtuosa.

—El profesor Fisher lo espera; no malgastemos su precioso tiempo.

Le indicó una puerta.

—Entre sin llamar.

No era un despacho sino un laboratorio. Tras las fachadas góticas, jacobeas o neoclásicas de Cambridge se albergan las más avanzadas tecnologías. «¿Cómo consiguen los ingleses esconder todo esto detrás de las piedras?, ¿como sus emociones?», se preguntaba Lucas cuando la voz de Fisher, una voz metálica y perentoria, lo sacó de sus cavilaciones; ¿le había leído el pensamiento?

—La biología no necesita mucho espacio; la célula es muy pequeña y el genoma todavía más.

—También es pequeño el átomo.

—Sí, pero los físicos se han empeñado en romperlo por medio de enormes cantidades de energía; eso requiere grandes máquinas, aceleradores de partículas, mucho espacio.

—Venía a hablarle del profesor Kraft.

—Tenía entendido que usted es discípulo de Dantakis.

—Sí, él fue quien me envió a Kraft.

—¿Kraft? Lo conocí hace muchos años. Bien, imagino que ya sabe que soy un hombre muy ocupado; no veo a ese hombre desde hace mucho, y no entiendo a qué viene que usted, si quiere información sobre él, me pregunte a mí.

—Ustedes estuvieron juntos en Java, creo que vivieron algunas situaciones extremas cuando eran jóvenes, también que vieron cosas espeluznantes y les contaron otras.

—Kraft, como me temía, exagera; es un individuo truculento: donde no hay misterios los imagina.

Lucas se tocó el mentón.

—¿Los cráneos trepanados también los imaginó él?

—Ése es su hobby, se dedica a escribir sobre eso y a recoger información por todo el mundo. Se lo pueden confirmar muchos miembros de la comunidad científica, y también algunos responsables de revistas que han declinado publicar sus escritos por poco rigurosos. ¿No cree usted que si hubiese algo de cierto en ello los antropólogos lo sabrían?

—Posiblemente lo saben y no lo dicen, o puede que se nieguen a saberlo.

—Señor Gálvez, sé de usted que tiene un cierto reconocimiento como científico, incluso he leído alguno de sus *papers*, y precisamente por su condición de investigador académico me he dignado recibirle. No me haga pensar que usted también es conspiranoico; en ese caso, todo lo que yo diga lo va a interpretar en clave de ocultación deliberada por mi parte. Y no tenemos tiempo, ni usted ni yo, que perder en esto.

—A Kraft ya no se contentan con refutarlo o ignorarlo: han intentado matarlo. Se me ocurrió estar allí con él cuando un agente de los servicios secretos egipcios estuvo a punto de eliminarlo.

—¿Y dónde pasaba eso?

—En Tell-el-Amarna. Fui a preguntarle por la cabeza de Akenatón.

—¡El cráneo de Akenatón! ¡Por favor! Imagino que le hablaría de la novela *Sinué el egipcio*, que para mayor divertimento fue escrita por un finlandés. ¿A qué viene mezclar al faraón monoteísta con las invenciones de Kraft?

—A que tenía un cráneo deformado.

—Comprendo que eso sea irresistible para Kraft, quizá también para usted, pero los egiptólogos lo han explicado hace mucho: lea a Cyril Aldred. Por lo demás, ¿en qué puedo serle útil?

—Se lo he dicho, quería saber de Kraft, estaba con él cuando intentaron matarle y usted trabajó con él en su juventud.

Fisher se quedó pensativo mirando por la ventana al cielo gris sobre las piedras aún más grises. Luego respondió con una mirada hosca.

—Me parece una estupidez, pero si usted vio peligrar su vida, creo que debo encontrar la energía y el humor para contestarle. —Se ajustó el cuello de la camisa—. Eso nos llevará tiempo. Y no sé si tengo muchas ganas de recordarlo. —Miró el reloj e hizo un gesto de resignación—. Espéreme en Browns para almorzar, podré dedicarle una hora mientras comemos. Ahora, si me dispensa...

Lucas echó una última ojeada al laboratorio. Realmente, los aparatos con los que estaban aislando y clasificando los cromosomas de la célula humana no eran espectaculares. Nada llamativo o tétrico como el laboratorio del doctor Frankenstein. Y, sin embargo, para él, Fisher era Frankenstein, y su sicario Aladín había estado a punto de matarlo. Era más que recomendable tenerlo muy presente mientras contemplaba la paz de aquella estancia, tan reconocible como inhóspita.

Browns es un restaurante con aspecto de cafetería colonial, grandes espacios, ventiladores de aspas lentas en el techo, plantas de hoja enorme parientes de los ficus, paredes amarillo beige avainillado, enormes sillas de mimbre que encantarían a Emmanuelle: en suma, una combinación de las nostalgias del trópico y del imperio en el Kings Parade. De hecho, aquel espacio era el pabellón de entrada del antiguo hospital de Cambridge reconvertido ahora en reputada escuela de administración de empresas, muy dignamente colocada en los rankings internacionales. ¿Hay menos enfermos o más empresas?

Fisher vestía pantalón de franela gris y una chaqueta de tweed verdosa con las inevitables coderas de ante gastado, una camisa a cuadros verdes y azules y una corbata estrecha de un solo tono verde oscuro, tirando a verde botella. «Un tipo atildado —pensó Lucas mientras lo veía llegar—. Se ha dedicado tiempo.»

Pidieron empanadas de carne y verdura, una ración de pastel de riñones y puré de patatas. Lucas constató que el camarero conocía bien a Fisher y le trataba con especial deferencia, intuyó que debía de ser un hombre de gustos fijos.

—Mire usted —Fisher fue al grano—, en Kraft y en mí tiene dos modelos de carrera universitaria, se lo cuento porque usted, si me permite la apreciación, ojalá que precipitada, lleva trazas de ir por el camino de Kraft. Era un hombre brillante, lo he repetido durante muchos años, brillante pero impulsivo, estudiaba demasiadas cosas dispares e inconexas. En nuestro mundo académico no están bien vistos los generalistas.

—O sea que Leonardo hoy sería un fracasado.

—Seguramente. La ciencia la hacemos especialistas, cada uno en nuestra parcela, con disciplina.

—Y aburrimiento —añadió Lucas.

—Ésa es la diferencia: hay muchos, la mayoría, a quienes no les aburre lo que a Kraft le parecería tedioso; ¿me entiende? La ciencia es un arte de pequeñas victorias, hasta que un día llega el descubrimiento sensacional.

—No suele llegar.

—Evidentemente, para que uno logre un gran salto en el conocimiento, cientos trabajan oscuramente. Nos mandaron a investigar sobre el terreno la genética de los indígenas en Java y Sumatra. Él se metió de lleno en la antropología de aquellas tribus, en sus rituales y sustancias psicodélicas.

—Y empezó a indagar sobre los rituales de canibalismo —intercaló Lucas, que sentía una rara impaciencia.

—El director de la expedición lo llamó al orden y le conminó a ocuparse del tema de nuestro trabajo de campo. Él se obstinó en ir a la suya. Yo no pude convencerlo.

—Usted lo ayudó.

—Yo le escuchaba, era el único a quien podía hablar, pues entonces sentía gran admiración por él, me fascinaba su libertad, eso mismo que yo no osaba hacer; naturalmente no pude persuadirlo y el director envió un informe negativo sobre sus aptitudes. No podía hacer otra cosa, porque había llegado a obstaculizar el resto de los trabajos. Eso le costó la carrera. Perdió el puesto y ya no volvió de Java con nosotros. Siguió allí a lo suyo.

—¿Y de qué vivía?

—Allí se vive con muy poco, y además en su familia tenían dinero, pertenecían a la aristocracia austríaca. Luego se hizo marinero, pasó a África y Sudamérica, donde experimentó con ayahuasca y siguió con su obsesión por los cráneos. Usted me dice que ahora está en Egipto.

—¿No lo sabía?

—¿Cómo podía saberlo?

La narración de Fisher sonaba verosímil, quizá porque tenía la solvencia de un profesional de la persuasión: si no hubiese oído la confesión de Aladín, jamás habría sospechado de él. Sonaba incluso cordial, casi amistoso y, sin embargo, Lucas no podía olvidar que había ordenado matarlo hacía poco. ¿Será eso la objetividad científica? Se dejó invitar a la comida, y fingió agradecimiento. Mientras veía alejarse a Fisher por Kings Parade, aparentemente distendido, se le ocurrió pensar que acaso podía proyectar matarle de nuevo. Gálvez seguía sin entender demasiadas cosas, pero para algunos podía parecer que empezaba a entender demasiadas.

Aquella noche, Lucas fue a ver a Dantakis. Pasó las almenas góticas, los tejados arcaicos, el patio neoclásico y subió la escalera de madera hacia los *rooms* de su maestro. Dantakis estaba de pie junto a la chimenea encendida fumando un puro; vestía un esmoquin color burdeos. Estaba leyendo la poesía de Cavafis. Con una leve sensación de afecto, Lucas pensó que era un anacronismo.

—Se lo recomiendo —dijo, colocándolo en el anaquel correspondiente del mueble de su biblioteca, que cubría toda la pared—; cuando se sienta perdido, lea este libro de Cavafis. Pero llega de un largo viaje; me ha de contar sus andanzas en Egipto.

—Por poco no lo cuento.

—Eso quiere decir que vio a Kraft.

—Precisamente porque lo vi.

Dantakis lo miró fijamente, suspiró, y se fue a sentar a su desgastado butacón Chester. Suspiró de nuevo.

—Así que ya lo sabe.

—¿Qué?

—No se puede hablar con Kraft media hora sin que salga el tema, o sea que no se me haga el sueco.

—El tema, como usted lo llama, estuvo a punto de costarnos la vida, y ¿sabe quién estaba detrás?

—Wilson, supongo.

—¡Fisher!

—Tampoco me sorprende, son tal para cual.

—¿Quién es Wilson?

—El que guardó el cerebro de Einstein en Princeton.

Lo que faltaba. Sólo quedaba que alguien comentase que Walt Disney estaba congelado. Lucas replicó:

—Einstein está muerto y enterrado.

—Sí —repuso Dantakis pacientemente—, pero no su cerebro. Como tampoco lo estuvo el de Charles Chaplin, cuyo cuerpo desapareció, o el de Tayllerand.

—¿Quién?

—El hombre más inteligente del siglo XVIII, el único que plantó cara a Napoleón hasta provocar su caída.

Dantakis se levantó y se dirigió a los anaqueles de la biblioteca. Estuvo un momento leyendo los lomos hasta que tomó un libro y buscó la página.

—Aquí lo cuenta Victor Hugo en *Cosas vistas*: «En la calle de San Florentín hay un palacio y una alcantarilla. El palacio, que es de una noble, rica y lúgubre arquitectura, se llamó Hotel del Infantado; hoy se lee sobre su puerta Hotel Tayllerand. Durante los cuarenta años que habitó este palacio, su propietario jamás echó un vistazo hacia la alcantarilla. Era un personaje raro, temido y considerable; se llamaba Charles Maurice de Tayllerand-Périgord, era listo como Maquiavelo, cura como Gondi, excomulgado como Fouché, ingenioso como Voltaire y cojo como el diablo. Durante cuarenta años, desde su palacio y desde el fondo de su pensamiento había dirigido Europa. Había conocido, observado, penetrado, conmovido, revuelto, profundizado, fecundado, burlado a todos los hombres de su tiempo y las ideas de su siglo. Hubo en su vida minutos en los que tuvo en su mano los cuatro o cinco hilos formidables que movían el universo civilizado; usó como marioneta a Napoleón I. Decía de sí mismo que había escrito una trilogía con tres dinastías: acto primero, el imperio de Bonaparte; acto segundo, la casa de Borbón; acto tercero, la casa de Orleans. En ese palacio, como una araña en su tela, había atraído y capturado héroes, pensadores, grandes hombres, reyes, príncipes, emperadores: Bonaparte, Sieyés, Madame de Stäel, Chateaubriand, Benjamin Constant, Alejandro de Rusia, Guillermo de Prusia, Francisco de Austria, Luis XVIII, Luis Felipe. Pues bien, antes de ayer», continúa Victor Hugo, «17 de mayo de 1838, falleció este hombre. Vinieron médicos a embalsamarlo. Para eso, al modo egipcio, retiraron las entrañas del vientre y el cerebro del cráneo. Hecho lo cual, tras convertir al príncipe de Tayllerand en una momia encerrada en un ataúd tapizado de satén blanco, se retiraron dejando el cerebro sobre una mesa, ese cerebro que había inspirado a tantos, conducido dos revoluciones, engañado a veinte reyes, controlado el mundo. Salidos los médicos, entró un criado y vio lo que habían dejado: "¡Vaya!, se han olvidado esto, ¿qué hacer?" Se acordó de que había una alcantarilla en la calle, allá fue, y arrojó el cerebro a la cloaca. *Finis rerum*».

—¿Cree usted que también se apoderaron de ése?

—¿Quién? Ni Wilson ni Fisher estaban ahí.

—Entonces...

—Y ahora. La cosa viene de muy lejos, como le habrá explicado Kraft.

Lucas notó otra vez la conocida y desagradable sensación de presión en las sienes.

—¡Usted lo sabía!

—Conocí a Kraft por casualidad, no como Fisher, que trabajó con él, pero el viejo loco lo cuenta a quien pueda influir en los ambientes científicos.

—¿Y el otro, Wilson, está en Princeton?

—Efectivamente, en el Instituto de Estudios Avanzados, que es donde pasó Einstein los últimos años de su vida. Un delicioso retiro dorado. Alguien me contó que es un as para acertar en las carreras de caballos, disciplina a la que consagra la mayor parte de su tiempo... En fin, mi querido Gálvez, se acabaron las vacaciones, espero que habrá sepultado convenientemente los recuerdos de su ingrata Betta y que mañana podremos reanudar nuestras investigaciones en el laboratorio. Ha vivido sus particulares Minas del rey Salomón, y ahora nos toca trabajar en serio.

Y se concentró en prepararle una copa de brandy.

Lucas salió de los confortables *rooms* del Don al frío de la noche cambrigense; cruzó varias calles donde sólo sonaban sus pasos y volvió a sus habitaciones.

¡Cómo no iba a enterrar sus recuerdos de Betta si cuando abrió la puerta de su casa se encontró a Ayesha instalada a sus anchas en el salón! Desde que había regresado a Cambridge, aparecía y desaparecía con deliciosa periodicidad. Nunca a petición de Lucas, que había renunciado a esperar nada de ella y la tomaba como un don del cielo, como se espera y acepta la lluvia. Pero esta vez le notó un rostro serio, atemporal.

—¿Estás cansada?

—Llevo miles de años dentro de mi cabeza y esta noche tengo que pasarte algunos a ti. Es preciso que conozcas la existencia de la Gran Hermandad Negra, la de la sangre, simétrica a la nuestra y que se escindió a partir de Akenatón. Relájate.

Entonces o, como dirían algunos, «fue entonces cuando», Lucas se dio cuenta de que le estaba mirando con sus grandes ojos fijos en los suyos, de una manera especialmente perturbadora. Era una mirada quieta, seca, insondable. Y al devolverle la mirada, Lucas encontró en la joven la cara de la esfinge, su felinidad pétrea, su sabiduría inmemorial. Ella se acercó lentamente y le tocó la frente. Por una vez parecía triste. En un momento, él entró en un estado nebuloso, dejó de ver y su campo de atención mental se vio invadido por los pensamientos de ella.

## 11

## Ayesha y el conde Estruc

Ella estaba vampirizando su mente para introducir otras memorias, otras emociones, otros deseos que no eran suyos pero que al ocupar su cerebro ya no sabía cómo negar que eran suyos, ni cómo distinguir «los suyos» de otros. ¿Qué queda de uno cuando le sorben los sesos? Y en este caso, Ayesha invadía sus pensamientos para comunicarle conocimientos que la Hermandad deseaba que Lucas tuviese.

Ayesha fue buena y le infundió las memorias de ella cuando era una judía en Girona, y él un joven aprendiz de trovador que se había prendado de ella en los baños árabes de esa ciudad y le había salvado la vida durante las revueltas antisemitas de 1300. En su ensoñación Lucas recordaba cómo Lillith, pues ése era el nombre de Ayesha en aquellos tiempos, le abría la puerta. Llevaba esparcidos los cabellos negros lucientes sobre la túnica que la cubría hasta los pies, realzando su cuerpo fuerte y esbelto. Sus pechos jadeaban, le temblaban las caderas y la cintura.

La miró a los ojos y vio en ellos el amor que no exige prendas.

Lillith lo llevó a su cuarto, lo sentó en el lecho y le dio las gracias con voz lenta y suave, mirándole a los ojos. Le pidió que le diera la mano. Él se la dio. Los dedos de la mujer se movieron arriba y abajo: sus yemas lo acariciaron con una presión intermitente que lo significaba todo. Él fijó la vista en una piedra tosca que salía del blanco encalado de la pared: era la piedra que recordaba a los judíos el templo perdido de Salomón. Pensar en algo que no tiene nada que ver con lo que nos obsesiona es una pobre defensa ante el tumulto de sensaciones que el contacto carnal despierta en el cuerpo, y del que no se salva ni el cerebro, donde las imágenes comienzan a precipitarse incontroladas como el reverso lúcido de un sueño. En este caso, un sueño dentro de otro sueño.

El cuello de Lillith formaba una vaguada en lo alto de la espalda, y del suavísimo hontanar, a la sombra de los cabellos, salía, como del fondo de las torrenteras, un perfume de flores dulces sutilmente fortalecido por efluvios de pieles de animales relucientes y rapaces que lo atraían con el temblor tibio de los aromas vivos. Lucas cercó sus labios y encontró una piel suavísima que a su contacto se estremecía mórbidamente. Vio, muy de cerca, los labios de ella que se abrían como pétalos de una flor aterciopelada tocados por una brisa tibia. Fue lentamente hacia ellos mientras le acariciaba el cuello y se abandonó en el hontanar suave de su boca sin fondo. Las piezas de ropa fueron desprendiéndose de los cuerpos, y Lucas vio tendida, en todo su esplendor, sobre las sábanas frescas de lino, una azucena, un lirio iridiscente que se cimbreaba al ser recorrido por sus dedos y sus labios sonámbulos, perdidos en la bruma sin luz del tacto. La carne era dura, suave la piel, el cuerpo como un pétalo inmenso y ondulado de terciopelo y sombra, de aromas mortecinos en un jardín cerrado. Las sensaciones eran conocidas pero también distintas, porque el Lucas que las experimentaba era un aprendiz de trovador que transformaba las emociones en poesía. Por eso, cada visión de la joven enlazaba con una metáfora, tenía un hálito literario que modificaba la perspectiva y se abría a comparaciones nuevas. El Lucas del siglo XXI no hubiera pensado en flores, pero el Lucas del XIII tenía una sensibilidad muy favorecedora y una sabiduría clásica que el científico no había podido preservar. Y ese Lucas se preguntó por qué el gozo de amor es intermitente y fugaz, incapaz de prolongarse unas horas y de impregnar el ánimo más allá de unos breves instantes. Y, sin embargo, sólo lo efímero permanece y dura. Aquellos momentos de amor se grabaron en él con una intensidad que los clavó en las simas más profundas del corazón, en los vuelos más tiernos del recuerdo. Las luces del alba trajeron un amanecer en el que Lillith se inclinaba sobre él, su cuerpo y su cabello lozanos, a contraluz, como una inmensa corola transparente y perfumada, cerniendo la luz tibia del primer rayo. Sus ojos deslumbrados por la claridad dorada y azul de las pupilas de la mujer.

Ningún sol brillaría jamás con el esplendor de los cabellos de Lillith al contraluz, ni nada superaría la dulzura del cimbreo lento y sabio de los corceles del placer que arrastraban a Lucas, lejos de sí mismo, hacia regiones de fuerza y energía, hechas de sensación y de luz puras, espacio sin tiempo, extendiéndose por el quieto silencio dorado del amor.

Y en aquel espacio mágico Lucas comprendió el camino de los trovadores y su exaltación extática del Amado, que él había reconocido en la Amada transformada. Culminó la iniciación y se convirtió en trovador él mismo. Cuando se alzaron del lecho, las sábanas desordenadas marcaban orgullosamente el goce de una mujer en todas las posturas.

En aquel sueño o memoria imbuido por Ayesha, la reencontrada Lillith, Lucas se había convertido en un caballero del siglo XIII, amigo del príncipe Jaime, el hijo del rey Jaime al que habían educado los templarios. La Ayesha judía le llevaba a casa del rabino Bonastruc. El sabio sacerdote israelita, que era además un gran astrólogo, le pidió al joven noble que le ayudara en su intento por esclarecer los crímenes de que se acusaba a los judíos.

—Como siempre, a la que aparece un hombre muerto o desaparece un niño, la culpa es de los judíos. Sospecho de dónde viene el mal; pero no puedo atacarlo yo solo, necesito un cristiano noble y con entrada en la casa real para abrirme también las puertas —dijo Bonastruc.

Salieron a caballo hacia el norte al alba, cruzando los llanos del Empordà. Al anochecer acamparon al pie de las primeras montañas en el pueblo de Vilajuïga, que, como su nombre indica, era un territorio propicio a Bonastruc. El sabio pasó largo tiempo rezando y leyendo textos sagrados en la sinagoga del pueblo. Era una construcción en todo igual que una iglesia románica: las mismas piedras grandes, los arcos redondos, la bóveda, pero servía como sinagoga. De la misma manera había por el Pirineo iglesias cristianas construidas como mezquitas, con arcos de herradura. Los constructores usaban el mismo estilo formal para cualquiera de las tres religiones que les pagara la obra.

Al acercarse a los Pirineos por las Alberas, fueron realizando indagaciones entre los campesinos de la zona; el payés de una masía cercana al Castell de Carmansó les habló de su hija, que había fallecido de una manera insólita.

—No hay tantas maneras de morir —le contestó el rabino al payés para cortar posibles fantasías.

—Tenía mordeduras en el cuello y estaba desangrada.

Bonastruc dio un respingo, y al poco preguntó:

—¿Quién es el señor de esta zona?; es él quien tiene, por encargo real, que proteger a los moradores de estas tierras.

—Es el conde Estruc, que mora en el castillo de Requesens —contestó el payés.

Tras varios días de viaje por las estribaciones de los Pirineos llegaron a un valle estrecho, profundo, pero lo suficientemente abierto para contener un montículo en su centro, una especie de colina en cuya pendiente estaba construido un castillo, sus barbacanas escalonadas hacia la cima donde se alzaba la ciudadela del castillo.

Lucas se dio a conocer como pariente de la familia Rocabertí, los vizcondes, que guardaban los pasos del Pirineo desde tiempos de Carlomagno. El senescal que lo recibiera dio cuenta de su llegada y volvió luego, convocándole para cenar al caer la tarde. Lucas había hecho solo la parte final del trayecto porque el rabino no quería presentarse ante el personaje del que sospechaba, fundadamente, que incriminaba a los judíos. ¿Qué podía decirle? En cambio Lucas, como poeta, noble y pariente lejano del conde Estruc, podía aducir cualquier excusa para ver de cerca e investigar al personaje.

El conde Estruc, en su secretismo y enclaustramiento, había despertado los rumores más descabellados por sus actos sospechosos. Todo el mundo especulaba sobre su poder, y junto a la evidencia de sus riquezas, que pregonaban sus tierras y sus criados, también se hablaba de sus saberes, acaso prohibidos. Lucas se metía en la boca del lobo para ayudar a su amigo Bonastruc a exonerar a los judíos.

Esperó en su habitación: era un aposento, sencillo, una cama cubierta con una piel de ciervo, una mesa grande, sobre un tapiz modesto, con un tosco crucifijo, un baúl, otras dos pequeñas alfombras dibujaban el camino a la finestra. En el festejador de la ventana un almohadón bordado invitaba a sentarse a leer o contemplar el paisaje. El valle estaba en silencio, los rumores del verano llegaban sobre el aire diáfano y suavemente tibio: moscardones, golondrinas, abejas, vencejos y cigarras se turnaban en un desordenado y monótono concierto, que a él le gustó de inmediato, sobre todo cuando por encima de toda esta barahúnda pudo escuchar el graznido del cuervo, el animal totémico de aquellas montañas, el que vigila y avisa. El Pirineo, a nivel mágico, está gobernado por los cuervos.

Pero a nivel militar su gobernador era el conde Estruc, que le esperaba a cenar. Leyó un pergamino con poemas de los sufíes que le había copiado su esclavo moro para el viaje. Pensó en Lillith, vio ponerse el sol, muy alto, en la carena de la montaña que cerraba el valle. En ese momento se abrió la puerta de su habitación, sin que nadie llamara antes, y encontró ante sí a un personaje extremadamente pálido, de una blancura enfermiza que contrastaba con su negra túnica y sus medias y botas negras. Era alto, muy enjuto y acaso por ello un poco encorvado, sus ojos miraban sin expresión, más allá de donde Lucas, sorprendido y casi alarmado, se había puesto en pie.

—Buenas noches, primo —saludó la aparición.

—Sois el conde Estruc —dijo Lucas, pálido del susto.

—¿Quién si no? Ya ves que por aquí no se pierde nadie. Los caminos llevan a su destino y las rutas nos conducen en peregrinaje a los lugares que queremos honrar. Por ello imagino que tú no estás aquí en vano. Y a ti, ¿qué se te ha perdido?

—Voy en peregrinación camino de Rocamadour.

—Pues has buscado el paso más largo: estos valles son intrincados. Hay otros modos más fáciles de ir a venerar a la Virgen Negra, ¿o acaso quieres comprobar alguno de sus milagros?

En aquellos momentos, Lucas no se imaginaba de peregrinaje, ni se sentía capaz de inventar una historia al respecto. Aunque tenía una cierta curiosidad por la Virgen Negra, de la que se contaban tantas historias en su época, especialmente por las virtudes de su campana, que sonaba cuando había marineros en peligro, no podía escudarse en una devoción que no sentía. Por ello decidió ir al grano y explicar las razones verdaderas de su presencia allí.

—Soy curioso por naturaleza, y no me quería perder al legendario conde Estruc.

Su anfitrión rio, pero no con alegría.

—¿En qué consiste mi leyenda?

—Tiene mucho de las leyendas que envuelven a los hombres realmente poderosos... Rumores de siervos que desaparecen, otros que viven como zombis, extrañas cicatrices en el cuello...

—¡Ah, por fin! Los cuentos de vampiros. Pero eso procede de Egipto, y Transilvania. Los han traído los cátaros desde allí, junto con las demás mentiras de su herejía.

—Los cátaros son vegetarianos, ¿para qué necesitarían sangre?

—Si mis informaciones son ciertas, para convertirse en los que no mueren.

—¿Quién desea vivir para siempre?

—Eso no se desea, se padece.

—¿Para qué?

—Para que el conocimiento no se pierda, querido pariente. ¿Has oído hablar del Árbol de la Vida y del Árbol del Conocimiento?

—Está en la Biblia.

—Viene de más lejos que un simple mito judío. Te seré franco porque eres pariente y entre ambos hay un lazo de sangre, aunque sea leve, además intentas ser poeta, y eso me divierte: yo soy aquí el amo y señor, nadie puede atacarme: si no sales vivo de aquí da igual lo que yo te revele, y si sales, estarás maldito para siempre por saber demasiado. Según los judíos el pecado original fue por querer saber, ¿no?

—Así es.

—¿No te has preguntado qué puede tener de malo querer saber? ¿Acaso no has leído en los clásicos latinos «*Sapere aude*». ¡Osa saber! Si el deseo de saber fuera pecado, ¿por qué existen las universidades?

El Lucas de la trova sonrió.

—No sé si deberíamos respetar un poco más a los cátaros, aunque sólo de pensar en que propugnan que las mujeres puedan acceder al sacerdocio, doy por seguro que viven errados. Lo peor, supongo, y temo que Dios no nos ilumina, es que nos hemos perdido en las ramas del Árbol del Conocimiento del Bien y del Mal. ¿Por qué no volvemos a Transilvania?

—Primero pasemos a cenar.

Salieron de la habitación y el conde inició un ancho pasadizo iluminado por antorchas. Tenía unos ventanucos altos, muy pequeños, por los que entraban ráfagas de viento que alegraban las llamas. También había algún escudo colgado, pero Lucas no pudo vislumbrar las divisas.

Llegaron a un aposento muy grande y, contrariamente a la sobriedad de las habitaciones que Lucas había visto hasta entonces, suntuariamente guarnecido. En el techo, las vigas habían sido meticulosamente repujadas, pintados de diferentes colores las cavidades y los relieves. En tres paredes colgaban enormes tapices. Uno era la escena de un unicornio, en mesurados tonos rojos, y otros dos tenían laberínticos dibujos geométricos, que revelaban su origen árabe. Las patas de la mesa y las sillas estaban cuidadosamente talladas con motivos de flores y suavizaban los respaldos unos cojines de tela azul adamascada, probablemente traídos de Oriente. En un rincón había un curioso mosaico oval en tonos blancos, grises y azules, con dibujos de peces y extraños personajes marinos —mujeres con cola de pez, hombres recubiertos de escamas, peces con manos y orejas— que Estruc no contó a Lucas que había hecho traer de unas ruinas romanas de la costa. Sobre la mesa, cuencos de bronce y platos de loza dorada. Seis cucharas. Varios hombres jóvenes les acercaron una fuente con codornices y otra con alondras, así como sopa de col, judías de varios tipos, panes diversos de centeno y harina blanca, lomos de trucha hervida con helechos, dulces con leche de almendras, naranjas amargas, nueces, orejones y membrillos. Un vino negro y áspero que se transformaba en la boca regó el banquete. Estruc estuvo atento a los vaivenes de la copa de Lucas, y le pasó en repetidas ocasiones su propio cuchillo, como si deseara signar una alianza.

Entre tanta vianda, a la luz de velas y antorchas, la conversación fluyó con más facilidad de la que Lucas había previsto. Era fácil explicar las desgracias del vizconde

Rocabertí, que había visto arder su castillo por razones todavía no conocidas, aunque había quien hablaba de una maldición. También era cierto que el vizconde planeaba construir un nuevo castillo, en Perelada, que sería un lugar de parada obligada para cuantos recorriesen la región. También era agradable hablar de uno mismo, y Lucas, mientras paladeaba unos higos secos, explicó sus deseos de pasar un tiempo en Avignon, formándose en las artes, y acaso otra temporada en Italia, en Pistoia, Siena o Padova, donde estaban surgiendo singulares transformaciones del lenguaje y de la poesía. Por fin se atrevió a preguntar.

—¿Has oído hablar de la Gran Hermandad Negra? Dicen que son los que saben de eso que me has preguntado en mi cuarto.

—Una cosa es saber y otra volverse lo sabido.

—En las cosas importantes sólo vale la vivencia. O eres o no lo sabes.

—Y como en todas las Hermandades, habrá pruebas para entrar. Es preciso beber sangre.

—¿Y el premio?

—La inmortalidad. El vampiro es el que no muere, pero necesita ese alimento básico.

—Comprenderá, querido conde, que sus palabras me horrorizan. No me haría de esta Hermandad por capricho, ni para pasar el rato.

—Al contrario, si te haces, el rato no acaba de pasar nunca.

Lucas rio, y despachó un trago de vino.

—¡Qué aburrido!

—En eso te equivocas, ves cambiar el mundo y tú mismo, merced a todo lo que has vivido y conocido, ayudas a cambiarlo. Yo he visto a Imotep, a Nefer, a Moisés, he visto nacer esa religión de los judíos. Pero ahora soy el conde Estruc, es lo que me corresponde en este momento. ¿Qué importancia tiene la sangre de unos cuantos campesinos al lado de lo que conoce la Gran Hermandad Negra?

—La gente culpa a los judíos.

—Claro, siempre viene bien un culpable y si encima es judío, mejor que mejor, porque los plebeyos les odian por ser más ricos que ellos. Una hermosa paradoja, se les condena a las tareas del préstamo y el depósito de riquezas, para que nadie olvide que Judas era judío y vendió a Cristo por treinta monedas, y luego se los envidia por ello. Quizá porque nacen, viven y mueren en la persecución, son infinitamente sabios. Y tenerlos ahí, para saciar la violencia de los pobres desde la impunidad de todos, es siempre un recurso. Y con la Biblia en la mano, además, para que un sacerdote absuelva a los asesinos... resultan imprescindibles y no entiendo por qué en algunos países de Europa han decidido expulsarlos. Las noticias que me han llegado de Inglaterra son decepcionantes...

—Yo he venido a pediros que hagáis algo para exonerar a los judíos de esa odiosa acusación de asesinos y vampiros que está arraigando en vuestro territorio.

—Los judíos son la gente más inteligente, por eso se les odiará siempre. De todos modos, puedo hacer algo... Creo que tengo la solución en las mazmorras de este castillo.

Con esas palabras ambiguas, Estruc se levantó y dio por terminada su velada con el joven trovador. Lucas fue a su cuarto y durmió envuelto en espesos sueños: negros como las ropas de su anfitrión, pesados e inquietos.

Cuando despertó no se oía un alma en el castillo. Salió a recorrerlo y no se tropezó con nadie, era como si atravesase un castillo fantasma. Bajó al sótano, donde imaginó que encontraría a las mujeres trajinando en los almacenes, pero sólo encontró puertas cerradas. Se dirigió a las mazmorras y tampoco encontró a nadie, como si todo aquello sólo existiera a partir del anochecer. Sólo se oía el graznido de un cuervo. El sonido venía de un mismo lugar, o sea, que el pájaro estaba quieto. ¿Le estaba llamando? Decidió seguir el canto, o más bien, el graznido del bicho.

Fue bajando de niveles, cada vez con menos luz, hasta alcanzar una galería en la misma base del castillo. Descubrió una especie de laberinto de túneles abovedados en la piedra, que le obligaban a avanzar encorvado. El agua rezumaba entre las bóvedas de medio cañón y el aire se iba haciendo cada vez más cargado. Por un momento pensó si debía retroceder, pero algo le impulsó a continuar, como si no tuviera elección. Siguió tanteando su camino, ya casi a oscuras, sólo guiado por los ruidos del ave, que seguía llamándole. Llegó ante una puerta de rejas, allí dentro yacía Lillith casi desnuda, encadenada por los tobillos y las muñecas, desmadejada y débil, como si la hubiesen drogado. La llamó. Ella le lanzó una mirada fulminante y rio como una loca.

# 12

# Eucaristía

Lucas despertó. Ayesha había puesto fin a la posesión de su mente. Ella sonreía todavía, a su lado; sin la menor sombra de tristeza. El cuarto, su minúsculo apartamento de Cambridge, estaba como siempre.

—O sea, que es así como te gustaría verme, desnuda y encadenada para ti.

—A mí no me culpabilices, la visión que introdujiste en mi memoria era tuya y tú sabrás por qué me la sugeriste. A estas alturas, ¿puedo creer que es una insinuación erótica?

Ella hizo como que no oía esta última pregunta, aunque se encogió levemente de hombros.

—Quería enseñarte lo atrasados que son todos esos cuentos de vampiros. El conde Estruc es una antigualla, vete a saber dónde vivirá hoy día. Quizá se marchó realmente a Transilvania o estará ya en Londres, trabajando en la City. Vamos a ver, Lucas, hoy día lo de beber sangre está demodé. Lo *in* es sorber sesos, vampirizar las conciencias para dejarlas vacías y luego depositar el contenido que uno desee imbuirles.

—Eso ya se lo hacen en el cine, incluso sin moverse de casa, por la tele.

—Cierto, y por eso ahora no nos enfrentamos a un mal personalizado como Estruc o Drácula.

—O Kraft y Fisher.

—Tendrías que preguntarte: ¿quién va a querer vivir como Drácula en el siglo XXI? ¿Dormir de día para que no le dé la luz del sol? ¿Vivir de noche para mantener un cutis cristalino como las aristócratas del siglo XIX? Eso ya no tiene sentido después de Edison: la luz eléctrica lo cambió todo: cambió el mundo, el trabajo, el ocio, el horror, los cuentos y las veladas junto al fuego. En definitiva, cambió la manera de gestionar nuestro horario diario. ¿Quién desea chupar sangre para alimentarse, como no sean los esnobs, como aquellas majaranís que se tiraban a las llamas en la pira funeraria del marido cuando los colonizadores ingleses lo habían prohibido? ¿Para qué chupar sangre cuando lo que ahora sabemos vampirizar, lo que puede enriquecernos sin un terrible esfuerzo son los contenidos de la mente: pensamientos, emociones, creencias, tópicos, valores morales, todo puede ser absorbido y, una vez vacía la mente, se puede, si se desea, rellenar con otros contenidos? ¿Qué queda del yo, entonces? ¿Dónde está el ego?, y por favor, no pienses ahora en Sandro, que seguro que recordaría ese chistecillo fácil de que el ego es ese pequeño argentino que todos llevamos dentro, según lo definía algún discípulo de Freud.

Ayesha le miraba burlona y triunfante, regodeándose con su asombro. Prosiguió:

—En la época del ordenador personal el vampiro está obsoleto. Bela Lugosi fue su canto del cisne y con él se pasó a otros tipos de vampiros modernizados, con cara de Tom Cruise, por ejemplo, que en vez de interpretar la *Tocatta e*

*Fuga* de Bach en el órgano de su palacio escuchan *Simpathy for the Devil* de los Stones en su coche descapotable sobre el Golden Gate en la bahía de San Francisco.

Hizo una pausa para desordenarse el cabello y prosiguió:

—En cierto modo, siento más simpatía por Lugosi, que dejó escrito en su testamento que le incineraran con su disfraz de vampiro, y que tomaba morfina, que por esos actores jóvenes maquillados como tísicos que asustan a los adolescentes. Supongo, o debería decir que sé que todavía quedan algunos románticos que chupan sangre, muerden los cuellos de blancas damiselas escotadas, duermen de día y tienen mayordomos lúgubres con orejas puntiagudas, incluso algunos moran en castillos de lo más nostálgicos, con almenas y mazmorras, y recorridos turísticos en verano para poder hacer frente al mantenimiento del edificio, pero nada de eso es efectivo, ni creo que valga la pena hablarlo después de la película de Polanski y es que ¿quién quiere vivir eternamente si comiendo cerebros puedes revivir en tu mente las vidas de los hombres y mujeres geniales que en el mundo han sido? Se consume mucha menos energía.

Hizo una pausa, y Lucas pensó que era la primera vez que abordaba el tema con tanta claridad.

—Lo importante es cómo se alcanzan y transmiten los conocimientos, no si está mal o bien chupar sangre o sorber sesos —recalcó Ayesha.

—¿Me estás diciendo que el fin justifica los medios?

—Te estoy planteando, en dos frases, el problema del mal y su contorno, señor científico, ¿puedes explicarme qué es el mal?

Lucas se apoltronó e intentó encadenar varias versiones: lo que un grupo social se pone de acuerdo y considera malo; lo que sucede y no corresponde a nuestros deseos personales; lo que dicen unas tablas de la ley promulgadas por una religión.

Ella, tras escucharlo sin interrupciones —lo que sorprendió a Lucas, que no estaba en exceso acostumbrado a debatir rigurosamente con mujeres, más allá de las dos severas biólogas de su laboratorio—, le recordó que hay dos explicaciones, poco convincentes ambas, de la existencia del mal. Según los cristianos es una prueba que pone Dios para mejorarnos haciendo méritos; según los hindúes es la consecuencia de acciones malas en vidas anteriores.

—Pero en nuestra Orden tenemos otra explicación más acorde, si me permites la licencia, con la física cuántica. Se basa en la idea de grados de libertad. El mal es el precio de la libertad. Si un sistema es equilibrado y cerrado como un reloj o como el sistema solar, todo se mueve como un reloj, o sea, es exacto, preciso, armonioso, pero también cautivo. Un planeta no se puede salir de su órbita, no es libre. En el momento en que dejamos posibilidad de libertad, o sea, de que el planeta se salga de su órbita, estamos permitiendo la catástrofe, a la que llamaremos «el mal».

Lucas la miraba pensativo, y repitió sopesándolo:

—O sea que el mal es el precio de la libertad...

—Así es. También lo llamamos «azar» y, para que el azar no se apodere de las masas, nosotros les imbuimos las ideas-fuerza que les llevan a desear unas cosas y rechazar otras.

—En otras palabras, guiáis las mentes.

—Qué remedio. Si las dejáramos libres sería el caos. En cambio con el poder de vampirizar las mentes y cambiar unas ideas por otras, se crean climas de opinión, estados de ánimo, se cambian las épocas.

—Y ahora me dirás que el Renacimiento italiano lo

hicieron unos cuantos metiendo sus ideas en las cabezas de muchos, ¿es ahí hacia donde quieres ir? —seguía empecinado en mantener el escepticismo, porque cualquier alternativa le resultaba infinitamente peor.

—Considera a Alberti, Leonardo, Ficino, Brunelleschi.

—Ésos eran tan geniales y tan buenos artistas que lograron cambiar la sensibilidad por medio del arte. Y su singularidad era tal que nadie pudo imbuir a su vez el conocimiento en sus cabezas. Pensar en eso me tranquiliza. Y espero que a la ciencia.

—No te pongas en guardia. Hay algo más. No es tan fácil. ¿Cómo llegas a los que no tienen sensibilidad para la pintura o la arquitectura?

—Habrá que darles una pastilla, digo yo, como sugería Huxley en sus novelas. Cuanto más te escucho, más pienso en Huxley, y espero que no pretendas que empiece a pensar en Orwell.

—Si la pastilla es una energía mental, es más fácil hacérsela ingerir. No hay que pedirles que abran la boca.

—Pero —exclamó Lucas exasperado— ¡si durante siglos se les ha dado una pastilla que es la comunión!

—Te haré ver cómo se organizó eso a partir del cristianismo. Duérmete, mi niño, que nos vamos a conocer al Mesías en persona.

Y Ayesha le infundió la imagen del río Jordán. Nada que ver con los ríos del Pirineo o de Inglaterra, Lucas entrevió un caudal exiguo entre márgenes yermos o rocosos. Dos esenios de la cercana comunidad de Qumran se habían metido en el agua de un remanso: eran Jesús de Nazaret y Juan el Bautista. Lucas los reconoció en la visión por la iconografía al uso de numerosos bautismos pintados por los artistas cristianos.

El bautista Juan le echaba agua sobre la cabeza y los hombros y le saludaba como al enviado de Dios, del cual él, Juan, era sólo el precursor, el heraldo que lo anunciaba.

Lucas hubiese querido preguntar si ambos estaban en el secreto de la Hermandad de Luxor, pero la visión no permitía interrupciones y le llevaba como el río, fluyendo en su memoria. En ese momento llegaron a la margen del río los soldados de Herodes, el rey de Jerusalén, y prendieron a Juan el Bautista, al otro le dejaron tranquilo, al tomarle por un discípulo sin importancia de la orden esenia de Qumran.

La visión cambió, seguidamente, a la fortaleza de Maquerous, al oriente del mar Muerto, sobre un pico de basalto. El tetrarca Herodes Antipas estaba en la terraza de palacio, cerrada por una balaustrada de madera de sicomoro; contemplaba el amanecer: bajo la niebla que se evaporaba apareció el mar Muerto, luego, iluminados en rojo, Lucas vio los valles de Esko con sus granados, Sorek y sus viñas, Carmel con sus campos de sésamo. La torre Antonia, con su prisma monstruoso, dominaba Jerusalén, miró a su derecha para contemplar el palmeral de Jericó.

Aquella noche era el cumpleaños de Herodes, y su hijastra Salomé había prometido bailar para él como regalo. El día lo pasó en extraños presagios provocados por los gritos del Bautista que estaba en las mazmorras de Maquerous. Al terminar la fiesta Salomé bailó y pidió la cabeza del Bautista.

—Quiero besar tus labios, Iokanaan —había anunciado la hijastra de Herodes.

Al negarse el Bautista, ella reiteró:

—Tendré tu cabeza, Iokanaan.

El verdugo de Herodes le llevó la cabeza del Bautista en una enorme bandeja de plata. Salomé partió inmediatamente hacia Qumran, donde María Magdalena y los demás esenios participaron de una comunión ritual según las formas de la Hermandad de Luxor.

Salomé y Magdalena hablaron luego con Jesús de Nazaret que se estaba iniciando entre los esenios.

—La comunión real de carne y sangre, que se ha celebrado desde los orígenes, debe ser ahora sustituida por un simulacro para la gente. Tú eres el Elegido para llevar a cabo esta misión. Deberás reemplazar la carne, es decir el cerebro, por pan, y la sangre, por vino. Nosotras en la Hermandad de Luxor seguiremos con el rito real para los elegidos que deban transmitir el conocimiento.

—Así se hará —repuso el neófito.

Inmediatamente la visión permitió a Lucas ver a Jesús en la Cena, en el huerto de los olivos y luego en la cruz, y a Magdalena recogiendo su sangre en un cáliz que recibió el nombre de Grial. Y luego a los caballeros del Grial, que comulgaban con la Sangre Real para confirmar los ritos propios de la Hermandad de Luxor. Así la Hermandad de Luxor se convirtió en el cristianismo esotérico, interior, secreto, y el cristianismo, propiamente dicho, en la rama exotérica, exterior, pública y masiva, multitudinaria, de la Gran Hermandad de Luxor. Unos pocos comulgaban con cerebro y sangre, los más con pan y vino.

De nuevo Lucas cayó en un profundo sueño que esta vez era todo negro, o al menos eso creía él. Porque si somos lo que pensamos y el pensamiento no es nuestro sino inducido: ¿quiénes somos, quién piensa? «*The thinker is the thought*», se desgañitaba Krisnamurti: ¿cuántos lo han entendido? Se agitó en sueños.

# 13

## Asesinato en Trinity

Llamaron a la puerta temprano. Lucas nunca amanecía antes de las once; era un pacto que tenía con su maestro: aparecía por el laboratorio tarde, cuando los ingleses se disponían a almorzar; luego se quedaba a trabajar hasta bien entrada la noche, porque nadie le esperaba en casa. Había pensado en si debía cambiar sus costumbres con la intermitente presencia de Ayesha en el apartamento, pero ella lo había disuadido, de momento.

Buscó el batín para bajar hasta la calle. El rellano estaba a oscuras y él demasiado adormecido para encontrar el interruptor. Llegó hasta el dintel de la entrada y abrió la puerta que daba a la calle. Para mucha gente el día ya estaba en marcha, y había un cierto movimiento en las aceras. Un desconocido le hizo señas y lo miró con manifiesta curiosidad al verle en pijama y batín. Se presentó:

—Inspector Kaplan, del Constabulary de Cambridge.

—¿Aquí la policía aún tiene establos? —Lucas se desperezó.

—La tradición, ya sabe —repuso el otro, parecía divertido—; eso no me lo hubiera preguntado un inglés.

—Si es policía, ya sabrá que soy español.

—También lo era Michael Portillo y ahora es más inglés que Mrs. Thatcher.

—Él es de Peterhouse; si yo hubiese ido a ese *college*, seguramente también me habría vuelto inglés.

El inspector Kaplan cambió de registro con gran naturalidad, que le debía de dar el oficio. Era un hombre de unos cincuenta años, esencialmente discreto, un eficaz prototipo inglés con traje azul oscuro y camisa Oxford un poco desgastada en el cuello, pensó Lucas, pero parecía inteligente, y desde luego no estaba allí para comentar el último exabrupto del hijo mayor de Su Majestad la reina.

—¿Se puede saber en qué puedo ayudarlo?

El policía se puso serio.

—Tengo que hacerle unas preguntas en relación con la muerte del profesor Dantakis.

Lucas despertó de golpe, se apoyó en la pared, indicó con la mano a Kaplan que pasara, le guio hasta sus habitaciones y se derrumbó en el sofá frente a su chimenea siempre apagada. Al menos Ayesha se había ido a primera hora de la mañana a Londres.

—¿Dice que ha muerto? —Lo había entendido perfectamente, pero necesitaba ganar tiempo. Inmediatamente supuso que no se trataba de un triste accidente. Y el inspector, que lo escudriñaba desde la amabilidad profesional de los ingleses, lo confirmó:

—Asesinado.

Una idea cruzó como un rayo por la cabeza de Lucas.

—¿Dónde está ahora el cuerpo?

Kaplan lo miró, asombrado.

—¿Qué tiene que ver eso? Estará en el hospital, a la espera de que el forense realice la autopsia. No creo que empiecen antes de mediodía. —Le miró, miró también su reloj y añadió—: Bien, de hecho, en poco tiempo.

Lucas se dio cuenta de lo inútil y sospechoso que hubiera sido reclamar el cuerpo o pedir que lo vigilasen. Cambió la pregunta:

—Perdone, ¿cómo murió?

—Es el primer caso que conozco así, y crea que llevo años en esta unidad. Lo mataron de un modo anacrónico: le clavaron un clavo en la cabeza, un tipo de ejecución que se usaba en la Alta Edad Media en ciertos lugares de Europa.

A Lucas le vino un escalofrío, sintió náuseas, se levantó y fue detrás del sofá, donde tenía la cocina abierta al saloncito de estar; se preparó una infusión.

—¿Quiere usted una tila? Perdone, ¿puedo ofrecerle un té?

—Si lo hace, se lo aceptaré. Siento darle este disgusto, pero comprenderá que debo preguntar a quienes lo trataban asiduamente. Sabemos que usted es uno de sus colaboradores más cercanos.

—Trabajábamos juntos en el proyecto Genoma. —La cabeza le daba vueltas.

—Lo sabemos, y también que se están invirtiendo grandes cantidades en ese proyecto, y que colaboran las principales universidades del mundo. ¿Cree usted que el espionaje industrial puede ser el móvil del crimen? ¿Había alguna competición encubierta entre científicos?

Lucas titubeó. Pensó en Fisher e inmediatamente en sí mismo. Debía conservar la serenidad y no dejarse llevar por el dolor de la noticia, ante un hecho que cambiaba su propio futuro, incluso, acaso, el futuro del proyecto y el futuro del laboratorio. Y no tenía tiempo de reflexionar sobre ellos, porque la propia manera de perpetrar el crimen lo llevaba a un terreno que ojalá no hubiera pisado nunca. En esa espiral de revelaciones sobrecogedoras, ¿cómo contárselo a aquel sensato inspector que parecía respirar solidez y sentido común —como la mayoría de los ingleses— sin que lo encerrasen en el manicomio o lo convirtieran en uno de los sospechosos principales?

—En cierto modo... —carraspeó—. En cierto modo, eh... a veces se habían cuestionado algunas de sus decisiones...

—Sea más preciso.

—No puedo, porque en realidad no lo sé. Un proyecto de esta envergadura genera muchas actuaciones simultáneas. Quizás el profesor Dantakis estuviese acercándose a un descubrimiento que incomodaba a un grupo poderoso —respondió Lucas jugando al doble sentido.

—Usted lo vio anoche.

—Lo solía ver casi cada día, bien en el laboratorio, bien en sus habitaciones de Trinity, cuando el tema a discutir no estaba tan ligado a las investigaciones cotidianas, a esos avances que transcribimos en los informes. Ayer lo fui a ver allí porque acabo de llegar de un viaje.

—¿De trabajo o de placer?

—De placer —contestó Lucas con una sonrisa sardónica que el otro no comprendió.

—No lo dice muy convencido.

—Me fui de vacaciones para olvidar... Él me recomendó Egipto...

Ante esta alusión a la vida privada, el inglés cambió de tema:

—Dígame, ¿quién podía desear la muerte del profesor Dantakis?

Tuvo que tomarse la tila para mentir:

—Se me escapa, él no tenía enemigos declarados. De hecho, si tenemos en cuenta la magnitud de sus responsabilidades tenía menos adversarios de los habituales, pero es que tenía —se le cortó la voz— una notable calidad humana... y una ironía única para empequeñecer cualquier problema.

—Bien, téngame informado si se le ocurre algo que nos pueda ayudar. Probablemente me veré obligado a interrogarle en los próximos días de nuevo, cuando dispongamos de más información. —Le tendió una tarjeta con su nombre y varias sucesiones de siglas.

—Estoy a su disposición y, si tengo alguna idea, contactaría con ustedes sin falta —volvió a mentir Lucas. Cuando salió el inspector, se derrumbó en el sofá.

Dantakis había muerto. No le cabía duda de que Dantakis lo sabía todo, y él, Lucas Gálvez, estaba metido de hoz y coz en un asunto tenebroso. ¡Quién le mandaba curiosear sobre la cabeza de Akenatón! Recapituló sus últimas conversaciones con Dantakis, los movimientos de éste en los últimos tiempos: no recordó ningún detalle significativo. Intentó recuperar, frase por frase, la conversación del día anterior, pero no había sentido nada especial, ningún detalle remarcable, más allá de la sensación, cuando ya llevaba copa y media de brandy, de que Dantakis le observaba con especial atención, como si estuviera probándole. Si se demoraba en los detalles, constataba de pronto que no se había extrañado de los episodios más aventureros de los días en Egipto, ¿podía ser que los conociera ya? ¿Podía en realidad seguir en contacto con Kraft y que éste le hubiera hecho llegar una crónica de sus andanzas? Sólo se había permitido algunas ironías cuando le relató cómo pretendieron matarlos y un comentario desdeñoso sobre Sandro, a quien no conocía, pero al que calificó de un kung-fu cualquiera. ¿Y si estaba al corriente de todo? ¿Y si le había enviado a Egipto como una fase de su iniciación, manejando sus estúpidos descontentos amorosos? Otro jugador que parecía jugar a la oca con él. De repente Lucas se levantó como un resorte, se vistió unos tejanos y el jersey *crew-cut* y salió disparado hacia Trinity.

La policía se había marchado discretamente del *college* y el conserje, muy compungido, le abrió las habitaciones como a un familiar. Las gruesas cortinas estaban corridas y Lucas quiso mantener aquella penumbra, encendiendo sólo una lámpara de pantalla de cristal que había junto al mueble bar. Lucas se sentó en el sillón de su maestro, miró una hermosa acuarela que había contemplado en infinitas ocasiones, el reconocimiento de un viejo pintor a los sauces del río en el tranquilo Cambridge. El alma en vilo se le iba por el estómago, donde reinaba un doloroso vacío; sintió que lo abandonaban las fuerzas. Permaneció inmóvil casi media hora y tuvo que tomar una determinación, o se sobreponía y hacía frente a lo que viniera, o estaba sentenciado; sólo era cuestión de tiempo. Se levantó y fue hacia la biblioteca de la pared, examinó los diversos volúmenes hasta que dio con el libro de Cavafis; era una edición bilingüe; lo peinó para ver si contenía algún papel: nada. Junto al precio había escrito otro número: p.o. 4735; era de la caja postal del laboratorio. Pero muerto Dantakis, cualquier observación era relevante, y el día anterior había elogiado en dos ocasiones ese libro. Lo deslizó dentro de la cintura de sus tejanos.

Bajó a New Court, cruzó el pasadizo junto al comedor y salió al gran patio de Trinity. Era un día soleado de otoño, cosa que se notaba en la luz y en el rojizo esplendor de las hiedras que cubrían buena parte de las paredes. La luz del sol jugaba con los surtidores de la fuente central. Lucas miraba sin registrar nada; como un zombi pasó diagonalmente el patio hacia la puerta principal del colegio. Maquinalmente miró las ventanas de la habitación situada justo encima del porche de entrada al colegio. Tras aquellos cristales —u otros, pero allá—, Newton descomponía con un prisma de vidrio los rayos del amanecer después de velar sus desabridas noches de insomnio. La manzana de Newton, ¿era también la manzana del Paraíso? Su paranoia se disparaba a discreción. Alguien le saludó con la mano, pero ni siquiera se percató.

Cruzó Trinity Street sorteando ciclistas y viejas, y entró en la oficina de correos, convertida por el creciente turismo en una tienda de souvenirs. Fue a la caja de correos que alquilaba su laboratorio y de la cual sólo Dantakis y él tenían llave. Un mero formalismo, porque era Dantakis quien siempre se ocupaba del correo, y Lucas sólo la guardaba como depositario, por si Dantakis, con sus conocidos problemas con las llaves, la dejaba olvidada en algún sitio. Lucas extrajo el correo habitual de revistas y propuestas de laboratorios, alguna factura de un proveedor que no seguía los caminos habituales y propaganda varia. Pero en el fondo de la caja distinguió lo que parecía un cuaderno de piel marrón. El pulso se le alteró levemente y no pudo evitar mirar a su alrededor. Al menos aparentemente, nadie le seguía. Se insultó por no haber cogido su mochila u otra bolsa, y metió el cuaderno en la cinturilla del pantalón, con el libro de Cavafis. Como tuviera que correr, tendría problemas.

Salió a la calle, dudó qué dirección tomar y finalmente se fue a la izquierda hacia el café que frecuentaba en la plaza del mercado, frente a la iglesia de Great Saint Mary's. Estaba bastante tranquilo, y la mesa del fondo, en que a menudo se instalaba a leer artículos de revistas que recibía a su disposición, estaba vacía. Se sentó donde podía ver la puerta de entrada sin problemas. Pidió un *ice coffee* y sacó el cuaderno.

Era una especie de diario, escrito con pulcra caligrafía, quizá porque estaba en inglés, que finalmente no era la lengua materna de Dantakis. Aunque le sorprendió que su maestro tuviera la disposición para escribir un texto de ese tipo, era realmente la vida de Dantakis casi al día, una vida más interior que extravertida, pues la investigación en el laboratorio le ocupaba la mayor parte del tiempo. Tenía algo de rendición de cuentas y se preguntó cómo haría para llevarlo al día y luego guardarlo en la caja de correos, aunque quizás aquélla era una prevención que había adoptado en los últimos tiempos.

De pronto Lucas se quedó frenado en este pasaje:

> Que sea la hija de Fisher no cambia la intensidad de nuestra relación, pero sí su forma externa. Aunque me molesta no poder pasearme por Cambridge con ella, tanto la presencia de su padre aquí, como la diferencia de edad entre Clara y yo, aconsejan la discreción.

Y unas páginas más adelante:

> Esta noche he disfrutado del polvo más glorioso de los últimos años. Esta chica es una bomba en la cama.

«Vaya con el viejo —pensó Lucas—, hasta cambia su lenguaje comedido para celebrar sus triunfos. Quién iba a decirlo, Clara Fisher, que parece una monja calvinista. Una de esas mujeres de las que los ingleses dijeran que estaban destinadas a permanecer *on the shelves*.» También encontró algunas anotaciones sobre su persona, que demostraban lo que ya intuía, que sentía por Lucas un sincero afecto, aunque se permitía calificarlo de testarudo en la ciencia e infantil en el trato. Dantakis había disfrutado comparando algunos rasgos tópicos del carácter español con los estereotipos griegos, para concluir que a Lucas aún le faltaba un hervor o, sencillamente, una mujer que valiera la pena. Demasiado tarde constató que su maestro no había tenido la menor simpatía hacia Betta, aunque también había valorado sus piernas.

Siguió leyendo, algo incómodo por lo que suponía acceder a aquella crónica de normalidades y encuentros, hasta llegar a un pasaje que le empezó a provocar escalofríos.

> Ayer estuve en el Cavendish para recoger muestras de ADN del gusano que nos sirve para aislar los genes del envejecimiento. Vi entrar a varios colegas, o al menos lo parecían, en el Lab C y encerrarse. Me llamó la atención que habían entrado una camilla con un cuerpo, y aunque por un momento tuve una incómoda sensación que me hizo recordar historias de la juventud consideré que no era de mi incumbencia y me fui a la cita con Lucas Gálvez para asistir al oficio de difuntos en Trinity.

Varias páginas más adelante, Lucas leyó lo siguiente:

> Nuevas reuniones misteriosas en el laboratorio. Esta vez me he quedado escondido y he presenciado

lo siguiente: trece personas vestidas de blanco se acercaron a la camilla, una de ellas abrió con destreza el cráneo del cadáver y levantó la tapa de los sesos, luego procedió a cortar el cerebro y repartirlo entre las otras doce, que lo recibieron y masticaron con unción y recogimiento; cuando el cráneo estaba casi vacío, el cirujano introdujo una espátula de madera y rebañó la silla turca del esfenoides para arrancar la glándula pineal y devorarla seguidamente. Luego salieron silenciosamente, taciturnos, sin mirarse; se habían vuelto a poner las máscaras que dejaron sobre la mesa para proceder al truculento rito. Lo hicieron sin reticencias, como un deber que estuviesen obligados a observar. Creí que ya se había superado ese horror, creí que esas prácticas ya no tenían cabida en Cambridge. Habrá que dar el parte.

Lucas se quedó mirando las bicicletas atadas contra la reja de la iglesia de Santa María: «¡Madonna!», habría exclamado Betta; por el contrario a él le salió un vulgar «¡hostias!». De modo que la horrible práctica se había perpetuado hasta ahora mismo. Porque Dantakis no imaginaba cosas, no estaba loco, y Lucas dudaba que hubiera tenido en su vida ningún tipo de alucinación: Lucas no había conocido a nadie tan serio en su vida, el modelo de científico, un profesor respetado por todos sus colegas, al que publicaban en *Nature* o en el *Scientific American* en cuanto les mandaba un artículo. Eso era lo que más impresionaba a Lucas, que viniendo de Grecia se hubiera convertido en inglés y hubiera franqueado el reservado umbral del *common room* de Trinity sin reticencias. Cierto que sus amores con Clara Fisher le habían chocado, pero ello lo hacía más humano, entrañable y además no desdecía en nada su reputación, entre otras cosas porque había llevado el *affaire* con una discreción plenamente inglesa.

No, Dantakis no estaba loco, y de rebote Kraft tampoco. Sintió que se alegraba por él, aunque enseguida frenó ese impulso al sopesar la magnitud del hecho: caníbales en el siglo XX, aquí mismo, en la cuna del saber y de la civilización. ¡Si J. M. Keynes y Lytton Strachey levantaran la cabeza! Claro que en Cambridge han existido siempre las sociedades secretas, como los «Apóstoles» de Trinity o los «Adonians» de Peterhouse, pero de eso a rituales satánicos o truculentos asesinatos iba mucho trecho, había toda la diferencia del mundo.

Y si continuaban estos ritos era porque sus perpetradores estaban convencidos de que aquella sacrílega comunión de la carne funcionaba; se creían obligados a mantener una cadena de conocimientos que venía de la prehistoria y que por lo mismo era imprescindible continuar.

«Es cierto que comer un cerebro no es lo mismo que matar a una persona —ponderaba Lucas—, sobre todo en el caso de hacerlo con alguien que ha muerto ya o que está irreversiblemente diagnosticado como moribundo. Aquí lo punible es matar para comer, o matar para ocultar.» Y la muerte de Dantakis evidentemente, después de leer el diario, no le cabía duda alguna, se trataba de un asesinato. «Y un asesinato —continuó Lucas con su razonamiento— cuya finalidad no era sólo matarlo, sino también devorar el cerebro de Dantakis para apoderarse de sus saberes.» Todo aquello era demencial y él estaba solo, sin un interlocutor válido. Frente a las construcciones que enhebraba a velocidad de vértigo, Kraft resultaba el colmo de la sensatez. Lo que Lucas estaba viviendo no era comparable con ninguna experiencia anterior.

Hizo ademán de pellizcarse para ver si estaba despierto. «¿Cómo es posible que gente del siglo XXI pueda creer en la adquisición de conocimiento por ingestión de materia cerebral?» Lo que era evidente es que aquello sucedía, que el suceso corroboraba las hipótesis de Kraft y que Dantakis lo había confirmado explícitamente en su diario.

Pensó llevar esta prueba escrita a la policía de Cambridge, sacó el número de teléfono que le había dejado el inspector Kaplan, pero bajó los brazos con desánimo. No sólo lo iban a tomar por loco, también conseguiría desacreditar la memoria de su maestro; podía desprestigiarlo para siempre. ¿Quién se iba a creer que aquello era real, a menos que lo presenciara?

Ahí estaba la única solución, concluyó Lucas; tenía que arreglárselas de manera que la policía cogiese a los caníbales con las manos en la masa, de lo contrario mejor no decir nada; sólo la evidencia fehaciente valdría en un caso tan estrambótico. Debía montar una trampa para cazar a los cazadores de cerebros y no se le escapaba que el cebo debía ser él mismo. La idea lo sobrecogió menos de lo esperable.

Comenzaba a estar curado de espantos. Como a la fuerza ahorcan, Lucas se estaba volviendo un hombre de acción sin querer, por nefasta y estúpida que fuera. Los acontecimientos le habían llevado insensiblemente a considerar posibles acciones impensables meses antes. Kraft le había insinuado que todo aquello no le pasaba por casualidad, que repasara detenidamente las coincidencias, pero él no lograba atar cabos.

Lo único que tenía claro es que deseaba con vehemencia vengar a su maestro y que para ello estaba dispuesto a fingir, engañar, exponer su vida o incluso matar. Después de todo, sabía que su vida estaba tan en peligro como la de Dantakis y recordó que Kraft, amenazado, había optado por atacar. Es lo que haría. Y debía seguir la única pista que tenía, así que fue al laboratorio en Downing Site.

Cuando entró en el departamento de Genómica se percató de que Clara Fisher no estaba.

—¿Miss Fisher ha salido? —preguntó a la secretaria suplente.

—En efecto.

—¿A qué hora volverá?

La chica estaba concentrada en la pantalla del ordenador. Le respondió sin mirarlo.

—Dentro de diez días.

—Un *coffee break* un poco largo, ¿no cree?

Ahora ella se dignó prestarle atención. Una sonrisa forzada.

—Se han ido a tomarlo a Estados Unidos. Hablando en serio, señor Gálvez, el profesor Fisher y su hija se han marchado a Princeton para asistir a un simposio internacional.

—Por supuesto, creo que me comentaron algo —respondió Lucas.

Volvió a su apartamento, preparó rápidamente su equipaje y pidió un billete para Nueva York; al cabo de un par de horas estaba en Stanstead esperando el avión. Sentía miedo, tenía ganas de dejarlo todo y volver atrás. Aun así, al poco rato de volar se durmió.

Aquella noche, mientras Lucas volaba sobre el Atlántico, el edificio más antiguo de Cambridge estaba, como siempre, aparentemente cerrado, pero, a unas horas en que ya nadie circulaba, con la excepción, no inusual, de un estudiante apremiado o un amante resistente, la puerta lateral de la iglesia redonda permanecía abierta. La iglesia templaria en el corazón de Cambridge acogía a otra misteriosa sociedad secreta, seiscientos años después de que los templarios fueran disueltos. En la capilla fueron entrando, sigilosa y escalonadamente, diversas personas vestidas con ropas oscuras hasta sumar el número trece.

Eran miembros de la Gran Hermandad de Luxor, que se habían convocado en una reunión extraordinaria. Tenían que valorar los últimos acontecimientos y tomar decisiones. El gran maestro era un hombre que cojeaba ligeramente; a su alrededor se sentaron los doce miembros del consejo, entre ellos, tres mujeres. El gran maestro abrió la sesión y pasó al orden del día.

—En nuestra larga, larguísima historia, hemos rehuido la publicidad, porque nuestra misión es demasiado compleja para que la comprenda la gente: todos ustedes saben por qué, no hace falta que lo recuerde. Sin embargo, últimamente nuestras «actividades» han sido espiadas en Cambridge y ello nos obligó a intervenir, como siempre, eficazmente.

—No siempre —cortó Fisher con impertinencia—; en Tell-el-Amarna fracasamos en toda regla a pesar de mandar a uno de nuestros mejores agentes. ¿No es así, Sandro?

Sandro Mallet ocupaba el puesto a la izquierda del presidente. Sin inmutarse, replicó:

—Incomprensible, porque efectivamente era uno de nuestros mejores hombres, pero como ya informé, cuando llegué encontré a Aladín muerto de un golpe en la nuez, al viejo Kraft desaparecido y a ese intruso río abajo en la faluca: por lo visto Gálvez es experto en artes marciales —remachó la mentira.

—En todo caso —retornó el gran maestro—, que Kraft esté vivo o muerto no cambia nada. Es un viejo loco desprestigiado que lleva años contando historias sin que nadie le crea. Sólo queda ese joven entrometido...

—Hay que eliminarlo o cooptarlo —comentó suavemente la mujer que estaba a la derecha del presidente mientras encendía un cigarrillo Abdulla en su boquilla.

La propuesta suscitó un rumor entre los asistentes.

—Es una cuestión muy delicada; ¿por qué tendríamos que aceptarlo entre los nuestros?

Fisher y el presidente se miraron; los otros miembros no conocían al presunto colega o cadáver. Sandro sintió que había que intervenir:

—Si no cooptamos, nos extinguiremos. Es evidente que ese joven ha demostrado su interés y además su valentía; es científico y —añadió, mirando a Fisher— es joven.

El debate prosiguió con la habitual frialdad y desapasionamiento que eran característicos de las sesiones secretas del grupo, así habían conseguido atravesar los siglos. La copta Khayatt, que había deslizado la propuesta, se inclinó por la cooptación como si en el fondo le resultara indiferente, pero miró fijamente a Sandro.

La cuestión no se sometió a votación porque en aquella asamblea eso nunca había sido considerado políticamente correcto; allí decidían la influencia y el prestigio, cosa que se les reconocía tanto a Khayatt como a Sandro. Fisher y el presidente no quisieron forzar la mano: los demás no tenían opinión, pero a ninguno le gustaba matar porque sí.

Se acordó encargar a Fisher que propiciase la entrada de Lucas en la Hermandad y que la «comunión» se celebrase en Cambridge con el cerebro de Dantakis.

—El problema es otro —comentó Khayatt, mientras guardaba la colilla en una minúscula cajita de plata que sacó del bolso—. El problema es si no deberíamos comenzar a repensar algunas de nuestras tradiciones más incontestadas. Soy egipcia y amo mi país y mi tradición, por eso creo que deberíamos pensar si cuanto nos ha justificado hasta ahora no precisa una nueva fundamentación para seguir uniéndonos.

Fisher la miró furibundo.

—¡No sé si ese comentario es una necedad o la muestra de un miedo innecesario, pero no admitiré heterodoxias en nuestra hermandad!

—Sólo quiero decir, querido amigo —y la copta silabeó como si parodiara el sonido de una serpiente—, que me dolería mucho considerarnos un anacronismo. Quizá por ello es imprescindible la sangre nueva. Y también —y miró a Fisher con una frialdad algo despectiva, que dejaba intuir el poder de Nefer— quiero saber quién mató a Dantakis, porque me resultaría profundamente desagradable pensar que alguno de los aquí reunidos tiene algo que ver. Él no fue uno de los nuestros, pero siempre supo lo que supo, y no se inmutó. Yo lamento su muerte, y estoy segura de que tu universidad también. Era un impulsor del progreso del conocimiento, uno de los principios clave de nuestra asociación. Espero conocer una verdad convincente sobre su asesinato. Pronto.

# 14

# Princeton

Mientras aterrizaba en el aeropuerto John F. Kennedy y luego se dirigía en taxi a Nueva Jersey, Lucas Gálvez discurría que pasar de Cambridge a Princeton era como penetrar en otro mundo: «dos países separados por una misma lengua», había dicho Bernard Shaw. La propia geografía urbana los diferenciaba: la universidad inglesa es una ciudad con sus edificios medievales y Tudor, sus equipamientos, incluso las numerosas empresas que se han situado alrededor, para potenciar las sinergias con la academia. No en vano, pese a su tradición de más de ochocientos años, hay quien la llama el Sillicon Valley británico; la norteamericana es un campus, es decir, un parque en el suburbio o en medio de la nada. Princeton está en la ciudad sin estarlo del todo; las construcciones universitarias, los alojamientos, los laboratorios y las bibliotecas mezclan el estilo neogótico, e incluso neoarmenio, con el funcionalismo moderno, están esparcidos por un cuidado parque cuyos árboles enrojecen en el esplendor otoñal, creando una estudiada armonía que refleja aquella otra entre riqueza y saber que es el secreto de Princeton. Pero

Lucas, aunque no podía decir de esa agua no beberé, no hubiera cambiado las góndolas del río de Cambridge, aunque fueran un ruidoso foco de turistas, por el artificioso cosmopolitismo de las yankis.

Wilson no estaba en Princeton y los administrativos de su departamento sólo supieron decirle a Lucas que tenía una clase programada para tres días más tarde. Lucas Gálvez entretuvo la espera entre la biblioteca y las librerías de Nueva York. Fueron dos días interminables en que miró demasiadas veces a su alrededor, temiendo que alguien estuviera espiándole. Todos los tópicos de las películas entrevistas cuando tenía la tele en marcha en su tranquilo apartamento de Cambridge se le aparecían constantemente, y por ello la tarde del primer día sacó una muy importante cantidad en metálico para no tener que usar la tarjeta de crédito, aunque no podía imaginar cómo podían seguirle la pista si pagaba las comidas con ella. Cogió varios ferrys para despistar a posibles perseguidores, disfrutó de las travesías —era apasionante mezclarse entre una masa anónima de gente de todas las etnias y clases—, hasta que imaginó la facilidad con que podía tirarlo al agua alguien que saliera a su encuentro de repente. Tuvo tiempo de entrar en un cine de ensayo, muy poco concurrido, y tragarse *The Ghost and Mrs. Muir*, aunque se le hizo un nudo en el estómago cuando recordó que la protagonista, Gene Tierney, era la actriz protagonista de *Sinué el egipcio*. Al tercer día, entró en el laboratorio Schultz de estudios del genoma y se dirigió al aula magna. Se sentó en el anfiteatro entre un auditorio mixto pero, en todo caso, más joven que él. Los *wasps* que había visto por el campus debían estudiar derecho, económicas, comercio y relaciones internacionales, administración de empresas y patrimonios fiduciarios; allí, en biología, predominaban los asiáticos, chinos, hindúes y jóvenes de clase media, «que son los que se dedican a ciencias como yo», pensó Lucas.

A la hora en punto apareció el profesor Wilson, un tipo de facciones prietas, cejas arqueadas, labios fríos, ojos de halcón, delgado, alto, un traje azul oscuro, pajarita en lugar de corbata, también azul, pero celeste. El nudo muy prieto. «No es un dandy —pensó Lucas—, pero sí presumido; seguramente es un subterfugio para contrarrestar su cojera.»

El profesor comenzó a hablar con voz suave, frases cortas, ideas precisas; iba desgranando su argumento con seguridad, como quien se cree en posesión de la verdad. Conocía alguno de los peores trucos de la oratoria académica y sabía captar la atención de su auditorio. El silencio en la sala era total. Wilson llevaba en las manos unas finas gafas de vista cansada que manejaba como una batuta, con teatralidad y soltura, sin ponérselas nunca. Un profesor reputado, un poseedor de axiomas. «Éstos son los peores», pensó Lucas mientras repasaba al numeroso personal enrolado en el curso.

—El proyecto Genoma —explicaba Wilson— no nos hará ni más ricos ni más pobres, nos hará libres: porque la libertad es elegir y, cuando conozcamos la clave genética que moldea las características físicas del cuerpo humano, podremos elegir a voluntad cómo queremos los ojos, las cejas, los labios, la nariz, el color del pelo. Todo lo que remedia tarde y mal la cirugía estética será prevenido en el embrión por medio de la ingeniería genética al formarse el feto: de modo que las pautas formativas del embrión humano se encargarán de conformar el cuerpo según lo programado previa y artificialmente en el laboratorio.

Aquello sonaba claramente a *Un mundo feliz*, que todavía era una de las lecturas de cabecera de Lucas.

Una joven morena y delgada levantó la mano y Wilson detuvo su perorata volviéndose hacia ella con gesto elegante. La chica habló un fluido inglés con leve acento hindú:

—Libertad es elegir uno mismo; si se actúa sobre el embrión, son otros quienes deciden por él. Normalmente sus padres, y no veo otro modo de hacerlo, pues, personalmente, no creo en la reencarnación. Ninguno hemos elegido a nuestros padres, pero a partir de ahora ellos sí podrán elegir a sus hijos.

—Suena un poco a *1984* —terció un joven de pelo largo y cazadora de piel con flecos.

—Supongo que usted se refiere a *Un mundo feliz*, la novela de Huxley, que es donde se habla de ingeniería genética; *1984* sólo se refiere a una dictadura, la del Gran Hermano; fue Huxley quien puso sobre aviso respecto a los peligros de la genética artificial, no Orwell, caballero.

En aquel momento, Lucas vio entrar a una joven rubia, de porte distinguido, cuya desafiante belleza le sacudió como si la hubiese conocido de toda la vida: en realidad la había conocido la semana anterior. Wilson le hizo un gesto con la cabeza y ella le respondió. Se sentó en uno de los extremos y pareció concentrarse en la exposición del profesor, aunque no tomó notas. A Lucas le pareció, aunque no lo hubiera jurado, que Wilson, que respondió a otras preguntas con sus recursos retóricos, sopesaba más las palabras que antes.

Cuando Wilson acabó su clase, ella se acercó a saludarlo con gran familiaridad. Se abrazaron un momento. «¡Qué extraña familia!», suspiró Lucas. Se acercó a ambos.

—Profesor Wilson, soy Lucas Gálvez.

—¡Ah!, el ayudante de Dantakis, sabía de usted. Creo

incluso que coincidimos en un par de congresos hace cuatro o cinco años... Mis ayudantes me han dicho que intentó contactar conmigo, pero como no dejó ninguna dirección... —Hizo una pausa, como justificando su silencio—. Me hubiera agradado mucho conocerlo en otras circunstancias, cómo siento la muerte de su jefe, lo admirábamos todos. —Enhebró tres tópicos más que Gálvez escuchó impaciente y luego se volvió a la joven—. ¿Conoce a la señorita Fisher?

Clara lo miró con la frente baja, por debajo de las cejas; como solía mirar Lady Di.

—Sí, por supuesto, de Cambridge.

—Supongo que no habrá venido a escuchar mi clase de licenciatura. Son mortalmente aburridas, porque cada vez llegan menos preparados —hizo una pausa, le gustaba escucharse, y detenerse entre frase y frase, como buscando la palabra adecuada—, con excepciones... De haberme percatado de su presencia le habría invitado a participar... Usted dirá en qué puedo ayudarlo.

—Quisiera ver el cerebro de Einstein.

Wilson se apartó un poco y se irguió como si un resorte le hubiese enderezado la espalda; enseguida comentó:

—¿Forma parte de su programa de investigación?

—A decir verdad, no del todo. —Lucas había soltado lo de Einstein para salir del paso, no iba a decir que estaba allí para seguirle los pasos a Fisher.

—Entonces, ¿es pura admiración? El cerebro de Einstein no se diferencia de cualquier otro, son las conexiones neuronales lo que importa, la memoria de sus conocimientos grabada en la estructura de sus sinapsis, y eso no lo verá a simple vista, ni siquiera con el microscopio electrónico. Un cerebro son diez billones de células conectadas entre sí; la complejidad es tal que desborda nuestra actual tecnología.

—Sin duda estamos de acuerdo, pero, pese a ello, ¿puedo verlo? —insistió Lucas.

—Existe una preparación que se usa para complacer a los mitómanos curiosos y que puede complacerle a usted.

—Supongo —asintió, tontamente, Lucas.

—Contacte conmigo mañana, en mi despacho, algo haremos. Si me disculpan, tengo prisa. Clara...

A Lucas aquel hombre lo intimidaba y, sin saber muy bien por qué, la presencia de Clara le había impedido hablar con más soltura, lo desazonaba; de pronto se percató de que la conocía mucho más de lo que creía, al menos en un aspecto, pues apenas unas horas antes había leído sus ritos sexuales con Dantakis. Se volvió a ella.

—¿Tomamos un café?

—Supongo —repitió ella, e imitó el tono ausente de él.

Tomaron un café casi hirviendo en Nueva Jersey y almorzaron en Nueva York. Encontraron un restaurante italiano bastante tópico, con mantelitos de cuadritos pequeños rojos y blancos, sillas con respaldo de mimbre y lámparas que tenían por pie una botella pintada. En las paredes había carteles y fotos de películas de los años cincuenta, y Clara se dignó señalarle a Lucas un simpático retrato de Vittorio de Sicca, un primer plano de Totó y la estremecedora foto de los niños de la escena final de *Roma, città apperta*. Él la escuchó atentamente, intrigado por sus conocimientos de cine.

—Bueno —explicó ella, cuando estuvieron sentados y mientras disfrutaban de unos espaguetis a los frutos de mar sencillamente espléndidos y de un chianti pasable—, en Cambridge es preciso cultivar también un hobby, y casi con la misma seriedad que se dedica a las investigaciones o los estudios profesionales. Es lo de Nabokov y las mariposas, más o menos. —Apoyó la mano en su copa—. No sé si conoces personalmente al profesor Doromov.

Lucas lo conocía de vista, era un físico inclasificable, muy respetado por una aportación temprana que no había dado lugar a ninguna línea de investigación consolidada pero que todavía se citaba, al menos en los primeros cursos. También era bastante reputado como docente en unos tiempos en que la mayoría de los profesores intentaba eludir las tareas de enseñanza, concentrados en las investigaciones que creían que habían de inmortalizarlos.

—Después de seguir su curso, estuve a punto de concentrarme en la astrofísica —sonrió Clara—, es el mejor, aunque luego rasques y no haya nada. Pero dile que te hable de los cuadros de Vanitas del Barroco, nadie sabe tanto como él. Creo que tiene la mejor colección de grabados, o reproducciones, del mundo. Y Newman, el helenista, toca la viola de gamba como un profesional de la London Symphony... Tener un hobby forma parte de las servidumbres de Cambridge o de Oxford. Así que yo me decanté por el cine italiano de los cincuenta después de ver *Alemania año 0*, de Rossellini; ver al niño que mata a su padre porque no se adecúa a los parámetros arios es una revelación.

—A mí el cine no me dice demasiado —reconoció Lucas—, hay alguna película que me ha agradado especialmente, como *Lawrence de Arabia*...

Hizo una pausa, pensando otro film que pudiese mencionar, y que sonara lo bastante intelectual, porque sólo recordaba films de Bond, de la guerra de las galaxias y de Terminator, y Clara sonrió condescendiente. Por fin vino la revelación.

—También me gusta mucho *Blade Runner*, aunque reconozco que probablemente no la habría visto de no haber leído antes la novela de Dick. Temo que, cuando uno está haciendo según qué investigaciones, las historias sobre la creación de vida artificial, y su dependencia de los creadores, siempre resultan atractivas, y aún más cuando son muy poco verosímiles.

—Una vez —sonrió Clara— hice un viaje Nueva York-San Francisco sentada al lado de Harrison Ford; fue detestable, porque se durmió al medio minuto de estar en su butaca y no pude ni pedirle un autógrafo. Puedo jurarte que roncaba, y no es deseo de venganza, ¡el gran Ford!

—¿Mitómana? —preguntó Lucas, que ya la identificaba como amante del fetichismo.

—No en exceso, pero a mí también me gusta mucho *Blade Runner*, aunque yo hubiera preferido otro final. Creo que el androide hubiera debido matar a Ford, que el final feliz del detective, del *blade runner*, yéndose con la chica robot es muy tramposo. Desentona.

—Es una relación con fecha de caducidad, ¿no te gustan los finales felices?

—Por supuesto, como a todos —replicó ella, mirándolo de nuevo como Lady Di—, y adoro colgar un calcetín en el árbol todas las Navidades, y comer pavo relleno con ciruelas el día de Acción de Gracias, y cuando acabe mi colaboración con el proyecto Genoma espero poder leer la saga completa de *Harry Potter*. —Y mientras hacía esa declaración, su pie, descalzo, empezó a subir por la pernera de Lucas—. ¿Pedimos postre? Me apetece algo dulce.

Después de comer, Clara propuso a Lucas que visitasen los Cloisters; Gálvez, que había oído hablar del segundo edificio del Met pero no lo conocía, aceptó sin titubear, dándose cuenta de que habría aceptado cualquier proposición, porque aquella mujer lo estaba subyugando por momentos. Además, quería que hablasen en algún momento de Dantakis.

Resultaba especialmente atractivo recorrer un edificio que presentaba el mejor arte medieval europeo, y en el que se habían reconstruido, piedra a piedra, algunos claustros impresionantes de los monasterios o las iglesias del sur de Francia. «No hacemos más que recordar —pensó Lucas con imperceptible desagrado— que los egipcios tienen secuestrada en el Louvre la piedra Rosetta, pero los franceses podrían instar alguna acción para recuperar lo que es suyo y que cerraran este pretencioso parque temático.» Es cierto que muchas muestras habían sido compradas por coleccionistas americanos durante el siglo XIX, y que habían sido dispuestas tras un concienzudo estudio de expertos, pero Lucas no podía menos que pensar en el fantasma de Canterville y arrugar la nariz. Clara, que era una buena observadora, sonreía observándolo.

Ella sacó el tema.

—Vine aquí hará unos meses con Dantakis, tu maestro, cuando estuvimos en un *workshop* interno de cooperación con algunos colegas de Columbia. También él arrugaba la nariz y mascullaba improperios mientras recorría los claustros. Me recitó un poema de un poeta egipcio sobre el poder curativo de las propias ruinas. Luego tuvo la necesidad de pasearse por la orilla del Hudson, y en silencio. Estaba tan disgustado como un niño, fue muy divertido.

—No me puedo imaginar el laboratorio sin él —terció Lucas.

—Sé que trabajabais juntos, pero ¿exactamente a qué

nivel?, ¿colaborabais asiduamente?, ¿discutías con él los avances de tus investigaciones cada semana, por norma...?

—Era el mejor —desvió Lucas, que quería evitar sentirse desbordado por las emociones—. Creo que tú le conocías bastante también, él me había hablado de ti —mintió— varias veces.

Ella se paró ante una imagen religiosa de bella policromía y se volvió a mirarle.

—Creo que es una de esas vírgenes amables de la época gótica —aclaró, señalándola descuidadamente con la mano—. Las vírgenes románicas siempre son hoscas y tristes, y de un solo color, por lo general, como si estuvieran de luto anticipado. No parece que amen a sus hijos, aunque los sostengan en brazos...

Lucas la miraba expectante.

—¿Tu otro hobby?

—No, yo me quedo con Anna Magnani —dijo Clara—, la mejor virgen madre laica.

—Creo que habíais coincidido en diversos actos académicos —insistió Lucas, que no quería salirse del guión y que ella le llevara de nuevo al cine italiano—, y me parece que os teníais bastante simpatía, aunque él y tu padre hace años que no pueden soportarse.

Clara soltó una carcajada, que motivó la mirada reprobadora de varios turistas alemanes que se agolpaban en torno a otra imagen.

—Medio Cambridge sospecha que éramos amantes —repuso.

—¿Y el otro medio?

—El otro medio —sonrió Clara— lo daba por hecho. —Se echó el pelo hacia atrás—. Yo también lo echaré de menos. ¿Vamos al hotel Plaza a cenar?

En muchos aspectos, Lucas continuaba siendo un españolito provinciano, aunque tuviera ese barniz de cinismo cosmopolita que Sandro había intentado inocularle en sus temporadas juntos. Por ello, le encantaba acercarse al Plaza cuando estaba en Nueva York, entrar tras un breve paseo por la Quinta Avenida. Satisfacía su vanidad imaginar que estaba en una sala que habían frecuentado, en algún momento, los poderosos de la Tierra («¡Querido —hubiera exclamado Sandro ante una confesión de ese tipo—, los poderosos de la Tierra nunca van al Plaza, los encontrarás en Davos, ¡y los realmente importantes, varios días después!»). En el fondo, Lucas tenía un complejo pueril de gran Gatsby, sólo que sin chica. Se encontraron en el *hall* a las siete y media, Clara con una maravillosa falda de tubo gris marengo, una blusa ceñida que combinaba oquedades y transparencias y unos talones de once centímetros. Ella no desaprobó que Lucas sólo se hubiera cambiado de niqui, pareció no percatarse siquiera. En mitad del *steak tartare* le propuso que brindaran por Dantakis y luego se echó a reír ruidosamente como en el museo, como si estuviera achispada. No bebieron demasiado, pero el vino, de una escogida comarca del Rhin, era estupendo.

Como la atmósfera estaba tibia, dentro y fuera del Plaza, alquilaron un coche descubierto de caballos que paraba delante del hotel y pasearon por el parque. El más elemental de los tópicos turísticos de la ciudad, desde las películas de Fred Astaire y Ginger Rogers. Lucas, callado, mantenía enhiesta su misoginia, pero poco a poco sintió izarse otra bandera, libre de su control; ella, que había mantenido escrupulosamente las distancias durante la cena, como si se tratase de un encuentro de negocios, lo rozaba con las manos, con el pelo, se apoyaba de pronto en sus rodillas, y lo acariciaba con los ojos con una leve socarronería. Cuando ya no pudo más, Gálvez exclamó, como si se sintiera obligado ante la fuerza de los hechos, pero deseándolo de veras:

—¿Nos quedaremos en el hotel?

—Te ha costado decirlo.

—Me he jurado no tocar a una mujer.

—¿Motivos religiosos?

—Sentimentales.

—¿No estarás enamorado?

—Al contrario, odio.

—Entonces estarás más sensible. Vamos.

Él permaneció en silencio, y sin imitarla, mientras ella se desvestía. Constató cómo se desabrochaba la blusa con maestría perfecta, sin el menor titubeo: la mirada de soslayo, la cabellera cubriendo parte del ojo, cortando la ceja en ángulo agudo, irresistible. Estaba actuando para él.

Cuando dejó caer la falda al suelo, apareció un cuerpo curvado y sinuoso, revelado y cubierto por un liguero de color visón que aguantaba las medias negras en mitad de dos muslos suculentos. El borde de las medias tenía una de esas puntillas delicadas que parecen un tatuaje sobre la piel. «Esto es lo que aparece en los anuncios y luego nunca existe en la realidad», pensó Lucas, consciente de que ella seguía atentamente su mirada extraviada, presta a reaccionar aumentando la presión erótica a la menor distracción o desfallecimiento de él. Pensó que tenía que decir algo, pero ella se puso el dedo índice en los labios y se le acercó. Le ayudó a quitarse el niqui y le desabrochó el cinturón. Luego lo empujó a la cama, y esperó, apoyada en la cómoda, sosteniéndose los pechos con las manos, desafiante.

Cuando Clara se lanzó al cuerpo a cuerpo, Lucas ya

era un amasijo de pulsiones incontroladas, roces estremecidos y ojos empañados de neblina, como un parabrisas azotado por la tormenta visto desde dentro del coche. Ya no podía pisar el freno y se dejó deslizar por la autopista mojada hasta que sintió un choque y salió despedido.

Al abrir los ojos, Clara estaba encima de él dedicándole una mirada de dominio, burla y conmiseración. Él ya no tenía fuerzas ni para indignarse consigo mismo, de modo que se relajó con una carcajada histérica.

Pese a que Lucas no creía en el sexo de los ingleses, Clara lo hizo pasar por Essex, Sussex y Middlesex; tuvo que pedir tregua. «Debe de ser la excepción que confirma la regla», pensó él, y también que allí no podía matarle nadie, una esperanzadora conclusión que le hizo dormirse, todavía enroscado a ella, muy profundamente.

Al día siguiente mientras se dirigía a la dirección en que le había citado Wilson, Lucas repasaba mentalmente lo que había averiguado sobre la personalidad y la carrera de Wilson.

Sabía que era un hombre hecho a sí mismo. Llegar a Princeton no le había resultado nada fácil, pero como todo advenedizo, sabía agarrarse a un clavo ardiendo, y la universidad era como la última cima, el gran premio. Pasaba por dar respuesta a una pregunta: ¿quién heredaría la oficina que usaba Einstein al morir el sabio? Varios científicos se la habían disputado. Los médicos y biólogos, incluso los genetistas como él, tenían ventaja. Podían cortocircuitar a los físicos teóricos y a los matemáticos. Godel había muerto allí tras demostrar que el trabajo de Bertrand Russell y de David Hilbert para matematizar la lógica había sido inútil y con ello había remachado el último clavo del ataúd del Círculo de Viena, aquellos positivistas lógicos que pretendieron que pensar era como escribir fórmulas de álgebra. Ni Wittgenstein con toda su apariencia de genialidad había llegado a nada. Que hay que callarse no es mucho descubrir el cabo de una vida de profesor de filosofía en Cambridge.

Por eso a finales del siglo XX Princeton se volvía hacia las ciencias de la vida: la genética, la neurofisiología, la química molecular orgánica. La oficina de Einstein podía ocuparla algún día Wilson, cuyo currículo en biología sólo podía ser igualado por alguno de Cambridge: Crick, Watson o Fisher.

Wilson provenía de una familia media del Mid West, su padre tenía una imprenta cerca de Milwaukee que tenía fama de trabajar con mucha rapidez. Su padre se hizo pasablemente rico imprimiendo la revista *Playboy* de aquel cura relapso llamado Hugh Hefner. Harry, que era el nombre de Wilson, no quiso seguir imprimiendo la revista lasciva por más que ésta aprovechase su tirón para publicar cosas serias o tener colaboradores de la talla de Gore Vidal, Truman Capote o Norman Mailer. *Playboy* era una influencia liberal en el clima político conservador de América. Pero Wilson se fue a estudiar a la Michigan University con Ludwig von Bertalanffy. La biología le atraía más que las máquinas y por casualidad fue enviado por su mentor a un simposio en Cambridge sobre biología holística. Von Bertalanffy le presentó allí a un colega suyo, Joseph Needham, que vivía con una señora china y conocía aquel país. Needham, tras apenas una hora de entrevista, le recomendó: «Vaya a China a las excavaciones paleontológicas, allí podrá aprender con Teilhard de Chardin o Julian Huxley, que están buscando el *Sinantropus*. Empiece por ahí y más adelante ya tendrá tiempo de encerrarse en un laboratorio a mirar células por el microscopio.»

Dos semanas después, Wilson, que era un hombre libre, sin equipaje, ligero, un taoísta que creía con Chuang-Tzu que «el mejor viajero es el que no sabe adónde va», sacó un pasaje a Shanghái y se incorporó a las excavaciones del *Sinantropus pekinensis*. Allí vio como aquel gran sabio que era Teilhard de Chardin estaba amargado, reprimido por sus votos religiosos, que le impedían publicar lo que pensaba.

Wilson concibió aborrecimiento por aquellas limitaciones morales y se hizo aún más librepensador. Sólo le faltaba encontrar a Kraft para acabar de caer en el más puro escepticismo. Porque Kraft andaba por allí. Tras ser expulsado de Cambridge merced al empujoncito de Fisher, Kraft había abandonado Java y se había instalado en China siguiendo el rastro de los cráneos trepanados.

Kraft causó impresión a Wilson por su panache europeo, sus conocimientos germánicos, su vehemencia teórica y su aspecto y modales de conde austríaco. Kraft disfrutó ejercitando sus dotes histriónicas para hacer un cáustico remedo del patriarca aristócrata de la familia Trapp. Kraft le comunicó a Wilson sus teorías sobre el desarrollo humano, le mostró pruebas de cráneos trepanados por doquier, e incluso le obligó a comer sesos de mono vivo en un restaurante chino sofisticadamente tradicional, sin avisarle de que podían tener devastadores efectos afrodisíacos. Un anhelante Wilson pasó tres meses alternando el onanismo y la revelación científica.

Cuando lo hubo ganado para la causa, Kraft le hizo ver la necesidad de entrar en el Instituto de Estudios Avanzados de Princeton para hacerse con el cerebro de Einstein, que se guardaba allí en perfecto estado de conservación. Locuras de Kraft. A él lo que le interesaba era ser profesor titular en Princeton.

Cuando Lucas Gálvez localizó la dirección que le diera Wilson se encontró en el Lewis-Singler Institute for Genomics; llegó con facilidad al despacho y empujó la puerta entornada. En una butaca Chester desvencijada estaba Sandro Mallet bebiendo una cosa gris lechosa que olía a anís.

—¿Quieres un pastis?

—¿Qué haces tú aquí?

—Soy tu guía, como de costumbre.

—¿Me vas a mostrar el cerebro de Einstein o ya os lo habéis comido?

—¿Por qué lo preguntas en plural?

—Creo que es evidente, a estas alturas —masculló Lucas.

Sandro se encogió de hombros.

—¿Te acuerdas de cuando veraneamos en Cadaqués?

—¡Qué tendrá que ver!

—Tú no llegaste a conocer a Dalí, pero al menos estuviste en su casa, y yo te expliqué algunas cosas. ¿Recuerdas su definición del instrumento del conocimiento? Las mandíbulas. Él decía que para conocer una cosa lo mejor era comérsela y añadía que en la Residencia de Estudiantes se había comido, poco a poco, un armario de luna.

«Está tan loco como Dalí —barruntó Lucas—. ¿Por qué no se dedicará a la pintura?»

—¿Te das cuenta de lo que está en juego? —insistió Sandro.

—No, pero seguro que tú me lo explicarás. La memoria de nuestra cultura, el aprendizaje acelerado, la conservación del conocimiento.

Lucas se quedó pensativo ponderando lo que acababa de decir, y añadió:

—¡Pero no a costa de crímenes caníbales!

—Ahí está —asintió Sandro, calmadamente—; hay que poner fin al canibalismo.

—Y coger al asesino de Leo: para eso estoy aquí.

—Tus buenas intenciones son conmovedoras, pero necesitas algo más.

—Supongo —concedió Lucas, con aire resignado—. He venido a ver a Wilson.

Sandro ignoró la parte final de su frase.

—Valor, por ejemplo, y astucia e hipocresía.

—Sigue.

—Si vas a la policía y les cuentas que un grupo de científicos abren la cabeza de otros colegas y les comen el coco, como se dice vulgarmente, la carcajada se oirá desde aquí.

—Por eso no lo he denunciado ya. Tendrías que ver a Kaplan, el inspector de Cambridge: es la cordura en persona.

—Entonces piensa cómo coger a Wilson y Fisher con las manos en la masa.

—¿En la masa cerebral?

—Precisamente. Estoy seguro de que se te ha ocurrido que la única solución es que les tiendas una trampa.

—¡Ahora quieres que coma cerebro!

—No hay otro remedio y, además, relájate, no hará falta, aunque no te vendría mal: un manuscrito medieval hablaba de los efectos beneficiosos de la ingestión de sesos y criadillas de cordero para la alopecia.

—Déjate ya de humor negro y cuéntame tu plan.

—Tú te ofreces a la Hermandad para formar parte de ella; en la ceremonia donde debas iniciarte los cogeremos.

Lucas se sintió mareado, estaba harto de informaciones y actuaciones vertiginosas, quería despertar del mal sueño. Se había jurado vengar a Leo y, como siempre, Sandro le proponía lo más descabellado, pero que él sabía acertado e ineludible. Hizo de tripas corazón.

—A esto me ha llevado mi maldita curiosidad.

—No, Lucas; te he llevado yo.

Pasado el silencio cortante de la sorpresa, Sandro se explicó:

—Yo te invité a Egipto y te metí en esto porque queremos acabar con la Hermandad de Luxor.

—¿Queréis?

—Kraft y Khayatt y yo. Los tiempos han cambiado, ya no hay necesidad de consumir cerebros cuando la memoria de un ordenador puede contener almacenado todo el conocimiento humano. La Hermandad desempeñó un papel importante en el progreso de la civilización. No toca ahora una enumeración de algunos de sus miembros preeminentes, pero gracias a ellos hemos conseguido trasmitir y preservar algunos descubrimientos científicos trascendentales. Me siento orgulloso de haber formado parte, pero ahora toca desmontarla, o transformarla.

—¿Y por qué no se les ha ocurrido a Wilson y a los demás?

—Es la vieja historia: el Árbol del Conocimiento, ¿recuerdas?

—No pienso en otra cosa.

—No quieren esperar. ¿Quién se resiste a comer la fruta prohibida? El conocimiento es poder y el conocimiento transmitido de cerebro a cerebro es inmemorial, inmenso. Ahora cálmate y escucha mi plan: tú eres la pieza clave.

## 15

# Corpus Christi

Lucas Gálvez regresó a Cambridge con Clara. Con ella a su lado se sentía bien, pero no podía resistirse a sospechar cuánto sabía ella de las actividades de su padre. En un cierto momento del viaje, cuando él se reía a carcajadas —no se sabía muy bien por qué, dada su situación—, ella lo miró de reojo y sintió una pulsión que no había experimentado nunca: le dieron ganas de acariciarlo, de ser cariñosa más allá de los ritos egoístas del dormitorio, ¡horror! «*No feelings please, we are english.*»

Clara había volado más veces al lado de un hombre, normalmente en primera, no en turista como ahora, incluso con un hombre con el que se acostaba, pero nunca había sentido que su pulso se acelerase. ¿Era por su frialdad innata o por defecto de los hombres? Aquel Gálvez al que su padre parecía proteger la ponía realmente a cien, a no ser que lo del Plaza hubiese sido un espejismo pasajero producto del roquefort.

Ella admiraba a su padre con devoción rayana en el Edipo, era consciente de ello, y no luchaba por corregirlo: sus amigos psicoanalizados tampoco estaban tan sanos como para tomarse en serio los traumas de la infancia y su posterior arreglo por monólogos recitados ante el psicoanalista o por la aún más dudosa interpretación de los sueños. Lo que estaban era más pobres después de la sangría continuada a favor del analista.

Además su padre, que era el mejor de los tipos, la dejaba hacer, tenían sus pactos no dichos. Miró a Lucas de reojo.

—¿Tú crees en el psicoanálisis?

Gálvez gesticuló enfundado en sus auriculares; ella se los quitó con un gesto risueño.

—Que si crees en el psicoanálisis.

—Yo no creo, compruebo. El psicoanálisis no he tenido tiempo de comprobarlo, ni dinero.

Él se quedó pensativo tratando de recordar algún trauma infantil y sólo le vinieron dos situaciones —penosas, por cierto—: el momento en que un niño le pegara sin que él pudiera defenderse; luego el primer día que lo llevaron al colegio. En ambos casos era una sensación de abandono, de soledad, que dejaba una secuela inevitable de recelo hacia el mundo, hacia todo y contra todos, no la mejor manera de enfrentarse con la vida. Debía de ser cierto que las experiencias infantiles marcan la actitud adulta.

—¿A ti no te violaría tu padre, supongo?

Clara negó con la mano, de arriba abajo, como si la idea fuera una araña que había que matar, pero la idea caricatural de manual que Lucas sugería la retrotrajo al día aciago en que un grupo de niños del colegio se la llevó al río literalmente y, bajo el puente, intentaron forzarla; ella luchó contra todos más por orgullo que por puritanismo —nunca dio importancia al sexo, pero sí a decidir ella lo que quería hacer—; el calor de la refriega, la adrenalina, las manos de ellos, los roces, la turbia sensación de placer en el forcejeo le volvieron con nitidez, hasta tal punto que se le aceleró el pulso.

—Mi padre sólo violaría a un murciélago.

—Querrás decir que no violaría ni a un murciélago.

—No, quiero decir lo que he dicho: los vampiros son la pasión de su vida, sólo se excita con ellos.

—Te estás quedando conmigo.

—Pregunta a sus colegas.

El avión llegaba a Stanstead y pronto desembarcaron en el cubo de acero y cristal blanco diseñado para parecer muy siglo XXI, como las estaciones ferroviarias del siglo XIX querían ser siglo XX. Lucas no sabía ya lo que quería ser; sólo tenía claro que deseaba o, más bien, debía vengar a Dantakis y que llegaría hasta el final en ese empeño.

No osó llevarse a Clara a su apartamento en Churchill College; temía que en cualquier momento pudiera aparecer Ayesha, y no quería perderla por culpa de ese nuevo ligue. Aunque era posible, en aquella historia en que todos sabían más que él, que ya estuviera informada, incluso era posible que algún miembro de la Hermandad, o quienquiera que fuese, considerara esa relación beneficiosa para la causa, o por el contrario, nefasta. Todos manejaban informaciones que él ignoraba, así que... lo importante es que sus encuentros con Clara eran alucinantes. Ella sabía en todo momento lo que quería y cómo recibirlo o proporcionarlo. Le excitaba sin pretender siquiera seducirlo, lo cosificaba. No pretendía complicidades, no parecía que necesitase volver a verle y, sin embargo, cada uno de los sucesivos encuentros había sido mejor que el anterior. No tenía la risa de Ayesha, pero justamente su desapego era lo que lo volvía loco. Era, sencillamente, adictiva. Desde luego, Betta había pasado a la historia, si pensaba en ella le parecía casi un amorío adolescente, un capítulo de una educación sentimental en que él era mucho más joven y, desde luego, mucho más torpe. Clara y Ayesha, Ayesha y Clara. Recordó al Machín de su niñez cantando: «*Así pueden comprender / cómo se pueden querer dos mujeres a la vez. / Y no estar loco.*» Ahora lo comprendía perfectamente. Como no eligiera pronto acabaría loco, o no, quizá Machín tenía razón. «Total —pensó—, me van a liquidar de un momento a otro, o sea, que, mientras dure, estaré con las dos.»

Efectivamente, al llegar a sus cuartos en Churchill se encontró a Ayesha esperándole. Miró por la ventana: se veía el árbol —un ciprés retorcido— que había plantado sir Winston cuando se construyó aquel colegio. Una institución académica ideada por el eminente político para promover el avance y desarrollo de las ciencias y la tecnología en Inglaterra. Ayesha estaba instalada con naturalidad de nómada en aquel apartamento más bien impersonal. «Este chico no sabe estar en casa —pensaba cada vez que entraba en el apartamento—; esta decoración es del colegio, sólo ha puesto esas alfombras raídas.» Había decidido aportar algún toque propio, sin consultárselo, desde luego; era evidente que a él le daba igual la decoración. Al verla, Lucas pensó con alivio lo acertado que había estado al no permitir a Clara que le acompañara, aunque ella no había insistido lo más mínimo, como si también intuyese la razón de sus reservas y, por supuesto, le importase un rábano.

Ayesha le dejó atarearse aquí y allá por el apartamento, escuchar el contestador y consultar los insondables correos académicos del ordenador y deshacer el equipaje. Estaba tumbada en el sofá, canturreando una canción una y otra vez, como una salmodia. Hubiera podido ser enervante pero, en realidad, contribuía a serenar el ambiente, y era el perfecto contrapunto a la cháchara inconexa de Lucas, quien desde la otra habitación, hablaba para no ser preguntado, para no decir nada, aunque le medio explicó el encuentro con Wilson, y el paripé del cerebro de Einstein, una excursión de película de miedo de serie B.

Cuando por fin acabó con sus impuestas obligaciones y regresó al salón dispuesto a mentir si era necesario, se encontró con una Ayesha que no parecía especialmente necesitada de diálogo. Se había quitado la ropa y sólo llevaba unas largas medias negras hasta medio muslo. Una simetría con Clara que Lucas no consideró, entonces, una advertencia. Él tuvo que darse por enterado, sin demasiada contricción, y en una de sus idas y venidas se precipitó sobre ella y se dejó enlazar por un abrazo, suave y férreo a la vez, de Ayesha.

—¿Por qué no vamos a la cama? —sugirió ella dulcemente cuando lo tuvo inmovilizado.

Le había dado marcha en varias posturas del Kamasutra y alguna otra de Nubia, y luego lo hipnotizó, como otras veces, pero en vez de transmitirle imágenes e historias, ahora aprovechó su trance para atarlo de pies y manos a los barrotes de la cama. A él le excitó la idea de una Ayesha sadomaso, porque recuperaba aquella imagen de la judía de l'Empordà que ella misma le indujera en su momento, y dijo tontamente:

—Conque quieres jugar, ¿eh?

—Todo lo contrario —repuso ella, y con un guiño serio, añadió—: Ahí te quedas, por jugar con esa ninfa frígida.

Y empezó a vestirse.

Lucas se quedó anonadado.

—¿Cómo puedes saber eso?

—Cualquier mujer lo sabría. Lo que no vemos lo adivinamos, más tratándose de una infidelidad.

—Yo no te juré fidelidad en ningún momento. Es más, creí que a ti la fidelidad no te atraía.

—Por eso salvas el pellejo.

—Desátame.

—De eso nada, suéltate por tus propios medios, Indiana Jones.

Y se marchó cerrando la puerta con suavidad, tras darle un casto besito en el tobillo.

Tras una larga hora de meditación sobre el tema de los dos amores, apareció por fin Mrs. Thralle, el ama de llaves, a cambiar toallas.

—*Mr. Gálvez, what are you doing there?!*

—¡Qué quiere que le diga! He sido secuestrado por una mujer.

—Supongo que ella consiguió lo que quería —apuntó la cincuentona, impertérrita.

—Dejémoslo, Mrs. Thralle, y sálveme usted.

—*Of course.*

En ese momento entró Clara Fisher, que indicó a Mrs. Thralle:

—Gracias, señora Thralle. Yo me ocuparé, tengo las llaves.

—Me encanta que se conserven las tradiciones —masculló el ama de llaves, y se retiró dignamente dejando las toallas limpias sobre una silla.

Clara se acercó a la cama, donde Lucas, atado y expuesto, no podía moverse. Él pensó por un momento que aquello era una encerrona de las dos mujeres, compinchadas con sabe Dios qué objetivo; también pensó, con vanidad masculina cerril, que debidamente alentado, y pese al polvo que había tenido dos horas antes, quizá podría volver a hacer diana. Sonrió con timidez. Ella se le aproximó lentamente, cerró los ojos, le cogió por el cabello y le habló con desprecio.

—Has de saber que no voy a matarte porque te acuestes con esa negra, ni por meterte a husmear en la Hermandad, ni por ocupar un lugar que me correspondería a mí en la próxima iniciación, ni por ser un peligro contra mi padre, sino que pienso matarte por todas esas cosas juntas.

A Lucas se le pusieron los pelos de punta y no porque ella se los estuviera estirando. Abrió los ojos.

—Así que tú mataste a Dantakis. ¡Cómo no lo vi antes!

—Porque te gusto y te doy morbo y eso ciega tu inteligencia. Te he llevado por donde he querido y ahora te quitaré de mi camino.

—¿Por qué a Dantakis?

—Sabía demasiado, vio lo que tú hubieses visto mañana en el ritual. Y eso está por encima de todo: de nuestras vidas, de nuestras familias, de nuestros amores.

—Pero tú amabas a Dantakis, yo lo sé.

—Tú no te enteras de nada. Dantakis, como *greek lover* que era, deseaba pensar que me tenía seducida, cuando era yo quien le dominaba. —Hizo un mohín de aburrimiento—. Como a ti desde el primer momento.

Lucas la miró inquisitivamente. Si iba a morir de veras, y por fin, al menos tenía derecho a morir informado. Quería saber si Fisher le había dado instrucciones, si era un mero brazo ejecutor, pero ella siguió hablando, como para sí.

—Sí, fui yo. Entré a verle como de costumbre y, cuando ya le tenía fuera de sí por el sexo, le hice beber tres valiums con el whisky. Duró menos de cinco minutos. Luego los otros se encargaron de meterle el clavo para sugerir el lado medieval y misterioso del crimen.

—Me fastidia mucho que, después de lo que he averiguado, ahora tú me lo quites de la cabeza.

—No sé si vale la pena consumir tu cabeza, hay otras más bien provistas, como la de Dantakis. Tú iras al mar a elevar el nivel de conocimiento de las cigalas.

Se sentó a ahorcajadas sobre Lucas y sacó una aguja hipodérmica para anestesiarlo. Pero primero tuvo la ocurrencia de cogerle por los pelos, elevar su cabeza y besarle en los labios.

«Quiero tus labios, Iokanaan», pensó Lucas estúpidamente.

Entretanto Ayesha se había deslizado en la habitación. Había vuelto para desatarlo, pues la broma estaba bien, aquel seductor de tres al cuarto se merecía un escarmiento, pero no quería que fuera pesada. Al ver a Clara pegada a su boca, sacó la boquilla de su tía Khayatt y sopló con fuerza. La cerbatana expelió su dardo letal, que se clavó en la nuca de Clara.

—Eso por Dantakis. Dormirá entre dos y cuatro días. En cuanto a ti —dijo dirigiéndose a Lucas—, ahí te quedas...

—¡Tú también, Ayesha!

—No, yo soy diferente. Estoy con los buenos. Voy a desatarte antes de que vuelva Mrs. Thralle y acaben echándote del colegio por hacer el ridículo, donjuán de pacotilla.

Lucas pedaleó en dirección al laboratorio con toda la energía que le quedaba; al pasar por su casillero encontró una nota: Fisher lo invitaba a cenar en Corpus Christi. «A las 20 para las 20.30», decía la invitación, con esa ambigua precisión inglesa, como llamar *public schools* a las escuelas más privadas y elitistas del mundo, o celebrar el May Ball en junio. En todo caso había que ser puntual, pues a las ocho y media se subían a la *high table* y allí no entraba ya nadie: llegar tarde a una *high table* era algo que jamás había ocurrido en Cambridge; ni ocurriría, pues el impuntual se volvía a casa antes de osar tamaña impertinencia.

El portero lo condujo al *common room*, que, lógicamente —con la lógica inglesa, claro—, de *common* no tenía nada, pues sus cuatro paredes estaban forradas de pan de oro; no pintura de oro como en los palacios franceses, nada de dibujos geométricos o siluetas de flores: láminas de oro empapelando la pared. Allí estaban los *fellows* de Corpus tomando jerez con sus invitados. Fisher lo acogió en cuanto lo vio entrar. Lucas le notó una cordialidad desconocida, acaso era el parecido con Clara. Sintió un estremecimiento, porque resultaba evidente que Fisher ignoraba que su hija estaba a buen recaudo, quizás incluso muerta. Hablaron de las banalidades y detallitos típicos de estas reuniones; cuando Lucas aún no había tenido tiempo de comenzar a aburrirse, un mayordomo de chaleco rayado abrió la puerta y los conminó a pasar:

—*Dinner will be served* —anunció amenazadoramente, o así se lo pareció a Lucas, que sabía lo que los ingleses son capaces de hacer con una lubina, una coliflor y un ganso: calcinarlos, hervirlos, arrancarles cualquier sabor que pudiesen contener o ponerles un huevo frito encima. Los vinos eran su única esperanza, pues en los *colleges* la bodega se surtía anualmente de burdeos y borgoña, y los *colleges* antiguos podían servir añadas con diez, quince y hasta veinte años de maduración.

La mesa de los *fellows* estaba dispuesta sobre una recia tarima, esto es, situada a un nivel superior a las mesas de los estudiantes, no como en los colegios de creación reciente, en que la modernidad había bajado la *high table* de los tutores al nivel del suelo estudiantil en una interpretación desvirtuada del concepto de democracia académica.

Les sirvieron un pescado impredecible, sumergido en una salsa blanca de olor incontrolado, ¿nata líquida?, ¿salsa de almendras?, ¿ajoblanco camuflado? Lo importante era mantener los ingredientes en secreto. Lucas se consoló con el Chablis. Cuando sirvieron los *vegetables* —unas judías peronas hermanadas con patatas viejas—, se giró para dar conversación al *fellow* de su izquierda, como mandan los protocolos de Buckingham. Era un astrónomo pelirrojo de ojos saltones que había caído en desgracia por comulgar con las teorías de Fred Hoyle. En su incontinencia mediterránea, Lucas lo felicitó por sostener la hipótesis de que la materia aparece continuamente en los espacios interestelares, en vez de salir toda de golpe del Big Bang. El otro lo miraba con tristeza y asentía sin convicción. Fue necesario que los dos se sirvieran más Chablis y elogiaran su blanca luminosidad.

—La masa restante —lo animaba Lucas— confirma su hipótesis. La teoría actual aún no logra explicar el origen del ochenta por ciento de la masa detectada en el universo.

—Cuando se enteren, yo ya estaré muerto o cultivando petunias —zanjó el astrónomo retomando su aire de aburrido abatimiento.

Los camareros retiraron el pescado; eran chicos jóvenes, que vestían esmoquin y cuello pajarita torcido por los esfuerzos. Trajeron algo que había sido oca y que las cocinas habían transformado en carne carbonizada, correosa e insípida. Las zanahorias enanas de acompañamiento tampoco ayudaban mucho, ni el engrudo que decían que era puré. Lucas se refugió en el Gevrey Chambertin de Louis Jadot, que le hizo olvidar lo que había en el plato para llevarlo a un mundo de aromas de cuero, establo y terciopelo rojo.

Llegado el momento del postre, los *fellows* abandonaron a los estudiantes a su suerte y pasaron a otro comedor íntimo, donde se degustaban las frutas —un lujo en Inglaterra—, los dulces, el café, los armagnacs y los oportos. Sobre la mesa, en el centro, un cuerno de la abundancia de estilo Renacimiento, con un tapón de plata atado por una cadena, contenía polvos de rapé. Entre el armagnac y el oporto algún *fellow* esnifaba del cuerno de la abundancia.

—Yo creía que ya sólo tomaban rapé los jesuitas.

—Aquí en Cambridge puede encontrar Frederick Tranter en el estanco frente a la iglesia templaria; en Londres, en Smith de Charing Cross —le informó su vecino de mesa—. Por los jesuitas no se preocupe, si encuentra alguno en Cambridge, le informará de que todos somos jesuitas.

Lucas rio educadamente y se sirvió el rapé sobre la palma de la mano, demostrando a cuantos se dignaron mirarlo que no tenía ni la menor idea de cómo esnifarlo.

La conversación fue languideciendo hasta que, movidos por un resorte unánime, como si los relojes biológicos hubiesen hecho sonar un despertador interno, se levantaron y se fueron al guardarropa, se quitaron los *gowns* y se pusieron los abrigos. La despedida duró un minuto justo. «Lo que en España llamamos "despedirse a la francesa" en Francia lo llaman *filer a l'anglaise*», pensó Lucas. Fisher se aproximó para proponerle la última copa en sus apartamentos.

Entraron en un salón con paredes de madera, chimenea de mármol, sillones Chester y libros por todas partes. Fisher se dirigió inmediatamente a un mueble bar, con vitrinas de cristal tallado y sirvió a su invitado un armagnac Folle Blanche de 1959.

—El año en que usted nació —le comentó amablemente.

—Sabe usted algo de mí —sonrió Lucas.

—Casi todo.

Se sentaron y Fisher fijó en él su mirada gélida.

—Usted ha despertado nuestro interés, lo cual sucede muy raramente...

—¿Nuestro?

—No se preocupe, lo sabrá todo; lo he traído aquí para proponerle un privilegio.

—¿Qué hice yo para merecerlo? —Lucas levantó la enorme copa de cognac, derrochando vanidad.

—Meterse donde no le llamaban. Su curiosidad lo ha traído hasta aquí, pero es normal; casi todos, menos los hereditarios, hemos entrado en la Hermandad por querer saber más.

Puesto que estaba en vena, Lucas lo dejó hablar, asintiendo de tanto en tanto con la mirada y balanceando la copa.

—Usted ya tiene edad para darse cuenta de que el mundo se divide en dos clases de ciudadanos: los que conducen y los que siguen, los que innovan y los que imitan. Ahórreme que le hable de Nietzsche. Si yo creyese que usted es de los segundos, no le estaría dedicando ni un minuto, pero como lo considero de la raza de los conductores le abriré una puerta que sólo se abre a los muy selectos. Usted conoce, me consta. —Lucas notó la ironía igual que poco antes había notado la palabra «raza», pero se mantuvo callado—. Las teorías de Kraft sobre el pecado original, que el hombre nació porque unos homínidos comieron el cerebro de otros. Pues bien, son en su esencia ciertas, por más que nosotros hayamos hecho todo lo posible por desacreditar a Kraft en la comunidad científica. De hecho, fue un placer condenarle al ostracismo, porque nos estaba poniendo en peligro. Usted también sabe, supongo, que la memoria puede transmitirse materialmente por la ingestión de estructuras neuronales.

—Los experimentos de Ungar —terció Lucas.

—Precisamente. Como se sabe la asignatura, abreviaré: la Hermandad de Luxor viene desde el fondo de los tiempos, cuando los cazadores paleolíticos y los recolectores neolíticos dieron lugar a la civilización; los egipcios recogieron esta tradición ancestral de transmisión del conocimiento y la formalizaron en sus templos antes de que los sumerios, copiados por los hebreos en la Biblia, anatematizaran la costumbre en el mito del pecado original.

Hablaba con tal seguridad y corrección que sus palabras sonaban como las de un cardenal que predicase la más ortodoxa homilía.

—El pecado original no es otra cosa que el deseo de saber: eso que le ha metido a usted en este embrollo; si eso es pecado, entonces se deberían cerrar Oxford y Cambridge, la Sorbona, Bolonia y Salamanca. Dios no puede castigar a su criatura porque ésta quiera saber más; ahí el mito del Paraíso Terrenal y del Pecado Original resulta puerilmente contradictorio, pero ¿qué se podía esperar de unos pastores nómadas de hace tres mil años? Lo absurdo es seguir con ese mito en el siglo XX.

—Sólo un mesías es capaz de cambiar los mitos —interrumpió Lucas.

—Lo sé; nosotros no queremos cambiarlo, sencillamente lo ignoramos, porque lo que está en juego es demasiado importante. Desde tiempos de los egipcios, nuestra Hermandad celebra comuniones rituales de cerebros para conservar el conocimiento y acelerarlo; así sabemos, por citar un caso, lo que conoció Imotep, el primer arquitecto.

—¿Y Akenatón?

—Por supuesto, Akenatón, cuya familia se debió indigestar de cerebro hasta que se produjo esa extraña mutación que alcanzó a las hijas. Ya sabe usted —prosiguió Fisher— que en todas partes del mundo se han encontrado artilugios para aliviar la presión del neocórtex contra las paredes del cráneo que varían más lentamente. Akenatón fue un caso extremo, pero esa exageración quizá le dio la lucidez extrema para inventar el monoteísmo, que su amigo Moisés se llevaría consigo a Jerusalén al caer Tell-el-Amarna.

—No evoque usted malos recuerdos —cortó Lucas, irónico.

—¿Lo de Aladín en las ruinas? No tenía más remedio: pero si no puedes matarlo, cásate con él. Es lo que estoy haciendo. Usted ganó en aquel difícil lance y ésta es su recompensa: le estoy proponiendo entrar en la Hermandad de Luxor.

Lucas se acabó el armagnac de un trago, resopló y alzó los ojos al techo como si éste tuviera que abrirse y bajar el espíritu santo en forma de sesos a la romana.

—No soy digno —suspiró con mal fingida humildad.

—Eso lo decidimos nosotros —cortó Fisher—, y además, no se haga el ingenuo conmigo. No me diga que no le interesa conocer lo que pasó por la cabeza de Pitágoras, Apolonio, Boecio, Leonardo da Vinci...

—Talleyrand o Charles Chaplin —acabó Lucas.

—Exacto, no tiene más que investigar las biografías y anotar las de aquellos cuyos cuerpos han desaparecido o han sido embalsamados.

—¡Ah no, de Lenin y de Evita no me interesa saber nada!

—Guárdese su humor negro, o gris, para otra ocasión; esto no es para bromear. Si está preparado para entrar en nuestra Hermandad, deberá celebrar el ritual de iniciación para incorporarse a la cadena de transmisión. No somos más que humildes eslabones que conservan el conocimiento ancestral para el bien de la humanidad.

El bien, mezclado con el canibalismo, le sonó a Lucas como un anuncio de hamburguesas presumiendo de alta cocina. Se mostró convenientemente impresionado, circunspecto y deseoso.

—Me imagino de lo que se trata, no necesitamos entrar en detalles; dígame sólo dónde y cuándo.

—Debo decirle también quién —cortó Fisher suavemente.

Lucas tuvo una subida de adrenalina pero se calmó. Debía llegar hasta el final si quería lograr su objetivo.

—Quién —murmuró—, ¿qué más da?

—Ahí se equivoca, joven neófito: las neuronas no son iguales. Usted era ayudante de Dantakis; ahora podrá, de golpe, entrar en posesión de toda la experiencia y conocimiento de su maestro: así es como se ha hecho desde tiempo inmemorial.

Sonaba sincero, pensó Lucas, y la idea no era mala, si realmente funcionaba. Sólo faltaba el detalle —pequeño para Fisher, que se veía como benefactor de la humanidad— del crimen y el canibalismo, pequeños detalles para la vetusta Hermandad de Luxor, que cometía esos crímenes y horrores hacía siglos por el bien de todos y el progreso del conocimiento. No podía negarse que adquirir los conocimientos del maestro en una sola sentada, de una cucharada, resultaba por demás cómodo.

## 16

## La trampa

Gálvez apareció por comisaría como un alma en pena. Pidió ver a Kaplan y se sentó con el walkman puesto, escuchando la *Segunda sinfonía* de Rachmaninov, la cual, si hubiese sonado en aquel lugar, no hubiera dicho gran cosa a su favor. Nadie le hizo el menor caso, ni siquiera le ofrecieron un té.

Kaplan lo recibió en un despacho estrecho y sobrio, mal iluminado y peor ventilado; no había un solo papel en la mesa, ni carpetas, ni expedientes, sólo las pipas.

El inspector le invitó a sentarse, con un gesto comedido.

—Tiene usted novedades para mí —lo animó.

—Más de las que quisiera.

—Adelante.

—Sólo le pido que acuda con sus hombres a una cita que le daré y juzgue usted por sí mismo.

—Deme una razón.

—Si se la doy, me envía directamente al manicomio y perdemos todos.

—De modo que debo actuar sobre su palabra.

—Usted sabe que deseo vengar a Dantakis.

—Y sé que su expediente académico revela una inteligencia más que aceptable.

—Entonces puede presumir que no estoy loco ni que lo alarmo gratuitamente. Le ruego que acuda donde le digo y no tendré que explicarle nada: lo verá con sus propios ojos y lo entenderá. Por cierto, llévese un calmante.

—¿Cuándo y dónde?

—Lo llamaré por teléfono en cuanto me convoquen.

—O sea, que usted es el cebo.

—Algo así. Por eso le insisto en que no me falle, o lo pasaré mal.

Gálvez acudió a la cita con el ánimo más tranquilo de lo que él mismo había supuesto durante los días de espera inquieta. Hasta había sido capaz de ordenar algunos papeles de su laboratorio, y de leer varios artículos recién publicados que no le ayudaron gran cosa. Debía ser un hombre de acción que se ignoraba, pues cuando llegaba el momento de actuar se le disolvían los titubeos que proliferaban en su mente durante la expectación.

Le habían llamado a primera hora de la mañana, lamentando despertarle, lo que le hizo deducir que conocían sus costumbres, y le habían citado con tres frases cortantes.

Entró en una sala circular del laboratorio cuyas paredes estaban recubiertas de *boiseries*, que más parecía una capilla que un anfiteatro quirúrgico. En realidad, pensó Lucas, ¿no iban a celebrar una misa de comunión paleolítico-neurovegetativa? Lo lógico es que aquello pareciese un oratorio o al menos una logia masónica, donde sólo faltaban los monaguillos de la escolanía cantando motetes. Podían cantar el *Miserere* de Allegri, como en aquella película truculenta de David Bowie y la inmortal Catherine Deneuve.

Cuando entró había doce personas alrededor de una mesa donde yacía un cuerpo con la cabeza trepanada. Por encima de la mascarilla blanca, Lucas reconoció a Fisher, que le indicó con un gesto que se acercara. No se oía el menor ruido, nadie hablaba. Lucas deliberadamente se abstuvo de mirar la cara del cadáver que estaba en la mesa. Sólo miraba fijamente a Fisher y escuchaba atento a su espalda para oír a Kaplan cuando irrumpiera en el anfiteatro.

El tiempo pasaba y nada sucedía que perturbara la ceremonia. Quería pensar que tenían acordonado el edificio, o que aguardaban escondidos tras alguna de las puertas, pero aquellas especulaciones podían ser falsas. El serio Kaplan podía habérselo tomado en broma, o preferir mirar a otro lado. Para alejar su nerviosismo, Lucas se dedicó a escrutar las caras de los presentes, tratando de reconocerlos bajo las mascarillas quirúrgicas o por su cuerpo. Entonces se percató de algo que le heló la sangre: Kaplan no llegaba porque estaba allí, a la derecha de Fisher. «¡Debí suponerlo!», se le ocurrió entonces a Lucas; estos rituales no podían haberse repetido sin la ayuda de la policía. ¿Cómo no se le había ocurrido antes?, ahora era tarde, Fisher estaba hurgando con una espátula de madera en el cráneo y le presentaba la porción que debía ingerir.

Tuvo que decidir muy rápido. Si huía, acabarían con él en cuanto quisieran. Su vida dependía de acatar aquel mal trago. Se decidió en los breves segundos que Fisher mantuvo la espátula alzada ante él: cogió la cuchara y comió.

Sólo entonces, cuando se disponía a recogerse para oír la memoria de Dantakis, oyó voces en la puerta de la sala. Varios hombres de paisano armados, flanqueados de policías de uniforme sin armas —siempre la contradicción inglesa—, habían irrumpido en el anfiteatro y estaban arrestando a los asistentes. Detrás de ellos estaba Ayesha, que era quien los había llevado hasta allí. Lucas sintió un enorme alivio, junto a una oleada de júbilo y admiración hacia su salvadora por partida doble. Los policías los obligaron a quitarse las mascarillas quirúrgicas que llevaban, no se sabía si por higiene o por incógnito, y apercibió además de Fisher, Wilson y Kaplan a Khayatt y Sandro.

La sorpresa, la repugnancia, el susto, la relajación, se le mezclaron en un cóctel imposible: sintió náuseas, mareo y debilidad. Sin proponérselo estaba vomitando lo que apenas unos segundos antes había ingerido. Entre las arcadas y los eructos oyó la voz de Khayatt:

—Gracias, inspector; sabía que Scotland Yard no me defraudaría, como otros.

—No tiene por qué dármelas, duquesa, somos nosotros quienes le estamos agradecidos por proporcionarnos esta pista inestimable.

—Por cierto —añadió la copta con su habitual desparpajo, señalando a Sandro—, este hombre está conmigo en el trato.

—¿Y yo? —preguntó Lucas incorporándose.

—Tú —sonrió Khayatt— te creías el cebo y lo has sido, pero no como lo habías previsto.

—Debían haberme avisado.

—Queríamos también a Kaplan.

—Ya veo que no he comido tantos cerebros como vosotros —cambió Lucas el tratamiento al sentirse importante por su éxito.

—Tú qué sabes —le respondió Sandro de buen humor—. Eres tan cenizo que te has perdido una mina de conocimientos.

—Prefiero leerlos en la enciclopedia.

—No es lo mismo.

—Entonces, ¿por qué habéis delatado a Fisher?

—Porque el sistema no podía continuar, había perdido su legitimidad, estamos en la sociedad de la información, donde el ordenador se ha convertido en un segundo cerebro. Ya no es necesario pasar el conocimiento comiendo sesos.

—Ahí estamos de acuerdo, prefiero otro método a esta forma paleolítica practicada por los caníbales.

Al salir conducido por los policías, Fisher le espetó desdeñosamente a Sandro:

—Se cree usted más listo que nadie; ha roto una cadena de conocimiento que permitió la hominización, ¿qué piensa poner en su lugar?

—La ingeniería genética, que usted conoce o debería conocer mejor que yo.

—No se ha llegado aún al punto en que la comunión sea prescindible —insistió Fisher.

—Bastará con congelar unos cuantos cerebros y esperar su clonación.

—La evolución de la humanidad está en juego, y usted y su protectora copta traicionan su juramento a la Hermandad.

—Si la evolución no se puede fomentar ahora con la genética, mejor que se detenga. Ya es hora de cancelar el pecado original.

Fisher salió, Wilson, Kaplan y los demás lo siguieron, dejando a Khayatt y Sandro con Lucas y Ayesha.

—Ahora sí que os puedo invitar a Egipto en viaje de placer —anunció la copta.

—No, gracias —respondió Lucas—; no me fío.

—¿Qué más te puede suceder? —terció Sandro—; la otra vez te invité yo para acabar con la Hermandad, pero ahora no tienes nada que temer.

—Puede usted traerse a su amiga, Ayesha.

—Sí, con ella me siento más seguro que con Sandro.

—¡Fray Lucas! —bromeó Sandro—. Sales de las brasas para caer en el fuego. Vámonos de aquí, necesito algo con grado.

Meses después, Lucas volvió a El Cairo con Ayesha invitado por Khayatt. Rehízo el camino por el barrio hasta el decrépito inmueble donde el piso de la copta era una isla. El tiempo seguía pareciendo detenido, pero esta vez, cuando el mayordomo los acompañó al salón, Lucas vio que Khayatt no estaba sola. La escena se repetía, la mujer en el centro del sofá, con una taza de delicada porcelana china en la mano. La habitación con un leve aroma a azahar y una penumbra reconfortante. Todo exquisito, sólo que ahora, además, un rejuvenecido Kraft lo miraba divertido desde el fondo del otro sillón. Le hizo un gesto con la mano y dijo:

—Veo que cultiva amistades peligrosas.

Lucas se aproximó y se estrecharon la mano, Gálvez no permitió que se levantase. Replicó:

—¿Lo dice por Ayesha?

—No, por Clara Fisher.

—Scotland Yard ya ha archivado el asunto como defensa propia, en cualquier caso, creo que salta a la vista que prefiero a Ayesha de largo.

Ella le propinó un directo al hígado.

—Embustero. Lo que pasa es que tienes la suerte del principiante.

—Tiene tanta suerte —convino Kraft— que ya podía haber muerto dos veces.

—Por cierto, hay un tema pendiente que me gustaría

conocer —atajó Lucas dirigiéndose a Kraft—, ¿usted nunca estuvo con los hermanos de Luxor?

—Prefiere a las hermanas —corrigió Khayatt.

Kraft hizo un gesto ambiguo.

—Conoce mi trayectoria, ¿cree que Fisher me hubiera permitido ser socio de algún club del que él formase parte?

—¿Y por qué deseaba usted que se supiera lo del canibalismo? —siguió Lucas, que había ignorado la cariñosa alusión de la copta hacia Kraft.

—Aunque gracias a usted esa viejísima costumbre ha sido interrumpida, o eso espero, lo importante es que se sepa la verdad, se sepa de dónde venimos, se acepte; es como un psicoanálisis: sólo si conoces el origen del trauma es posible compensarlo.

—¿Seguirá usted viajando?

Esta vez fue Kraft quien miró complacido a Khayatt. Ella hizo un gesto leve con la taza, como si brindase.

—Creo que me tomaré un reposo, aquí, en esta casa o en la finca del Delta. La edad empieza a pesar: uno no puede ser *outsider* a los setenta años.

Lucas se relajó un poco. Ayesha se había sentado en el brazo de su butaca, también con una taza, y balanceaba su hermosa pierna ante él. Le preguntó a Khayatt:

—¿Y Charles?

—Lo detuvieron en el aeropuerto por contrabando de antigüedades y está en la cárcel, a la espera de juicio. Y la estatua resultó ser una falsificación: ese chico es el rigor de las desdichas. —Hizo una pausa y añadió—: Sandro no piensa hacer nada por él, entre otras cosas porque afirma que la estatua que ustedes tocaron no era falsa. —Suspiró.

—Veo que sigue siendo un curioso incorregible: ¿desea usted una visita guiada por Tell-el-Amarna? —preguntó solícitamente Kraft.

—No, gracias; creo que mi curiosidad ha quedado plenamente satisfecha. Pero lo que me duele es que todo lo que he aprendido desaparezca.

—Escríbalo.

# Índice